如何才能合理痛快地生活

梁漱溟 著

江苏凤凰文艺出版社
JIANGSU PHOENIX LITERATURE AND
ART PUBLISHING

图书在版编目（CIP）数据

如何才能合理痛快地生活 / 梁漱溟著. -- 南京：
江苏凤凰文艺出版社, 2023.10（2024.3重印）
ISBN 978-7-5594-7929-7

Ⅰ.①如… Ⅱ.①梁… Ⅲ.①散文集 – 中国 – 当代
Ⅳ.①I267

中国版本图书馆CIP数据核字(2023)第152603号

如何才能合理痛快地生活

梁漱溟 著

责任编辑	张　倩	
特约编辑	刘　平 黄大仙	
装帧设计	棱角视觉	
版式设计	姜　楠	
出版发行	江苏凤凰文艺出版社	
	南京市中央路 165 号，邮编：210009	
网　　址	http://www.jswenyi.com	
印　　刷	三河市宏图印务有限公司	
开　　本	880 毫米 × 1230 毫米　1/32	
印　　张	10.5	
字　　数	177 千字	
版　　次	2023 年 10 月第 1 版	
印　　次	2024 年 3 月第 2 次印刷	
书　　号	ISBN 978-7-5594-7929-7	
定　　价	56.00 元	

江苏凤凰文艺版图书凡印刷、装订错误，可向出版社调换，联系电话025-83280257

独立思考

表里如一

目　录

辑一
做一个对自己有办法的人

辑二
思想可开悟　人生可翻新

辑三

多谈谈哲学　多想想办法

辑四

精神有所归　生活有重心

辑五

志趣有所感发　便是一次向上

我希望青年留心修养问题，莫忽视，以为不必要；同时更望留心乎修养的青年，对于我提出的问题，加以考虑。

说话是力量小，一定要在说话之外，办法在说话之外，在空口讲之外。

通常社会上多数人是随着人走，随着社会的风俗习惯走。

生命力很强的人，他可以不随俗，他能够自觉自律，不随俗，所以不管旁人的诽笑、反对，本着自己的自觉自律来行动。

办法不是在说服，
办法还是在养成。

辑一

·

做一个对自己
有办法的人

自传

　　我生于甲午中日战争前一年（1893年）。此次战争以后，国际侵略日加，国势危殆。1937年七七事变，我国又遭受日寇长达八年的入侵。我的大半生恰是在这两次中日之战中度过的。

　　我原名焕鼎，祖籍广西桂林。但自曾祖起来京会试中进士后，即宦游于北方。先父名济，字巨川，为清末内阁中书，后晋为候补侍读，其工作主要为皇史宬抄录皇家档案。先父为人忠厚，凡事认真，讲求实效，厌弃虚文，同时又重侠义，关心大局，崇尚维新。因此不要求子女读四书五经，而送我入中西小学堂、顺天中学堂等，习理化英文，受新式教育。这在我同辈人中是少见的。

由于先父对子女采取信任与放宽态度，只以表明自己意见为止，从不加干涉，同时又时刻关心国家前途，与我议论国家大事，这既成全了我的自学，又使我隐然萌露对国家社会的责任感，而鄙视只谋一人一家衣食的"自了汉"生活。这种向上心，促使我自中学起即对人生问题和社会问题追求不已。于社会问题，最初倾向变法维新，后又转向革命，并于中学毕业前参加了同盟会京津支部，从事推翻清朝的秘密活动。辛亥革命爆发，遂在同盟会《民国报》任外勤记者，因而得亲睹当时政坛上种种丑行。这时我又读了日人幸德秋水所著《社会主义神髓》，受书中反对私有制主张的影响，因而热心社会主义，曾写有《社会主义粹言》小册子，宣传废除财产私有制，油印分送朋友。

1913 年退出《民国报》，在革命理想与现实冲突下，自己原有的出世思想抬头，于是居家潜心研究佛典，由醉心社会主义而转为倾向出世。在此种思想下，1916 年我写成并发表了《究元决疑论》，文中批评古今中外诸子百家，独推崇佛法。随后我以此文当面求教于蔡元培先生，遂为先生引入北大任教。

1917 年起我在北大哲学系，先后讲授"印度哲学概论""儒家哲学"等课。此时正值五四运动前后，新思潮高涨，气氛对我讲东方古学术的人无形中有压力。

在此种情势下，我开始了东西文化的比较研究，后来即产生了根据讲演记录整理而成的《东西文化及其哲学》一书。书中我提出了人类生活的基本方式可分为三大路向的见解，同时在人生思想上归结到中国儒家人生，并指出世界最近未来将是中国文化的复兴。这些见解反映自家身上，便是放弃出家之念，并于此书出版之1921年结婚。

随着在北大任教时间的推移，我日益不满于学校只是讲习一点知识技能的偏向。1924年我终于辞去北大教职，先去山东曹州办学，后又回京与一般青年朋友相聚共学，以实行与青年为友和教育应照顾人的全部生活的理想。

1927年在朋友的劝勉下，我南下到北伐后不久的广州。在这里我一面觉得南方富有革命朝气，为全国大局好转带来一线曙光，一面又不同意以俄为师，模仿国外，背弃中国固有文化的做法，因此我虽接办了广东省一中，但此时更多考虑的乃是自己的"乡治"主张。依我看来，由于中西文化的根本差异，唯有先在广大农村推行乡治，逐步培养农民新的政治生活习惯，西方政治制度才得在中国实施。

1929年我在考察了陶行知的南京晓庄学校、黄炎培先生江苏昆山乡村改进会、晏阳初先生河北定县平教会实验区及山西村政之后，适逢彭禹廷、梁仲华创办河南村治学院，我应邀任学院教务长。这是我投身社会改造活动的开端。但因军阀蒋阎冯中原大战，开学未满年而停办。旋于1931年与同仁赴山东邹平创办山东乡村建设研究院。该院设研究部与乡村服务人员训练部，并划邹平县为实验区（后扩大为十余县）。实验区有师范、实验小学、试验农场、卫生院、金融流通处等。县下设乡学、村学。乡学村学为政教合一组织，它以全体乡民或村民为对象，培养农民的团体生活习惯与组织能力，普及文化，移风易俗，并借团体组织引进科学技术，以提高生产，发展农村经济，从根本上建设国家。此项试验在进行七年之后，终因1937年日寇全面入侵而被迫停止。

抗日战争爆发，发动民众与国内团结为抗战所必需，于是我开始追随于国人之后，也为此而奔走。1937年8月应邀参加最高国防会议参议会，曾对动员民众事有所建议。1938年我访问延安。这是我奔走国内团结的开始。访问目的不外考察国共再度合作，民族命运出现一大转机，共产党方面放弃对内斗争能否持久，同时探听同仇敌忾情势下，如何努力以巩固此统一之大局。为此曾与毛主席会见八次，其中两次作竟夜谈。关于对旧中国的认识，意见不同，多有争论。但他从敌友我力量对比、强弱转化、战争性质等分析入手，说明中国必胜、日本必败问题，令我非常佩服。1939年留在西南大后方感到无可尽力，我又决心去华北华东敌后游击区，巡视中得到国共双方协助。经皖、苏、鲁、冀、豫、晋六省，沿途动员群众抗战，历时八个月，历经艰险。在战地目睹两党军队摩擦日增，深感如任其发展，近则妨碍抗战，远则内战重演，于是返回四川后方，除向国共双方指陈党派问题尖锐外，更与黄炎培、晏阳初、李璜等共商组织"统一建国同志会"，以增强第三方面力量，为调解两党纷争努力。

1941年初，"皖南事件"爆发，国内团结形势进一步恶化，遂又与黄炎培、张君劢、左舜生发起将"同志会"改组为"中国民主政团同盟"（民盟前身），同时被推赴香港创办民盟机关刊物《光明报》，向海内外公开宣告民盟的成立。不料报纸创刊仅三月余，即因日军攻占香港而停刊。我不得不化装乘小船逃离香港，来到桂林。在此我负责民盟华南地区工作，边从事争取民主、宣传抗日活动，边从事写作。

1945年8月日军投降，抗战宣告结束，两党领导人又会晤于重庆。眼见敌国外患既去，内部问题亦可望解决，我即有意退出现实政治活动，而致力于文化工作。

全国解放，1950年我由四川来到北京，得与毛主席多次谈话，表示愿在政府外效力国家，并建议设中国文化研究所，或世界文化比较研究所，终因故未能实现。1952年为对解放前的思想与政治活动做一番回顾与初步检讨，写成《我的努力与反省》一长文。

1960年着手写《人心与人生》一书。这是早自20年代即酝酿于心的著作，自认为最关紧要，此生定须完成。不料因"文化大革命"开始，参考书尽失，写作工作被迫中断。于是在抄家未逾月的困难情况下，另写《儒佛异同论》及《东方学术概观》等。至1970年，才得重理旧业，续写《人心与人生》。但不久又逢"批林批孔"运动。因我坚持"只批林，不批孔"，为大小会所占去的时间更多，写作近于停顿。至1975年中，此书终告完成。

如在此书《后记》中所说，"卒得偿夙愿于暮年"，了却一桩心事，而我的著述活动也随之基本结束。

最后，我以《中国文化要义》自序中的一段话，作为此文的结束语：

就以人生问题之烦闷不解，令我不知不觉走向哲学，出入乎百家。然一旦于人生道理若有所会，则亦不复多求。假如视哲学为人人应该懂得的一点学问，则我正是这样懂得一点而已。

卒之，对人生问题我有了我的见解思想，更有了我今日为人行事。同样地，以中国问题几十年来之急切不得解决，使我不得不有所行动，并耽玩于政治、经济、历史、社会文化诸学。然一旦于中国前途出路若有所见，则亦不复以学问为事。究竟什么算学问，什么不算学问，且置勿论。卒之，对中国问题有了我的见解思想，更有了今日的主张行动。

回顾过去，我就是这样跋涉在自己的人生征途上。

我的自学小史①

序言

我想我的一生正是一自学的极好实例。若将我自幼修学，以至在这某些学问上"无师自通"的经过，叙述出来给青年朋友，未始无益。于是着手来写《我的自学小史》。

学问必经自己求得来者，方才切实有受用。反之，未曾自求者就不切实，就不会受用。俗语有"学来的曲

---

① （前11节写于1942年，第12~18节于1974年补完。）本书注释除注明"漱注"者为作者原注外，其余均为编者所加。

儿唱不得"一句话，便是说：随着师傅一板一眼地模仿着唱，不中听的。必须将所唱曲调吸收融会在自家生命中，而后自由自在地唱出来，才中听。学问和艺术是一理：知识技能未到融于自家生命而打成一片地步，知非真知，能非真能。真不真，全看是不是自己求得的。一分自求，一分真得；十分自求，十分真得。"自学"这话，并非为少数未得师承的人而说；一切有师傅教导的人，亦都非自学不可。不过比较地说，没有师承者好像"自学"意味更多就是了。

像我这样，以一个中学生而后来任大学讲席者，固然多半出于自学。还有我们所熟识的大学教授，虽受过大学专门教育，而以兴趣转移及机缘凑巧，却不在其所学本行上发挥，偏喜任教其他学科者，多有其人；当然亦都是出于自学。即便是大多数始终不离其本学门的学者，亦没有人只守着当初学来那一些，而不是得力于自己进修的。我们相信，任何一个人的学问成就，都是出于自学。学校教育不过给学生开一个端，使他更容易自学而已。青年于此，不可不勉。

此外我愿指出的是，我虽自幼不断地学习以至于今，然却不着重在书册上，而宁在我所处时代环境一切见闻。我还不是为学问而学问者，而大抵为了解决生活中亲切实际的问题而求知。因此在我的自学小史上，正映出了五十年来之社会变动、时代问题。倘若以我的自述为中心线索，而写出中国最近五十年变迁，可能是很生动亲切的一部好史料。现在当然不是这样写，但仍然可以让青年朋友得知许多过去事实，而了然于今天他所处社会的一些背景。

一、我生在这样一个家庭

距今五十年前，我生于北京。那是清光绪十九年癸巳，西历 1893 年，亦即甲午中日大战前一年。甲午之战是中国近百年史中最大关节，所有种种剧烈变动皆由此起来。而我的大半生，恰好是从那一次中日大战到这一次中日大战度过的。

我家原是桂林城内人。但从祖父离开桂林，父亲和我们一辈便都生长在北京了。母亲亦是生在北方的；而外祖张家则是云南大理人，自从外祖父离开云南后，没有回去过。祖母又是贵州毕节刘家的。在中国说：南方人和北方人不论气质上或习俗上都颇有些不同的。因此，由南方人来看我们，则每当成我们是北方人；而在当地北方人看我们，又以为是来自南方的了。我一家人，兼有南北两种气息，而富于一种中间性。

从种族血统上说，我们本是元朝宗室。中间经过明清两代五百余年，不但旁人不晓得我们是蒙古族，即便自家不由谱系上查明亦不晓得了。在几百年和汉族婚姻之后的我们，融合不同的两种血统，似亦具一中间性。

从社会阶级成分上说，曾祖、祖父、父亲三代都是从前所谓举人或进士出身而做官的。外祖父亦是进士而做官的。祖母、母亲都读过不少书，能为诗文。这是所谓"书香人家"或"世宦之家"。但曾祖父做外官（对京官而言）卸任，无钱而有债。祖父来还债，债未清而身故。那时我父亲只七八岁，靠祖母开蒙馆教几个小学生度日，真是寒苦之极。父亲稍长到十九岁，便在"义学"中教书，依然寒苦生活，世宦习气于此打落干净；市井琐碎，民间疾苦，倒亲身尝历的。四十岁方入仕途，又总未得意，景况没有舒展过。因此在生活习惯上意识上，并未曾将我们后辈限于某一阶级中。

父母生我们兄妹四人。我有一个大哥，两个妹妹。大哥留学日本明治大学商科毕业。两妹亦于清朝最末一年毕业于"京师女子初级师范学堂"。我们的教育费，常常是变卖母亲妆奁而支付的。

像这样一个多方面荟萃交融的家庭，住居于全国政治文化中心的北京，自无偏僻固陋之患，又遭逢这样一个变动剧烈的时代，见闻既多，是很便于自学的。

二、我的父亲

遂成我之自学的，完全是我父亲。所以必要叙明我父亲之为人和他对我的教育。

吾父是一秉性笃实的人，而不是一天资高明的人。他做学问没有过人的才思；他做事情更不以才略见长。他与母亲一样天生的忠厚；只他用心周匝细密，又磨炼于寒苦生活之中，好像比别人能干许多。他心里相当精明，但很少见之于行事。他最不可及处，是意趣超俗，不肯随俗流转，而有一腔热肠，一身侠骨。

因其非天资高明的人，所以思想不超脱。因其秉性笃实而用心精细，所以遇事认真。因为有豪侠气，所以行为只是端正，而并不拘谨。他最看重事功，而不免忽视学问。前人所说"不耻恶衣恶食，而耻匹夫匹妇不被其泽"的话，正好点出我父一副心肝。——我最初的思想和做人，受父亲影响，亦就是这么一路（尚侠、认真、不超脱）。

父亲对我完全是宽放的。小时候，只记得大哥挨过打，这亦是很少的事。我则在整个记忆中，一次亦没有过。但我似乎并不是不"该打"的孩子。我是既呆笨，又执拗的。他亦很少正言厉色地教训过我们。我受父亲影响，并不是受了许多教训，而毋宁说是受一些暗示。

我在父亲面前，完全不感到一种精神上的压迫。他从未以端凝严肃的神气对儿童或少年人。我很早入学堂，所以亦没有从父亲受读。

十岁前后（七八岁至十二三岁）所受父亲的教育，大多是下列三项：一是讲戏，父亲平日喜看京戏，即以戏中故事情节讲给儿女听。一是携同出街，购买日用品，或办一些零碎事；其意盖在练习经理事物，懂得社会人情。一是关于卫生或其他的许多嘱咐；总要儿童知道如何照料自己身体。例如：

正当出汗之时，不要脱衣服；待汗稍止，气稍定再脱去。

不要坐在当风地方，如窗口、门口、过道等处。

太热或太冷的汤水不要喝，太燥太腻的食物不可多吃。

光线不足，不要看书。

诸如此类之嘱告或指点，极其多，并且随时随地不放松。

还记得九岁时，有一次我自己积蓄的一小串钱（那时所用铜钱有小孔，例以麻线贯串之），忽然不见。各处寻问，并向人吵闹，终不可得。隔一天，父亲于庭前桃树枝上发现之，心知是我自家遗忘，并不责斥，亦不喊我来看。他却在纸条上写了一段文字，大略说：

一小儿在桃树下玩耍，偶将一小串钱挂于树枝而忘之。到处向人寻问，吵闹不休。次日，其父亲打扫庭院，见钱悬树上，乃指示之。小儿始自知其糊涂云云。

写后交与我看，亦不作声。我看了，马上省悟跑去一探即得，不禁自怀惭意。——此事亦见先父所给我教育之一斑。

到十四岁以后，我胸中渐渐自有思想见解，或发于言论，或见之行事。先父认为好的，便明示或暗示鼓励，他不同意的，让我晓得他不同意而止，却从不干涉。十七八九岁时，有些关系颇大之事，他仍然不加干涉，而听我去。就在他不干涉之中，成就了我的自学。那些事例，待后面即可叙述到。

三、一个瘠弱而又呆笨的孩子

我自幼瘠瘦多病，气力微弱；未到天寒，手足已然不温。亲长皆觉得，此儿怕不会长命的。五六岁时，每患头晕目眩，一时天旋地转，坐立不稳，必须安卧始得；七八岁后，虽亦跳掷玩耍，总不如人家活泼勇健。在小学里读书，一次盘杠子跌下地来，用药方才复苏，以后更不敢轻试。在中学时，常常看着同学打球踢球，而不能参加。人家打罢踢罢了，我方敢一个人来试一试。又因为爱用思想，神情颜色皆不像一个少年。同学给我一个外号"小老哥"——广东人呼小孩原如此的，但北京人说来，则是嘲笑话了。

却不料后来，年纪长大，我倒很少生病。三十以后，愈见坚实；寒暖饥饱，不以为意。素食至今满三十年，亦没有什么营养不足问题。每闻朋友同侪或患遗精，或患痔血，或胃病，或脚气病；在我一切都没有。若以体质精力来相较，反而为朋辈所不及。久别之友，十几年以至二十几年不相见者，每都说我现在还同以前一个样子，不见改变，因而人多称赞我有修养。其实，我亦不知道我有什么修养。不过平生嗜欲最淡，一切无所好。同时，在生活习惯上，比较旁人多自知注意一点罢了。

小时候，我不但瘠弱，并且很呆笨的。约莫六岁了，自己还不会穿裤子。因裤上有带条，要从背后系引到前面来，打一结扣，而我不会。一次早起，母亲隔屋喊我，为何还不起床。我大声气愤地说：妹妹不给我穿裤子呀！招引得家里人都笑了。原来天天要妹妹替我打这结扣才行。

十岁前后，在小学里的课业成绩，比一些同学都较差。虽不是极劣，总是中等以下。到十四岁入中学，我的智力乃见发达，课业成绩间有在前三名者。大体说来，我只是平常资质，没有过人之才。在学校时，不算特别勤学；出学校后，亦未用过苦功。只平素心理上，自己总有对自己的一种要求，不肯让一天光阴随便马虎过去。

四、经过两度家塾四个小学

我于六岁开始读书，是经一位孟老师在家里教的。那时课儿童，入手多是《三字经》《百家姓》，取其容易上口成诵。接着就要读四书五经了。我在《三字经》之后，即读《地球韵言》，而没有读四书。《地球韵言》一书，现在恐已无处可寻得。内容多是一些欧罗巴、亚细亚、太平洋、大西洋之类；作于何人，我亦记不得了。

说起来好似一件奇特事，就是我对于四书五经至今没有诵读过，只看过而已。这在同我一般年纪的人是很少的。不读四书，而读《地球韵言》，当然是出于我父亲的意思。他是距今四十五年前，不主张儿童读经的人。这在当时自是一破例的事。为何能如此呢？大约由父亲平素关心国家大局，而中国当那些年间恰是外侮日逼。例如：

清咸丰十年（西历 1860 年）英法联军陷天津，清帝避走热河。

清光绪十年(西历1884年)中法之战,安南(今越南)被法国占去。

又光绪十二年（西历1886年）缅甸被英国侵占。

又光绪二十年（西历1894年）中日之战,朝鲜被日本占去。

又光绪二十一年（西历1895年）台湾割让给日本。

又光绪二十三年（西历1897年）德国占胶州湾（青岛）。

又光绪二十四年（西历1898年）俄国强索旅顺、大连。

在这一串事实之下,父亲心里激动很大。因此他很早倾向变法维新。在他的日记中有这样一段话:

却有一种为清流所鄙,正人所斥,洋务西学新出各书,断不可以不看。盖天下无久而不变之局,我只力求实事,不能避人讥讪也。（光绪十年四月初六日日记,论读书次第缓急）

到光绪二十四年,就是我开蒙读书这一年,正赶上光绪帝变法维新。停科举,废八股,皆他所极端赞成;

不必读四书，似基于此。只惜当时北京尚无学校可入。而《地球韵言》则是便于儿童上口成诵，四字一句的韵文，其中略说世界大势，就认为很合用了。

次年我七岁，北京第一个"洋学堂"（当时市井人都如此称呼）出现，父亲便命我入学。这是一位福建陈先生（鑅）①创办的，名曰"中西小学堂"。现在看来，这名称似乎好笑。大约当时系因其既念中文，又念英文之故。可惜我从那幼小时便习英文而到现在亦没有学好。

八岁这一年，英文念不成了。这年闹"义和团"——后来被称为拳匪——专杀信洋教（基督教）或念洋书之人。我们只好将《英文初阶》《英文进阶》（当时课本）一齐烧毁。后来因激起欧美日本八国联军入北京，清帝避走陕西，历史上称为"庚子之变"。

庚子之变后，新势力又抬头，学堂复兴。九岁，我入"南横街公立小学堂"读书。十岁，改入"蒙养学堂"，读到十一岁。十二岁十三岁，又改在家里读书，是联合几家亲戚的儿童，请一位奉天刘先生（讷）教的。十三岁下半年到十四岁上半年，又进入"江苏小学堂"——这是江苏旅居北京同乡会所办。

因此，我在小学时代前后经过两度家塾四个小学。

---

① 鑅，音恒。

019

这种求学得不到安稳顺序前进，是与当时社会之不安、学制之无定有关系的。

五、从课外读物说到我的一位父执

我的自学，最得力于杂志报纸。许多专门书或重要典籍之阅读，常是从杂志报纸先引起兴趣和注意，然后方觅它来读的。即如中国的经书以至佛典，亦都是如此。其他如社会科学各门的书，更不待言。因为我所受学校教育，从上面说的小学及后面说的中学而止，而这些书典都是课程里没有的。同时我又从来不勉强自己去求学问，做学问家；所以非到引起兴趣和注意，我不去读它的。——我之好学是到真"好"才去"学"的，而对某方面学问之兴趣和注意，总是先借杂志报纸引起来。

我的自学作始于小学时代。奇怪的是在那样新文化初初开荒时候，已有人为我准备了很好的课外读物。这是一种《启蒙画报》，和一种《京话日报》。创办人是我的一位父执，而且是对于我关系深切的一位父执。他的事必须说一说。

他是彭翼仲先生（诒孙），苏州人而长大在北京。祖上状元宰相，为苏州世家巨族。他为人豪侠勇敢，其慷爽尤为可爱。论体魄，论精神，俱不似苏州人，却能说苏州话。他是我的谱叔，因他与我父亲结为兄弟之交，而年纪小于我父。他又是我的姻丈，因我大哥是他的女婿，他的长女便是我的长嫂。他又是我的老师，因前说之"蒙养学堂"就是他主办的，我在那里从学于他。

他的脾气为人（豪侠勇敢）和环境机缘（家住江南、邻近上海得与外面世界相通），就使他必然成为一个爱国志士维新先锋。距今四十年前（1902 年），他在当时全国首都——北京——创办了第一家报纸（严格讲，它是第二家。1901 年先有《顺天时报》出版。但《顺天时报》完完全全为日本人所办。就中国人自办者说，它是第一家，广东人朱淇所办《北京日报》为第二家）。当时草创印刷厂，还是请来日本工人作工头的。蒙养学堂和报馆印刷厂都在一个大门里，内部亦相通。我们小学生常喜欢去看他们印刷排版。

彭公手创报纸，计共三种。我所受益的是《启蒙画报》；于北方社会影响最大的，乃是《京话日报》；使他自身得祸的，则是《中华报》。

《启蒙画报》最先出版。它是给十岁上下的儿童阅看的。内容主要是科学常识，其次是历史掌故、名人轶事，再则如"伊索寓言"一类的东西亦有；却少有今所谓"童话"者。例如天文、地理、博物、格致（"格物致知"之省文，当时用为物理化学之总名称）、算学等各门都有。全是白话文，全有图画（木板雕刻无彩色）。而且每每将科学撰成小故事来说明。讲到天象，或以小儿不明白，问他的父母，父母如何解答来讲。讲到蚂蚁社会，或用两兄弟在草地上玩耍所见来讲。算学题以一个人做买卖来讲。诸如此类，儿童极其爱看。历史如讲太平天国，讲"平定"新疆等等。就是前二年的庚子变乱，亦作为历史，剖讲甚详。名人轶事如司马光、范仲淹很多古人的事，以至外国如拿破仑、华盛顿、大彼得、俾斯麦、西乡隆盛等等都有。那便是长篇连载的故事了。图画为永清刘炳堂先生（用烺）所绘。刘先生极有绘画天才，而不是旧日文人所讲究之一派。没有学过西洋画，而他自得西画写实之妙。所画西洋人尤为神肖，无须多笔细描而形象逼真。计出版首尾共有两年之久。我从那里面不但得了许多常识，并且启发我胸中很多道理，一直影响我到后来。我觉得近若干年所出儿童画报，都远不及它。

《启蒙画报》出版不久，就从日刊改成旬刊（每册约三十多页），而别出一小型日报，就是《京话日报》，内容主要是新闻和论说。新闻以当地（北京）社会新闻占三分之二，还有三分之一是"紧要新闻"，包括国际国内重大事情。论说多半指陈社会病痛，或鼓吹一种社会运动，甚有推动力量，能发生很大影响，绝无敷衍篇幅之作。它以社会一般人为对象，而不是给上流社会看的。因为是白话，所以我们儿童亦能看，只不过不如对《启蒙画报》之爱看。

当时风气未开，社会一般人都没有看报习惯。虽取价低廉，而一般人家总不乐增此一种开支。两报因此销数都不多。而报馆全部开支却不小。自那年（1902 年）春天到年尾，从开办设备到经常费用，彭公家产已赔垫干净，并且负了许多债。年关到来，债主催逼，家中妇女怨讁，彭公忧煎之极，几乎上吊自缢。本来创办之初，我父亲实赞助其事，我家财物早已随着赔送在内；此时还只有我父亲援救他。后来从父亲日记和银钱折据上批注中，见出当时艰难情形和他们做事动机之纯洁伟大。——他们一心要开发民智，改良社会。这是由积年对社会腐败之不满，又加上庚子（1900 年）亲见全国上下愚昧迷信不知世界大势，几乎招取亡国大祸，所激动的。

这事业屡次要倒闭，终经他们坚持下去，最后居然得到亨通，到第三年，报纸便发达起来了。然主要还是由于鼓吹几次运动，报纸乃随运动之扩大而发达。一次是东交民巷（各国使馆地界）一个外国兵，欺侮中国贫民，坐人力车不给钱，车夫索钱，反被打伤。《京话日报》一面在新闻栏详记其事，一面连日著论表示某国兵营如何要惩戒要赔偿才行，并且号召所有人力车夫联合起来，事情不了结，遇见某国兵就不给车子乘坐。事为某国军官所闻，派人来报馆查询，要那车夫前去质证。那车夫胆小不敢去，彭公即亲自送他去。某国军官居然惩戒兵丁而赔偿车夫。此事虽小，而街谈巷议，轰动全城，报纸销数随之陡增。

另一次是美国禁止华工入境，并对在美华工苛待。《京话日报》就提倡抵制美货运动。我还记得我们小学生亦在通衢闹市散放传单，调查美货等等。此事在当时颇为新颖，人心殊见振奋，运动亦扩延数月之久。还有一次反对英属非洲虐待华工，似在这以前，还没有这次运动热烈。最大一次运动，是国民捐运动。这是由报纸著论，引起读者来函讨论，酝酿颇久而后发动的。大意是为庚子赔款四万万两，分年偿付，为期愈延久，本息累积愈大；迟早总是要国民负担，不如全体国民自动一次拿出来。以全国四万万人口计算，刚好每人出一两银子，就可以成功。这与后来民国初建时，南京留守黄克强（兴）先生所倡之"爱国捐"，大致相似。

此时报纸销路已广，其言论主张已屡得社会拥护。再标出这大题目来，笼罩到每一个人身上，其影响之大真是空前。自车夫小贩、妇女儿童、工商百业以至文武大臣、皇室亲王，无不响应。后因彭公获罪，此事就消沉下去。然至辛亥革命时，在大清银行（今中国银行之前身）尚存有国民捐九十几万银两。计算捐钱的人数，要在几百万以上。

报纸的发达，确实可惊。不看报的北京人，几乎变得家家看报，而且发展到四乡了。北方各省各县，像奉天黑龙江（东）、陕西甘肃（西）那么远，都传播到。同时亦惊动了清廷。西太后和光绪帝都遣内侍传旨下来，要看这报。其所以这样发达，亦是有缘故的。因这报纸的主义不外一是维新，一是爱国；浅近明白正切合那时需要。社会上有些热心人士，自动帮忙，或多购报纸沿街张贴，或出资设立"阅报所""讲报处"之类。还有被人呼为"醉郭"的一位老者，原以说书卖卜为生。他改行，专门讲报，作义务宣传员。其他类此之事不少。

《中华报》最后出版。这是将《启蒙画报》停了才出的。在版式上，不是单张的而是成册的。内容以论政为主，文体是文言文。这与《京话日报》以"大众"为对象的，当然不同了。似乎当年彭公原无革命意识，而此报由其妹婿杭辛斋先生（慎修，海宁人）主笔，他却算是革命党人。我当时学力不够看这个报，对它没有兴趣，所以现在不大能记得其言论主张如何。

到光绪三十二年（1906 年），《中华报》出版有一年半以上，《京话日报》则届第三年，清政府逮捕彭杭二公并封闭报馆。其实彭公被捕，此已是第二次，不过在我的自学史内不必叙他太多了。这次罪名，据巡警部（如今之内政部）上奏清廷，是"妄论朝政、附和匪党"。杭公定罪是递解回籍，交地方官严加管束；彭公是发配新疆，监禁十年。其内幕真情，是为袁世凯在其北洋营务处（如今之军法处）秘密诛杀党人，《中华报》予以揭出之故。

后来革命，民国成立，举行大赦，彭公才得从新疆回来。《京话日报》于是恢复出版。不料袁世凯帝制，彭公不肯附和，又被封闭。袁倒以后再出版。至民国十年，彭公病故，我因重视它的历史还接办一个时期。

六、自学的根本

在上边叙述了我的父亲，又叙述了我的一位父执，意在叙明我幼年之家庭环境和最切近之社会环境。关于这环境方面，以上只是扼要叙述，未能周详。例如我母亲之温厚明通，赞助我父亲和彭公的维新运动，并提倡女学，自己参加北京初创第一间女学校"女学传习所"担任教员等类事情都未及说到。然读者或亦不难想象得之。就从这环境中，给我种下了自学的根本：一片向上心。

一方面，父亲和彭公他们的人格感召，使我幼稚的心灵隐然萌露对社会对国家的责任感，而鄙视那种世俗谋衣食求利禄的"自了汉"生活。另一方面，在那维新前进的空气中，自具一种迈越世俗的见识主张，使我意识到世俗之人虽不必是坏人，但缺乏眼光见识那就是不行的；因此，一个人必须力争上游。所谓一片向上心，大抵在当时便是如此。

这种心理，可能有其偏弊；至少不免流露了一种高傲神情。若从好一方面来说，这里面固含蓄得一点正大之气和一点刚强之气。——我不敢说得多，但至少各有一点。我自省我终身受用者，似乎在此。

特别是自十三四岁开始，由于这向上心，我常有自课于自己的责任，不论何事，很少需要人督迫。并且有时某些事，觉得不合我意见，虽旁人要我做，我亦不做。十岁时爱看《启蒙画报》《京话日报》，几乎成瘾，固然已算是自学，但真的自学，必从这里（向上心）说起。所谓自学应当就是一个人整个生命的向上自强，要紧在生活中有自觉。单是求知识，却不足以尽自学之事。在整个生命向上自强之中，包括了求知识。求知识盖所以潘发我们的智慧识见，它并不是一种目的。有智慧识见发出来，就是生命向上自强之效验，就是善学。假若求知识以致废寝忘食，身体精神不健全，甚至所知愈多头脑愈昏，就不得为善学。有人说"活到老，学到老"一句话，这观念最正确。这个"学"显然是自学，同时这个"学"显然就是在说一切做人做事而不止于求些知识。

自学最要紧是在生活中有自觉。读书不是第一件事；第一件事，却是照顾自己身体而如何善用它。——用它来做种种事情，读书则其一种。可惜这个道理，我只在今天乃说得出，当时亦不明白的。所以当时对自己身体照顾不够，例如：爱静中思维，而不注意身体应当活动；饮食、睡眠、工作三种时间没有好的分配调整；不免有少年斲丧身体之不良习惯（手淫）。所幸者，从向上心稍知自爱，还不是全然不照顾它。更因为有一点正大刚强之气，耳目心思向正面用去，下流毛病自然减少。我以一个孱弱多病的体质，到后来慢慢转强，很少生病，精力且每比旁人略优，其故似不外：

一、我虽讲不到修养，然于身体少斲丧少浪费；虽至今对于身体仍愧照顾不够，但似比普通人略知照顾。

二、胸中恒有一股清刚之气，使外面病邪好像无隙可乘。——反之，偶尔患病，细细想来总是先由自己生命失其清明刚劲、有所疏忽而致。

又如我自幼呆笨，几乎全部小学时期皆不如人；自十四岁虽变得好些，亦不怎样聪明。讲学问，又全无根底。乃后来亦居然滥厕学者之林，终幸未落于庸劣下愚，反倒受到社会的过奖过爱。此其故，要亦不外：

一、由于向上心，自知好学，虽没有用过苦功，亦从不偷懒。

二、环境好，机缘巧，总让我自主自动地去学，从没有被动地读过死书，或死读书。换句话说，无论旧教育（老式之书房教育），或新教育（欧美传来之学校教育），其毒害唯我受得最少。

总之，向上心是自学的根本，而今日我所有成就，皆由自学得来。古书《中庸》上有"虽愚必明，虽柔必强"两句话，恰好借用来说我个人的自学经过（原文第二句不指身体而言，第一句意义亦较专深，故只算借用）。

七、五年半的中学

我于十四岁那一年（1906年）的夏天，考入"顺天中学堂"（地址在地安门外兵将局）。此虽不是北京最先成立的一间中学，却是与那最先成立的"五城中学堂"为兄弟者。"五城"指北京的城市；"顺天"指顺天府（京兆）。福建人陈璧，先为五城御史，创五城中学；后为顺天府尹，又设顺天中学。两个学堂的洋文总教习，同由王劭廉先生（天津人，与伍光建同留学英国海军）担任。汉文教习以福建人居多，例如五城以林纾（琴南）为主，我们则以一位跛腿陈先生（忘其名）为主。

当时学校初设，学科程度无一定标准。许多小学比今日中学程度还高，而那时的中学与大学似亦颇难分别。我的同班同学中竟有年纪长我近一倍者——我十四岁，他二十七岁。有好多同学虽与我们年纪小的同班受课，其实可以为我们的老师而有余。他们诗赋、古文词、四六骈体文都作得很好，进而讲求到"选学"（《昭明文选》）。不过因为求出路（贡生、举人、进士）非经过学堂不可，有的机会凑巧得入大学，有的不巧就入中学了。

今日学术界知名之士，如张申府（崧年）、汤用彤（锡予）诸位，皆是我的老同学。论年级，他们尚稍后于我；论年龄，则我们三人皆相同。我在我那班级上是年龄最小的。

当时学堂里读书，大半集中于英算两门。学生的精力和时间，都用在这上边。年长诸同学，很感觉费力；但我于此，亦曾实行过自学。在我那班上有四个人，彼此很要好。一廖福申（慰慈，福建），二王毓芬（梅庄，北京），三姚万里（伯鹏，广东），四就是我。我们四个都是年纪最小的——廖与王稍长一两岁。在廖大哥领导之下，我们曾结合起来自学。

这一结合，多出于廖大哥的好意。他看见年小同学爱玩耍不知用功，特来勉励我们。以那少年时代的天真，结合之初，颇具热情。我记得经过一阵很起劲的谈话以后，四个人同出去，到酒楼上吃螃蟹，大喝其酒。廖大哥提议彼此不用"大哥""二哥""三哥"那些俗气称谓相称，而主张以每个人的短处标出一字来，作为相呼之名，以资警惕。大家都赞成此议，就请他为我们一个个命名。他给王的名字，是"懦"；给姚的名字，是"暴"；而我的就是"傲"了。真的，这三个字都甚恰当。我是傲，不必说了。那王确亦懦弱有些妇人气；而姚则以赛跑跳高和足球擅长，原是一粗暴的体育大家。最后，他自名为"惰"。这却太谦了。他正是最勤学的一个呢！此大约因其所要求于自己的，总感觉不够之故；而从他自谦其惰，正可见出其勤来了。

那时每一班有一专任洋文教习，所有这一班的英文、数学、外国地理都由他以英文原本教授。这些位洋文教习，全是天津水师学堂出身，而王劭廉先生的门徒。我那一班是位吕先生（富永）。他们秉承王先生的规矩，教课认真，做事有军人风格。当然课程进行得并不慢，但我们自学的进度，总还是超过他所教的。如英文读本 *Carpenter's Reader*（亚洲之一本），先生教到全书的一半时，廖已读完全书，我亦能读到三分之二；纳氏英文文法，先生教第二册未完，我与廖研究第三册了；代数、几何、三角各书，经先生开一个头，廖即能自学下去，无待于先生教了。我赶不上他那样快，但经他携带，总亦走在先生教的前边。廖对于习题一个个都做，其所做算草非常清楚整齐悦目；我便不行了，本子上很多涂改，行款不齐，字迹潦草，比他显得忙乱，而进度反在他之后。廖自是一天才，非平常人之所及①。然从当年那些经验上，使我相信没有不能自学的功课。

同时廖还注意国文方面之自学。他在一个学期内，将一部《御批通鉴辑览》圈点完毕。因其为洋版书（当时对于木版书外之铜印、铅印、石印各书均作此称）字小，而每天都是在晚饭前划出一点时间来作的，天光不足，所以到圈点完功，眼睛变得近视了。这是他不晓得照顾身体，很可惜的。这里我与他不同。我是不注意国文方面的：国文讲义我照例不看；国文先生所讲，我照例不听。我另有我所用的功夫，如后面所述，而很少看中国旧书。但我国文作文成绩还不错，偶然亦被取为第一名。我总喜欢作翻案文章，不肯落俗套。有时能出奇

---

① 廖君后来经清华送出游美学铁路工程，曾任国内各大铁路工程师。——漱注

制胜，有时亦多半失败。记得一位七十岁的王老师十分恼恨我。他在我作文卷后，严重地批着"好恶拂人之性，灾必逮夫身"的批语。而后来一位范先生偏赏识我。他给我的批语，却是"语不惊人死不休"。

十九岁那一年（1911年）冬天，我们毕业。前后共经五年半之久。本来没有五年半的中学制度，这是因为中间经过一度学制变更，使我们吃亏。

八、中学时期之自学

在上面好像已叙述到我在中学时之自学，如自学英文、数学等课，但我所谓自学尚不在此。我曾说了：

由于向上心，我常有自课于自己的责任，不论什么事很少要人督迫。……真的自学，必从这里说起。自学就是一个人整个生命的向上自强，要紧在生活中有自觉。

所以上节所述只是当年中学里面一些应付课业的情形，还没有当真说到我的自学。

真的自学，是由于向上心驱使我在两个问题上追求不已：一、人生问题；二、社会问题，亦可云中国问题。此两个问题互有关联之处，不能截然分开，但仍以分别言之为方便。从人生问题之追求，使我出入于西洋哲学、印度宗教、中国周秦宋明诸学派间，而被人看作是哲学家。从社会问题之追求，使我参加了中国革命，并至今投身社会运动。今届五十之年，总论过去精力，无非用在这两问题上面；今后当亦不出乎此。而说到我对此两问题如何追求，则在中学时期均已开其端。以下略述当年一些事实。

我很早就有我的人生思想。约十四岁光景，我胸中已有了一个价值标准，时时用以评判一切人和一切事。这就是凡事看它于人有没有好处和其好处的大小。假使于群于己都没有好处，就是一件要不得的事了。掉转来，若于群于己都有顶大好处，便是天下第一等事。以此衡量一切并解释一切，似乎无往不通。若思之偶有扞格窒碍，必辗转求所以自圆其说者。一旦豁然复有所得，便不禁手舞足蹈，顾盼自喜。此时于西洋之"乐利主义""最大多数幸福主义""实用主义""工具主义"等等，尚无所闻。却是不期而然，恰与西洋这些功利派思想相近。

这思想，显然是受先父的启发。先父虽读儒书，服膺孔孟，实际上其思想和为人却有极像墨家之处。他相信中国积弱全为念书人专务虚文，与事实隔得太远之所误，因此，平素最看不起做诗词做文章的人，而标出"务实"二字为讨论任何问题之一贯的主张。务实之"实"，自然不免要以"实用""实利"为其主要涵义。而专讲实用实利之结果，当然流归到墨家思想。不论大事小事，这种意思在他一言一动之间到处流露贯彻。其大大影响到我，是不待言的。

不过我父只是有他的思想见解而止，他对于哲学并没有兴趣。我则自少年时便喜欢用深思。所以就由这里追究上去，究竟何谓"有好处"？那便是追究"利"和"害"到底何所指，必欲分析它，确定它。于是就引到苦乐问题上来，又追究到底何谓苦，何谓乐。对于苦乐的研究，是使我探入中国儒家印度佛家的钥匙，颇为重要。后来所作《究元决疑论》[①]中，有论苦乐的一段尚可见一斑。而这一段话，却完全是十六七岁在中学时撰写的旧稿。在中学里，时时沉溺在思想中，亦时时记录其思想所得。这类积稿当时甚多，现在无存。

然在当时受中国问题的刺激，我对中国问题的热心似又远过于爱谈人生问题。这亦因当时在人生思想上，正以事功为尚之故。

当时——光绪末年宣统初年——正亦有当时的国难。当时的学生界，亦曾激于救国热潮而有自请练学生

---

① 《究元决疑论》为廿四岁作，刊于《东方杂志》，后收为东方文库之一单行小册。——漱注

军的事，如"九一八"后各地学生之所为者。我记得我和同班同学雷国能兄，皆以热心这运动被推为代表，请求学堂监督给我们特聘军事教官，并发给枪支，于正课外加练军操，此是一例；其他像这类的事，当然很多。

为了救国，自然注意政治而要求政治改造。像民主和法治等观念，以及英国式的议会制度、政党政治，早在卅五年前成为我的政治理想。后来所作《我们政治上第一个不通的路——欧洲近代民主政治的路》[①]，其中诠释近代政治的话，还不出中学时那点心得。——的确，那时对于政治自以为是大有心得的。

九、自学资料及当年师友

无论在人生问题上或在中国问题上，我在当时已能取得住在北中国内地的人所可能有的最好自学资料。我拥有梁任公先生主编的《新民丛报》壬寅、癸卯、甲辰三整年六巨册和《新小说》（杂志月刊）全年一巨册（以上约共五六百万言）。——这都是从日本传递进来的。还有其他从日本传递进来的或上海出版的书报甚多。此

---

① 此文见于《中国民族自救运动之最后觉悟》，中华书局出版。——漱注

为初时（1907年）之事。稍后（1910年后）更有立宪派之《国风报》（旬刊或半月刊，在日本印行），革命派之上海《民立报》（日报），按期陆续收阅。——这都是当时内地寻常一个中学生，所不能有的丰富资财。

《新民丛报》一开头有任公先生著的《新民说》，他自署即曰"中国之新民"。这是一面提示了新人生观，又一面指出中国社会应该如何改造的；恰恰关系到人生问题中国问题的双方，切合我的需要，得益甚大。任公先生同时在报上有许多介绍外国某家某家学说的著作，使我得以领会不少近代西洋思想。他还有关于古时周秦诸子以至近世明清大儒的许多论述，意趣新而笔调健，皆足以感发人。此外有《德育鉴》一书，以立志、省察、克己、涵养等分门别类，辑录先儒格言（以宋明为多），而任公自加按语跋识。我对于中国古人学问之最初接触，实资于此。虽然现在看来，这书是无足取的，然而在当年给我的助益却很大。这助益，是在生活上，不徒在思想上。

《新民丛报》除任公先生自作文章约占十分之二，还有其他人如蒋观云先生（智由）等等的许多文章和国际国内时事记载等，约居十分之八，亦甚重要。这些能助我系统地了解当日时局大势之过去背景。因其所记壬寅、癸卯、甲辰（1902—1904年）之事正在我读它时

（1907—1909年）之前也。由于注意时局，所以每日报纸如当地之《北京日报》《顺天时报》《帝国日报》等，外埠之《申报》《新闻报》《时报》等，都是我每天必不可少的读物。谈起时局来，我都很清楚，不像普通一个中学生。

《国风报》上以谈国会制度、责任内阁制度、选举制度、预算制度等文章为多；其他如国库制度、审计制度，乃至银行货币等问题，亦常谈到。这是因为当时清廷筹备立宪，各省咨议局亦有联合请愿开国会的运动，各省督抚暨驻外使节在政治上亦有许多建议，而梁任公一派人隐然居于指导地位，即以《国风报》为其机关报。我当时对此运动亦颇热心，并且学习了近代国家法制上许多知识。

革命派的出版物，不如立宪派的容易得到手。然我终究亦得到一些。有《立宪派与革命派之论战》一厚册，是将梁任公和胡汉民（展堂）等争论中国应行革命共和抑行君主立宪的许多文章，搜集起来合印的；我反复读之甚熟。其他有些宣传品主于煽动排满感情的，我不喜读。

自学条件，书报资料固然重要，而朋友亦是重要的。在当时，我有两个朋友必须说一说。

一是郭人麟（一作仁林），字晓峰，河北乐亭县人。

他年长于我二岁，而班级则次于我。他们一班，是学法文的；我们则学英文。因此虽为一校同学，朝夕相见，却无往来。郭君颜貌如好女子，见者无不惊其美艳，而气敛神肃，眉宇间若有沉忧；我则平素自以为是，亦复神情孤峭。彼此一直到第三年方始交谈。但经一度交谈之后，我思想上竟发生极大变化。

我那时自负要救国救世，建功立业，论胸襟气概似极其不凡；实则在人生思想上，是很浅陋的。对于人生许多较深问题，根本未曾理会到。对于古今哲人高明一些的思想，不但未加理会，并且拒绝理会之。盖受先父影响，抱一种狭隘功利见解，重事功而轻学问。具有实用价值的学问，还知注意；若文学，若哲学，则直认为误人骗人的东西而排斥它。对于人格修养的学问，感受《德育鉴》之启发，固然留意，但意念中却认为"要做大事必须有人格修养才行"，竟以人格修养做方法手段看了。似此偏激无当浅薄无根的思想，早应当被推翻。无如一般人多半连这点偏激浅薄思想亦没有。尽他们不同意我，乃至驳斥我，其力量却不足以动摇我之自信。恰遇郭君，天资绝高，思想超脱，虽年不过十八九而学问几如老宿。他于老、庄、易经、佛典皆有心得，而最喜欢谭嗣同的"仁学"。其思想高于我，其精神亦足以笼罩我。他的谈话，有时嗤笑我，使我惘然如失；有时顺应我要作大事业的心理而诱进我，使我心悦诚服。我崇拜之极，尊之为郭师，课暇就去请教，记录他的谈话订成一巨册，题曰"郭师语录"。一般同学多半讥笑我们，号之为"梁贤人、郭圣人"。

自与郭君接近后，我一向狭隘的功利见解为之打破，对哲学始知尊重，这在我的思想上，实为一绝大转进。那时还有一位同学陈子方，年纪较我们都大，班级亦在前，与郭君为至好。我亦因郭而亲近之。他的思想见解、精神气魄，在当时亦是高于我的，我亦同受其影响。现在两君都不在人世。[1]

另一朋友是甄元熙，字亮甫，广东台山县人[2]。他年纪约长我一二岁，与我为同班，却是末后插班进来的。本来陈与郭在中国问题上皆倾向革命，但非甚积极。甄君是从（1910年）广州上海来北京的，似先已与革命派有关系。我们彼此同是对时局积极的，不久成了很好的朋友。

但彼此政见不大相同。甄君当然是一革命派。我只

---

① 陈故去廿多年，知其人者甚少。郭与李大钊(守常)为乡亲，亦甚友好，曾在北大图书馆做事。张绍曾为国务总理时，曾一度引为国务院秘书。今故去亦有十年。——漱注

② 甄君民国八九年间在广东曾任大元帅府秘书，后来去国到美洲，今似在旧金山办报。——漱注

热心政治改造，而不同情排满。在政治改造上，我又以英国式政治为理想，否认君主国体民主国体在政治改造上有什么等差不同。转而指责民主国，无论为法国式（内阁制），抑美国式（总统制），皆不如英国政治之善。——此即后来辛亥革命中，康有为所唱"虚君共和论"。在政治改造运动上，我认为可以用种种手段，而莫妙于俄国虚无党人的暗杀办法。这一面是很有效的，一面又破坏不大，免遭国际干涉。这些理论和主张，不待言是从立宪派得来的；然一点一滴皆经过我的往复思考，并非一种学舌。我和甄君时常以此作笔战，亦仿佛梁（任公）、汪（精卫）之所为；不过他们在海外是公开的，我们则不敢让人知道。

后来清廷一天一天失去人心，许多立宪派人皆转而为革命派，我亦是这样。中学毕业期近，武昌起义爆发，到处人心奋动，我们在学堂里更待不住。其时北京的、天津的和保定的学生界秘密互有联络，而头绪不一。

十、初入社会

按常例说，一个青年应当是由"求学"到"就业"；但在近几十年的中国青年，每每是由"求学"而"革命"。我亦是其中之一个。我由学校出来，第一步踏入广大社会，不是就了某一项职业而是参加革命。现在回想起来，这不免是一种太危险的事！

因为青年是社会的未成熟分子，其所以要求学，原是学习着如何参加社会，为社会之一员，以继成熟分子之后。却不料其求了学来革命。革命乃是改造社会。试问参加它尚虞能力不足，又焉得有改造它的能力？他此时缺乏社会经验，对于社会只有虚见（书本上所得）和臆想，尚无认识。试问认识不足，又何从谈到怎样改造呢？这明明是不行的事！无奈中国革命不是社会内部自发的革命，缺乏如西洋那种第三阶级或第四阶级由历史孕育下来的革命主力。中国革命只是最先感受到世界潮流之新学分子对旧派之争，全靠海外和沿海一带传播进来的世界思潮，以激动起一些热血青年，所以天然就是一种学生革命。幼稚、错误、失败都是天然不可免的事，无可奈何。

以我而说，那年不过刚足十八岁，自己的见识和举动，今日回想是很幼稚的。自己所亲眼见的许多人许多事，似都亦不免以天下大事为儿戏。不过青年做事比较天真，动机比较纯洁，则为后来这二三十年的人心所不及。——这是后来的感想，事实不具述。

清帝不久退位，暗杀暴动一类的事，略可结束。同仁等多半在天津办报，为公开之革命宣传。赵铁桥诸君所办者，名曰《民意报》，以甄亮甫为首的我们一班朋友，所办的报则名《民国报》。当时经费很充足，每日出三大张，规模之大为北方首创。总编辑为孙炳文浚明兄（四川叙府人，民国十六年国民党以清党为借口将其杀害于上海）；我亦充一名编辑，并且还做过外勤记者。今日所用漱溟二字，即是当时一笔名，而且出于孙先生所代拟。

新闻记者，似乎是社会上一项职业了。但其任务在指导社会，实亦非一个初入社会之青年学生所可胜任。现在想来，我还是觉得不妥的。这或者是我自幼志大言大，推演得来之结果呢！报馆原来馆址设在天津，后又迁北京（顺治门外大街西面）。民国二年春间，中国同盟会改组中国国民党成立，《民国报》收为党本部之机关报，以汤漪主其事，我们一些朋友便离去了。

作新闻记者生活一年有余，连参与革命工作算起来，亦不满两周年。在此期间内，读书少而活动多，书本上的知识未见长进，而以与社会接触频繁之故，渐晓得事实不尽如理想。对于"革命""政治""伟大人物"……皆有"不过如此"之感。有些下流行径、鄙俗心理，以及尖刻、狠毒、凶暴之事，以前在家庭在学校所遇不到的，此时却看见了；颇引起我对于人生感到厌倦和憎恶。

在此期间，接触最多者当然在政治方面。此前在中学读书时，便梦想议会政治，逢着资政院开会（宣统二年、三年两度开会），必辗转恳托介绍旁听。现在是新闻记者，持有长期旁听证，所有民元临时参议院民二国会的两院，几乎无日不出入其间了。此外若同盟会本部和改组后的国民党本部，若国务院等处，亦是我踪迹最密的所在。还有共和建设讨论会（民主党之前身）和民主党（进步党的前身）的地方，我亦常去。当时议会内党派的离合，国务院的改组，袁世凯的许多操纵运用，皆映于吾目而了了于吾心。许多政治上人物，他不熟悉我，我却熟悉他。这些实际知识和经验，有助于我对中国问题之认识者不少。

十一、激进于社会主义

民国元年已有所谓社会党在中国出现。江亦光绪庚子后北京社会上倡导维新运动之一人，与我家夙有来往，我深知其为人底细。他此种举动，完全出于投机心理。虽有些莫名其妙的人附和他，我则不睬。所有他们发表的言论，我都摒斥，不愿入目。我之倾向社会主义，不独与他们无关，而且因为憎恶他们，倒使我对社会主义隔膜了。

论当时风气，政治改造是一般人意识中所有；经济改造则为一般人意识中所无。仅仅"社会主义"这名词，偶然可以看到而已（共产主义一词似尚未见），少有人热心研究它。元年（1912年）八月，中国同盟会改组为国民党时，民生主义之被删除，正为一很好例证。同盟会会章的宗旨一条，原为"本会以巩固中华民国，实行民生主义为宗旨"；国民党党章则改为"巩固共和，实行平民政治"。这明明是一很大变动，旧日同志所不喜，而总理孙先生之不愿意，更无待言。然而毕竟改了。而且八月廿五日成立大会（在北京虎坊桥湖广会馆之剧场举行），我亦参加。我亲见孙总理和黄克强先生都出席，为极长极长之讲演，则终于承认此一修改，又无疑问[1]。这固然见出总理之虚怀，容纳众人意见；而经济

---

[1]　以我个人记忆所及，此次改组，内部争执甚大。即在定议之后，尤复有人蓄意破坏。成立大会，似分在北京上海两地同时开会。沪会即因此斗争而散，北京方面以孙黄二公亲临，幸得终局。当时争点，一即删去民生主义，而于别一条文中列有民生政策，又一则同盟会原有女同志，而新党章不收女党员。当场有女同志唐群英、沈佩贞、伍崇敏等起而质问，并直奔台上向宋教仁寻殴，台下亦有人鼓噪。唯赖总理临场讲演，以靖秩序。时值盛夏，天气炎热，总理话已讲完，左右频请续讲，以致拖长数小时之久，汗流满面。勉强散票选举，比将票收齐，已近天黑。自早晨八时开会，至此盖已一整天矣。在当时主持改组者，盖以为宪政之局已定，只求善于运用，远如欧美之产业发达，近如日本之经济建设，皆不难循序而进。此时只需实行社会政策，足防社会问题于未来无唱社会主义之必要。而运用宪政则在政党。故改组即在泯除暴力革命秘密结社之本色，而化为宪政国家之普通政党，俾与一般社会相接近，以广结同志、多得选民也。——漱注

045

问题和社会主义之不为当时所理会，亦完全看出了。

我当时对中国问题认识不足，亦以为只要宪政一上轨道，自不难步欧美日本之后尘，为一近代国家。至于经济平等，世界大同，乃以后之事，现在用不到谈它。所见正与流俗一般无二。不过不久我忽然感触到"财产私有"是人群一大问题。

约在民国元年尾二年初，我偶然一天从家里旧书堆中，检得《社会主义之神髓》一本书，是日本人幸德秋水（日本最早之社会主义者，死于狱中）所著，而张溥泉（继）先生翻译的，光绪三十一年（1905年）上海出版。此书在当时已嫌陈旧，内容亦无深刻理论。它讲到什么"资本家""劳动者"的许多话，亦不引起我兴味；不过其中有些反对财产私有的话，却印入我心。我即不断来思索这个问题。愈想愈多，不能自休。终至引我到反对财产私有的路上，而且激烈地反对，好像忍耐不得。

我发现这是引起人群中间生存竞争之根源。由于生存竞争，所以人们常常受到生活问题的威胁，不免于巧取豪夺。巧取，极端之例便是诈骗；豪夺，极端之例便是强盗。在这两大类型中包含各式各样数不尽的事例，而且是层出不穷。我们出去旅行，处处要提防上当受欺。一不小心，轻则损失财物，大则丧身失命。乃至坐在家里，受至亲至近之人所欺者，耳闻目见亦复不鲜。整个社会没有平安地方，说不定诈骗强盗从哪里来。你无钱，便受生活问题的威胁；你有钱，又受这种种威胁。你可能饿死无人管，亦可能四周围的人都在那儿打算你！啊呀！这是什么社会？这是什么人生？——然而这并不新奇。财产私有，生存竞争，自不免演到这一步！

这在被欺被害的人，固属不幸而可悯；即那行骗行暴的人，亦太可怜了！太不像个"人"了！人类不应当这个样子！人间的这一切罪恶，社会制度（财产私有制度）实为之，不能全以责备那个人。若根源上不解决，徒以严法峻刑对付个人，囚之杀之，实在是不通的事。我们即从法律之禁不了，已可证明其不通与无用。

人间还有许多罪恶，似为当事双方所同意，亦且为法律所不禁的，如许多为了金钱不复计及人格的事。其极端之例，便是娼优。社会上大事小事，属此类型，各式各样亦复数之不尽。因为在这社会上，是苦是乐，是死是活，都决定于金钱。钱之为用，乃广大无边，而高于一切；拥有大量钱财之人，即不啻握有莫大权力，可以役使一切了。此时责备有钱的人，不该这样用他的钱；责备无钱的人，不该这样出卖自己，高倡道德，以勉励众人，我们亦徒见其迂谬可笑，费尽唇舌，难收效果而已！

此外还有法律之所许可，道德不及纠正，而社会无形予以鼓励的事。那便是经济上一切竞争行为。竞争之结果，总有许多落伍失败的人，陷于悲惨境遇，其极端之例，便是乞丐。那些不出来行乞，而境遇悲惨需人救恤者，同属这一类型。大抵老弱残废孤寡疾病的人，竞争不了，最容易落到这地步。我认为这亦是人间的一种罪恶。不过这种罪恶，更没有哪一个负其责，显明是社会制度的罪恶了。

此时虽有慈善家举办慈善事业以为救济，但不从头理清此一问题，支支节节，又能补救得几何？此时普及教育是不可希望的，公共卫生是不能讲的，纵然以国家力量勉强举办一些，无奈与其社会大趋势相反何？——大趋势使好多人不能从容以受教育，使好多人无法讲求卫生。社会财富可能以自由竞争而增进（亦有限度），但文化水准不见得比例地随以增高，尤其风俗习惯想要日进于美善，是不可能的。因根本上先失去人心的清明安和，而流于贪吝自私，再加以与普及教育是矛盾的，与公共卫生是矛盾的，那么，将只有使身体方面心理方面日益败坏堕落下去！

人类日趋于下流与衰败，是何等可惊可惧的事！教育家挽救不了；卫生家挽救不了；宗教家、道德家、哲学家都挽救不了。什么政治家、法律家更不用说。拔本塞源，只有废除财产私有制度，以生产手段归公，生活问题基本上由社会共同解决，而免去人与人间之生存竞争。——这就是社会主义了。

我当时对于社会主义所知甚少，却十分热心。其所以热心，便是认定财产私有为社会一切痛苦与罪恶之源，而不可忍地反对它。理由如上所说亦无深奥，却全是经自己思考而得。是年冬，曾撰成《社会主义粹言》一书（内容分十节，不过万二三千字），自己写于蜡纸，油印数十本赠人。今无存稿。唯在《漱溟卅前文录》中，有《槐坛讲演之一段》一篇，是民国十二年春间为曹州中学生所讲，讲到一点从前的思想。

那时思想，仅属人生问题一面之一种社会理想，还没有扣合到中国问题上。换言之，那时只有见于人类生活需要社会主义，却没有见出社会主义在中国问题上，有其特殊需要。

十二、出世思想

我大约从十岁开始即好用思想。其时深深感受先父思想的影响，若从今日名词言之，可以说在人生哲学上重视实际利害，颇暗合于中国古代墨家思想或西方近代英国人的功利主义。——以先父似未尝读墨子书，更不知有近代英国哲学，故云暗合。

大约十六七岁时，从利害之分析追问，而转入何谓苦何谓乐之研索，归结到人生唯是苦之认识，于是遽尔倾向印度出世思想了。十七岁曾拒绝母亲为我议婚，二十岁开始茹素，寻求佛典阅读，怀抱出家为僧之念，直至廿九岁乃始放弃。——放弃之由，将于后文第十八节言之。

按：1969年秋间曾写有《自述早年思想之再转再变》一文，实为此节最好参考之资料，兹不烦重加述说。又关于苦乐问题之研索，则早年《究元决疑论》一文内有一段述说，可资参看。

十三、学佛又学医

我寻求佛典阅读之，盖始于民国初元，而萃力于民国三年前后。于其同时兼读中西医书。佛典及西医书均求之于当时琉璃厂西门的有正书局。此为上海有正书局分店。据闻在上海主其事者为狄葆贤，号平子，又号平等阁主，崇信佛法，《佛学丛报》每月一期，似即其主编。金陵刻经处刻出之佛典，以及常州等处印行之佛典，均于此流通，任人觅购。《佛学丛报》中有李证刚（翊灼）先生文章，当时为我所喜读。但因无人指教，自己于佛法大乘小乘尚不分辨，于各宗派更属茫然，遇有佛典即行购求，亦不问其能懂与否。曾记得"唯识""因明"各典籍最难通晓，暗中摸索，费力甚苦。

所以学佛又学医者，虽心慕金刚经所云"入城乞食"之古制，自度不能行之于今，拟以医术服务人民取得衣食一切所需也。恰好有正书局代售上海医学书局出版之西医书籍，因并购取读之。据闻此局主事者丁福保氏，亦好佛学，曾出版佛学辞典等书。丁氏狄氏既有同好，两局业务遂以相通。其西医各书系由日文翻译过来，有关于药物学、内科学、病理学、诊断学等著作十数种之多，我尽购取闭户研究。

中医古籍则琉璃厂各书店多有之。我所读者据今日回忆似以陈修园四十八种为主，从《黄帝内经》以至张仲景《伤寒》《金匮》各书均在其中。我初以为中西医既同以人身疾病为研究对象，当不难沟通，后乃知其不然。中西两方思想根本不同，在某些末节上虽可互有所取，终不能融合为一。其后既然放弃出家之想，医学遂亦置而不谈。

十四、父亲对我信任且放任

此节的最好参考资料是我所为《思亲记》一文（见

先公遗书卷首）。吾父对我的教育既经叙述在第二节，今此节不外继续前文。其许多事实则具备于《思亲记》所记之中，兹分别概述如下：

父亲之信任于我，是由于我少年时一些思想行径很合父意，很邀嘉赏而来。例如我极关心国家大局，平素看轻书本学问而有志事功，爱读梁任公的《新民丛报》《德育鉴》《国风报》等书报，写作日记，勉励自己。这既有些像父亲年轻时所为，亦且正和当时父亲的心理相合。每于晚饭后谈论时事，我颇能得父亲的喜欢。又如父亲向来佩服胡林翼慷慨有担当，郭嵩焘识见不同于流俗，而我在读到《三名臣书牍》《三星使书牍》时，正好特别重视这两个人。这都是我十四五岁以至十九岁时的事情，后来就不同了。

说到父亲对我的放任，正是由于我的思想行动很不合父亲之意，且明示其很不同意于我，但不加干涉，让我自己回心转意。我不改变，仍然听任我所为，这便是放任了。

不合父意的思想行动是哪些呢？正如《思亲记》原文说的——

自（民国）元年以来谬慕释氏，语及人生大道必归宗天竺，策数世间治理则矜尚远西。于祖国风教大原，先民德礼之化顾不知留意。

实则时间上非始自民国元年，而早在辛亥革命时，我参加革命行动，父亲就明示不同意了，却不加禁止。革命之后，国会开会，党派竞争颇多丑剧，父亲深为不满，而我迷信西方政制，以为势所难免，事事为之辩护。虽然父子好谈时事一如既往，而争论剧烈，大伤父心。——此是一方面。

再一方面，就是我的出世思想，好读佛典，志在出家为僧，父亲当然大为不悦。但我购读佛书，从来不加禁阻。我中学毕业后，不愿升学，以至我不结婚，均不合父意，但均不加督促。只是让我知道他是不同意的而止。这种宽放态度，我今天想起来仍然感到出乎意料。同时，我今天感到父亲这样态度对我的成就很大，实在是意想不到的一种很好的教育。不过我当时行事亦自委婉，例如吃素一事（守佛家戒律）要待离开父亲到达西安时方才实行。所惜我终违父意，父在世之时坚不结婚；其后我结婚则父逝既三年矣。

十五、当年倾慕的几个人物

吾父放任我之所为，一不加禁，盖相信我是有志向上的人，非趋向下流，听其自己转变为宜。就在此放任之中，我得到机会大走自学之路，没有落于被动地受教育地步。从十四五岁到十八九岁一阶段，我心目中大约有几个倾慕钦佩的人物，分述如下：

梁任公先生当然是头一个。我从壬寅、癸卯、甲辰（1902—1904 年）三整年的《新民丛报》学到很多很多知识，激发了志气，受影响极大。我曾写有纪念先生一文，可参看。文中亦指出了他的缺点。当年钦仰的人物，后来不满意，盖非独于任公先生为然。

再就是先舅氏张镕西先生耀曾，为我年十四五之时所敬服之人。镕舅于母极孝，俗有"家贫出孝子"之说，确是有理。他母亲是吾父表姐，故尔他于吾父亦称舅父，且奉吾父为师。他在民国初年政治中，不唯在其本党（同盟会、国民党）得到群情推重信服，而且深为异党所爱重。我在政协《文史资料选辑》中写有一文可参看。惜他局限于资产阶级的政治思想，未能适应社会主义新潮流。

再就是章太炎先生（炳麟）的文章，曾经极为我所爱读。且惊服其学问之渊深。我搞的《晚周汉魏文钞》，就是受他文章的影响。那时我正在倾心学佛，亦相信了他的佛学。后来方晓得他于佛法竟是外行。

再就是章行严先生（士钊）在我精神上的影响关系，

说起来话很长。我自幼喜看报纸。十四岁入中学后，学校阅览室所备京外报纸颇多，我非只看新闻，亦且细看长篇论文。当时北京有一家《帝国日报》常见有署名"秋桐"的文章，讨论宪政制度，例如国会宜用一院制抑二院制的问题等等。笔者似在欧洲，有时兼写有《欧游通讯》刊出，均为我所爱读。后来上海《民立报》常见署名"行严"的论文，提倡讲逻辑。我从笔调上判断其和"秋桐"是一个人的不同笔名，又在梁任公主编的《国风报》（一种期刊，出版于日本东京）上见有署名"民质"的一篇论翻译名词的文章，虽内容与前所见者不相涉，但我又断定必为同一个人。此时始终不知道其真姓名为谁。

后来访知其真姓名为章士钊，我所判断不同笔名实为一个人者果然不差。清廷退位后，孙中山以临时总统让位于袁世凯，但党（同盟会）内决议定都南京，要袁南下就职，《民立报》原为党的机关报，而章先生主持笔政，却发表其定都北京之主张。党内为之哗然，又因章先生本非同盟会会员，群指目为报社内奸。于是章先生乃不得不退出《民立报》，自己创办一周刊标名《独立周报》，发抒个人言论。其发刊词表明自己从来独立不倚（independent）的性格，又于篇末附有寄杨怀中先生（昌济）长达一二千字的书信。书信内容说他自己虽同孙（中山）、黄（克强）一道奔走革命，却不加入同盟会之事实经过（似是因加入同盟会必誓言忠于孙公并捺手指印模，而他不肯行之）。当时他所共事的章太炎、张溥泉两位，曾强他参加，至于把他关锁在房间内，如不同意参加便不放出（按此时他年龄似尚不足二十岁），而他终不同意。知此事者不多，怀中先生却知道，可以作证。《独立周报》发刊，我曾订阅，对于行严先生这种性格非常喜欢。彼此精神上，实有契合，不徒在文章之末。

其后，章先生在日本出版《甲寅》杂志，我于阅读之余，开始与他通信，曾得答书不少，皆保存之，可惜今尽失去。其时正当孙黄二次革命失败，袁世凯图谋帝制，人心苦闷，《甲寅》论著传诵国内，极负盛名。不久章先生参与西南倒袁之役，担任军务院秘书长。袁倒黎继，因军务院撤销问题，先生来北京接洽结束事务，我们始得见面。但一见之后，即有令我失望之感。我以为当国家多难之秋，民生憔悴之极，有心人必应刻苦自励，而先生顾以多才而多欲，非能为大局负责之人矣。其后细行不检，嫖、赌、吸鸦片无所不为，尤觉可惜。然其个性甚强，时有节概可见，九十高龄犹勤著述（我亲见之），自不可及。

十六、思想进步的原理

思想似乎是人人都有的，但有而等于没有的，殆居大多数。这就是在他头脑中杂乱无章，人云亦云，对于不同的观点意见，他都点头称是。思想或云一种道理，原是对于问题的解答。他之没有思想正为其没有问题。反之，人之所以有学问，恰为他善于发现问题，任何微细不同的意见观点，他都能觉察出来，认真追求，不忽略过去。问题是根苗，大学问像是一棵大树，从根苗上发展长大起来；而环境见闻（读书在其内）、生活实践，则是它的滋养资料，久而久之自然蔚成一大系统。思想进步的原理，一言总括之，就是如此。

往年曾有《如何成为今天的我》一篇讲演词（见于商务馆出版的《漱溟卅后文录》），又旧著《中国文化要义》书前有一篇《自序》均可资参看。

十七、东西文化问题

我既从青年时便体认人生唯是苦，觉得佛家出世最合我意，茹素不婚，勤求佛典，有志学佛，不料竟以《究元决疑论》一篇胡说瞎论引起蔡元培先生注意，受聘担任北大印度哲学讲席。这恰值新思潮（五四运动）发动前夕。当时的新思潮是既倡导西欧近代思潮（赛恩斯与德谟克拉西），又同时引入各种社会主义学说的。我自己虽然对新思潮莫逆于心，而环境气氛却对我这讲东方古哲之学的无形中有很大压力。就是在这压力下产生出来我《东西文化及其哲学》一书。这书内容主要是把西洋、中国、印度不相同的三大文化体系各予以人类文化发展史上适当的位置，解决了东西文化问题。

十八、回到世间来

《东西文化及其哲学》一书，在人生思想上归结到中国儒家的人生，并指出世界最近未来将是中国文化的复兴。这是我青年以来的一大思想转变。当初归心佛法，由于认定人生唯是苦（佛说四谛法：苦、集、灭、道），一旦发现儒书《论语》开头便是"学而时习之不亦乐乎"，一直看下去，全书不见一苦字，而乐字却出现了好多好多，不能不引起我极大注意。在《论语》书中与乐字相对的是一个忧字。然而说"仁者不忧"，孔子自言"乐以忘忧"，其充满乐观气氛极其明白，是何为而然？经过细心思考反省，就修正了自己一向的片面看法。此即写出《东西文化及其哲学》的由来，亦就伏下了自己放弃出家之念，而有回到世间来的动念。

动念回到世间来，虽说触发于一时，却是早有其酝酿在的。这就是被误拉进北京大学讲什么哲学，参入知识分子一堆，不免引起好名好胜之心。好名好胜之心发乎身体，而身体则天然有男女之欲。但我既蓄志出家为僧，不许可婚娶，只有自己抑制遏止其欲念。自己精神上就这样时时在矛盾斗争中。矛盾斗争不会长久相持不决，逢到机会终于触发了放弃一向要出家的决心。

机会是在 1920 年春初，我应少年中国学会邀请作宗教问题讲演后，在家补写其讲词。此原为一轻易事，乃不料下笔总不如意，写不数行，涂改满纸，思路窘涩，头脑紊乱，自己不禁诧讶，掷笔叹息。既静心一时，随手取《明儒学案》翻阅之。其中泰州王心斋一派素所熟悉，此时于东崖语录中忽看到"百虑交锢，血气靡宁"八个字蓦地心惊：这不是恰在对我说话吗？这不是恰在指斥现时的我吗？顿时头皮冒汗，默然有省。遂由此决然放弃出家之念。是年暑假应邀在济南讲演《东西文化及其哲学》一题，回京写定付印出版，冬十一月尾结婚。

这便是我的人生观①

　　广西省立二中留京学会同人以其学会会刊《友声杂志》复行出版，向我索几句赠言，我没有多少可说的话，我只能直抒我当下胸臆之所有者以奉答。

　　我不晓得我为什么看到旁人积极的有所作为，有那一种奋勉向前的样子，我总起一种欣喜、高兴、欢迎、赞成的心理。我不晓得我为什么看到旁人有一种社会的行谊——大家集合团结起来，有那一种同心协力的样子，我总起一种欣喜、高兴、欢迎、赞成的心理。

---

　　① 原名《我之人生观如是》。[《梁漱溟全集》（四），山东人民出版社，2005.05]。

我对于二中学会同人，有这种学会的组织，和努力办一种杂志，为我们沉闷闭塞的广西作一点启牖的功夫，没有许多意思可说，还只是这一种不晓得为什么的欣喜、高兴、欢迎、赞成的心理罢了！

这种奋勉向前的情事是我们在人类社会中随在可见的或于一个人或于一团体。这种同心协力的情事也是我们在这人类社会中随在可见的——小而夫妇朋友之间，大而至于国家世界。便是我所谓不晓得为什么对此类情事便欣喜、高兴、欢迎、赞成的心理初非我所独有，而也是随在可见，人心之所同然的。我想大约在有史以前一直到现在恐怕常常是这般的，在大地之上恐怕到处都是这般的。只不晓得这般的到底是为什么？

有人说，这是因为人类要图谋他的生活所以如此，至于那同心协力的心理、奋勉向前的心理和对此而表欢迎赞成的心理，则出于所谓创造的冲动互助的本能等等，而这些本能冲动又是从生物进化中经天择作用保留发展出来，以便图谋生活的。我则以为不然。必说种种都是为谋生活，不知生活却为什么？自我观之，这般就是生活，并非这般所以谋生活；这般正是生活，并非这般所以为生活。且所谓图谋生活之生活果何指？其重要者当在食色二事耶？此二事者其一则营养而维持生命，其一则繁殖而扩张生命。若然，则似乎只好说营养所以为生

061

命，而不好说生命所以为营养——只好说吃饭是为活着，不好说活着是为吃饭。繁殖一事自然也是这样。营养繁殖既不可为生命本题所在，必谓凡人类之同心协力奋勉向前皆所以为此，殆不然欤。然则人类若是种种同心奋勉向前，却都是为什么呢？自我言之，生命者无目的之向上奋进也。所谓无目的者，以其无止境不知其所届。生物之进化无不在显示其势如此而人类之结侣合群同心协力积极作为奋勉向前尤其豁露著明最可指见者也。即此无目的之向上奋进，是曰人生真义，亦即可以说即此同心协力奋勉向前便是人生真义。夫谁得而知其协力向前之果何所为耶？故曰："我不晓得我为什么……"其必指而强为生解曰："是所以谋生活也！是所以谋生活也！"盖甚非甚非也！甚非甚非也！

吾每当春日，阳光和暖，忽睹柳色舒青，草木向荣，辄为感奋兴发，辄不胜感奋兴发而莫明所为。吾每当家人环处进退之间，觉其熙熙融融，雍睦和合，辄为感奋兴发，辄不胜感奋兴发而莫明所为。吾每当团体集会行动之间，觉其同心协力，情好无间，辄感奋兴发，辄不胜感奋兴发而莫明所为。吾或于秋夜偶醒，忽闻风声吹树，冷然动心，辄为感奋扬励，辄不胜感奋扬励而莫明所为。又或自己适有困厄，力莫能越，或睹社会众人沉陷苦难，力莫能拔，辄为感奋扬励，辄不胜感奋扬励而莫明所为。又或读书诵诗，睹古人之行事，聆古人之语言，其因而感奋兴起又多多焉。如我所信，我与二中学会同人与大地上古往今来之人，盖常常如是自奋而自勉焉。此之谓有生气，此之谓有活气，此之谓生物，此之谓活人，此之谓生活。生活者生活也，非谋生活也。事事指而目之曰"谋生活"，则何处是生活？将谓吃饭睡觉安居享受之时乃为生活耶？是不知生发活动之为生活，其饮食则储蓄将以为生发活动之力者也，其休息则培补将以为生发活动之力者也，而倒转以饮食休息为生活，岂不惑耶？天下之为惑也久矣！率天下而为贪夫贱子半死之人者由此道也！昔者叶公问孔子于子路，子路不对。孔子曰："女奚不曰：其为人也，发奋忘食，乐以忘忧，不知老之将至云尔！"呜呼！是吾道也！吾将以是道昭苏天下垂死之人而复活之！今爰以勉吾二中学会同人，愿同人其勉焉！

如何成为今天的我 [①]

在座各位，今天承中山大学哲学会请我来演讲，中山大学是华南最高的研究学问的地方，我在此地演讲，很是荣幸，大家的欢迎却不敢当。

今天预备讲的题目很寻常，讲出来深恐有负大家的一番盛意。本来题目就不好定，因为这题目要用的字面很难确当。我想说的话是说明我从前如何求学，但求学这两个字也不十分恰当，不如说是来说明如何成为今天的我的好——大概我想说的话就是这些。

---

① 1928 年在广州中山大学的讲演。[《梁漱溟全集》（四），山东人民出版社，2005.05]。

为什么我要讲这样的一个题目呢？我讲这个题目有两点意义：

第一点，初次和大家见面，很想把自己介绍于诸位。如果诸位从来不曾听过有我梁某这个人，我就用不着介绍。我们重新认识就好了。但是诸位已经听见人家讲过我，所听的话，大都是些传说，不足信的，所以大家对于我的观念，多半是出于误会。我因为不想大家有由误会生出来对于我的一种我所不愿意接受的观念，所以我想要说明我自己，解释这些误会，使大家能够知道我的内容真相。

第二点，今天是哲学系的同学请我讲演，并且这边哲学系曾经要我来担任功课之意甚殷，这个意思很不敢当，也很感谢。我今天想趁这个机会把我心里认为最要紧的话，对大家来讲一讲，算是对哲学系的同学一点贡献。

一、我想先就第一点再申说几句。我所说大家对于我的误会，是不知道为什么把我看作一个国学家，一个佛学家，一个哲学家，不知道为什么会有这许多的徽号，这许多想象和这许多猜测！这许多的高等名堂，我殊不敢受。我老实对大家讲一句，我根本不是学问家！并且简直不是讲学问的人，我亦没有法子讲学问！大家不要说我是什么学问家！我是什么都没有的人，实在无从讲学问。不论是讲哪种学问，总要有一种求学问的工具：要西文通晓畅达才能求现代的学问；而研究现代的学问，又非有科学根柢不行。我只能勉强读些西文书，科学的根柢更没有。到现在我才只是一个中学毕业生！说到国学，严格地说来，我中国字还没认好。除了只费十几天的功夫很匆率地翻阅过《段注说文》，对于文字学并无研究，所以在国学方面，求学的工具和根柢也没有。中国的古书我通通没有念过，大家以为我对于中国古书都很熟，其实我一句也没有念，所以一句也不能背诵。如果我想引用一句古书，必定要翻书才行。从七八岁起即习 ABC，但到现在也没学好；至于中国的古书到了十几岁时才找出来像看杂志般看过一回。所以，我实在不能讲学问，不管是新的或旧的，而且连讲学问的工具也没有。那么，不单是不会讲学问，简直是没有法子讲学问。

但是，为什么缘故，不知不觉地竟让大家误会了以我为一个学问家呢？此即今天我想向大家解释的。我想必要解释这误会，因为学问家是假的，而误会已经真有了！所以今天向大家自白，让大家能明白我是怎样的人，真是再好不过。这是申说第一点意义的。

二、（这是对哲学系的同学讲的）在我看，一个大学里开一个哲学系，招学生学哲学，三年五年毕业，天下最糟，无过于是！哲学系实在是误人子弟！记得民国六年或七年（记不清是六年还是七年，总之是十年以前的话），我在北京大学教书时，哲学系第一届（或第二）毕业生因为快要毕业，所以请了校长文科学长教员等开一个茶会。那时，文科学长陈独秀先生曾说："我很替诸位毕业的同学发愁。因为国文系的同学毕业，我可以替他们写介绍信，说某君国文很好请你用他，或如英文系的同学毕业时，我可以写介绍信说某君英文很好请你可以用他，但哲学系毕业的却怎么样办呢？所以我很替大家发愁！"大学的学生原是在乎深造于学问的，本来不在乎社会的应用的，他的话一半是说笑，自不很对，但有一点，就是学哲学一定没有结果，这一点是真的！学了几年之后还是莫名其妙是真的！所以我也不能不替哲学系的同学发愁！

哲学是个极奇怪的东西：一方面是尽人应该学之学，而在他一方面却又不是尽人可学之学。虽说人人都应当学一点，然而又不是人人所能够学得的。换句话讲，就是没有哲学天才的人，便不配学哲学；如果他要勉强去学，就学一辈子，也得不到一点结果。所以哲学这项学问，可以说只是少数人所能享的一种权利，是和艺术一样全要靠天才才能成功，却与科学完全殊途。因为学科学的人，只要肯用功，多学点时候，总可学个大致不差，譬如工程学，算是不易的功课，然而除非是个傻子或者有神经病的人，就没有办法，不然，学上八年十年，总可以做个工程师。哲学就不像这样，不仅要有天才，并且还要下功夫，才有成功的希望；没有天才，纵然肯下功夫，是不能做到，即算有天才不肯下功夫，也是不能成功。

大家可能会问哲学何以如此特别，为什么既是尽人应学之学，同时又不是尽人可学之学？这就因为哲学所研究的问题，最近在眼前，却又是远在极处——最究竟。北冰洋离我们远，它比北冰洋更远，如宇宙人生的问题，说它深远，却明明是近在眼前。这些问题又最普遍，可以说是寻常到处遇得着，但是又极特殊，因其最究竟。因其眼前普遍，所以人人都要问这问题，亦不可不问；但为其深远究竟，人人无法能问，实亦问不出结果。甚至一般人简直无法去学哲学。大概宇宙人生本是巧妙之极，而一般人却是愚笨之极，各在极端，当然两不相遇。既然根本没有法子见面，又何能了解呢？你不巧妙，无论你怎样想法子，一辈子也休想得到那个巧妙，所以我说哲学不是尽人可学的学问。有人以为宇宙人生是神秘不可解，其实非也。有天才便可解，没有天才便不可解。你有巧妙的头脑，自然与宇宙的巧妙相契无言，莫逆于心，亦不以为什么神秘超绝。如果你没有巧妙的头脑，你就用不着去想要懂它，因为你够不上去解决它的问题。不像旁的学问，可以一天天求进步，只要有积累的工夫，对于那方面的知识，总可以增加，譬如生理卫生、物理、化学、天文、地质各种科学，今天懂得一个问题，明天就可以去求解决一个新问题，而昨天的问题，今天就用不着再要去解决了。（不过愈解决问题，就也愈发现问题。）其他各种学问，大概都是只要去求解决后来的问题，不必再去研究从前已经解决了的问题；在哲学就不然，自始至终，总是在那些老问题上盘旋。周、秦或希腊几千年前所研究的问题，到现在还来研究。如果说某种科学里面也是要解决老问题的，那一定就是种很接近哲学的问题；不然，就决不会有这种事。以此，有人说各种科学都有进步，独哲学自古迄今不见进步。实则哲学上问题亦非总未得解决，不过科学上问题的解决可以摆出外面与人以共见，哲学问题的解决每存于个人主观，不能与人以共见。古之人早都解决，而后之人不能不从头追问起；古之人未尝自闷其所得，而后之人不能资之以共喻；遂若总未解决耳。进步亦是有的，但不存于正面，而在负面，即指示"此路不通"是也。问题之正面解答，虽迄无定论，而其不可作如是观，不可以是求之，则逐渐昭示于人。故哲学界里，无成而有成，前人功夫卒不白费。

这样一来，使哲学系的同学就为难了：哲学既是学不得的学问，而诸位却已经上了这个当，进了哲学系，退不出来，又将怎么办呢？所以我就想来替大家想个方法补救。法子对不对，我不敢断定，我只是想贡献诸位这一点意思。诸位照我这个办法去学哲学，虽或亦不容易成功，但也许成功。这个方法，就是我从前求学走的那条路，我讲出来大家去看是不是一条路，可不可以走得。

不过我在最初并没有想要学哲学，连哲学这个名词，还不晓得，更何从知道有治哲学的好方法？我是于不知不觉间走进这条路去的。我在《东西文化及其哲学》自序中说："我完全没有想学哲学，但常常好用心思；等到后来向人家说起，他们方告诉我这便是哲学……"实是真话。我不但从来未曾有一天动念想研究哲学，而且我根本未曾有一天动念想求学问。刚才已经很老实地说我不是学问家，并且我没有法子讲学问。现在更说明我从开头起始终没有想讲学问。我从十四岁以后，心里抱有一种意见（此意见自不十分对）。什么意见呢？就是鄙薄学问，很看不起有学问的人，因我当时很热心想做事救国。那时是前清光绪年间，外国人要瓜分中国，我们要有亡国灭种的危险一类的话听得很多，所以一心要救国，而以学问为不急之务。不但视学问为不急，并且认定学问与事功截然两途。讲学问便妨碍了做事，越有学问的人越没用。这意见非常的坚决。实在当时之学问亦确是有此情形，什么八股辞章、汉学、宋学……对于国计民生的确有何用呢？又由我父亲给我的影响亦甚大。先父最看得读书人无用，虽他自己亦尝读书中举。他常常说，一个人如果读书中了举人，便快要成无用的人；更若中进士点翰林大概什九是废物无能了。他是个太过尚实认真的人，差不多是个狭隘的实用主义者，每以有用无用，有益无益，衡量一切。我受了此种影响，光绪末年在北京的中学念书的时候，对于教师教我的唐宋八家的古文顶不愿意听，讲庄子《齐物论》《逍遥游》……那么更头痛。不但觉得无用无聊之讨厌，更痛恨他卖弄聪明，故示玄妙，完全是骗人误人的东西！当时尚未闻"文学""艺术""哲学"一类的名堂，然而于这一类东西则大概都非常不喜欢。一直到十九、二十岁还是这样。于哲学尤其嫌恶，却不料后来自己竟被人指目为哲学家！

由此以后，这种错误观念才渐渐以纠正而消没了，但又觉不得空闲讲学问，一直到今天犹且如此。所谓不得空闲讲学问，是什么意思呢？因为我心里的问题太多，解决不了。凡聪明人于宇宙事物大抵均好生疑问，好致推究，但我的问题之多尚非此之谓。我的问题背后多半有较强厚的感情相督迫，亦可说我的问题多偏乎实际（此我所以不是哲学家乃至不是学问家的根本原因），而问题是相引无穷的，心理不免紧张而无暇豫。有时亦未尝不想在优游恬静中，从容地研究一点学问，却完全不能做到了。虽说今日我亦颇知尊重学问家，可惜我自己做不来。

从前薄学问而不为，后来又不暇治学问，而到今天竟然成为一个被人误会为学问家的我。此中并无何奇巧，我只是在无意中走上一条路；走上了，就走不下来，只得一直走去；如是就走到这个易滋误会（误会是个学问家）的地方。其实亦只易滋误会罢了；认真说，这便是做学问的方法吗？我不敢答，然而真学问的成功必有资于此，殆不妄乎。现在我就要来说明我这条路，做一点对于哲学系同学的贡献。

我无意中走上的路是怎么样一条路呢？就是我不知为何特别好用心思，我不知为什么便爱留心问题——问题不知如何走上我心来，请它出去，它亦不出去。大约从我十四岁就好用心思，到现在二十多年这期间，总有问题占据在我的心里。虽问题有转变而前后非一，但半生中一时期都有一个问题没有摆脱。由此问题移入彼问题，由前一时期进到后一时期。从起初到今天，常常在研究解决问题，而解决不完，心思之用亦欲罢不能，只好由它如此。这就是我二十余年来所走的一条路。

如果大家要问为什么好用心思？为什么会有问题？这是我很容易感觉到事理之矛盾，很容易感觉到没有道理，或有两个以上的道理。当我觉出有两个道理的时候，我即失了主见，便不知要哪样才好。眼前若有了两个道理或更多的道理，心中便没了道理，很是不安，却又丢不开，如是就占住了脑海。我自己回想当初为什么好用心思，大概就是由于我易有这样感觉吧。如果大家想做哲学家，似乎便应该有这种感觉才得有希望。更放宽范围说，或者许多学问都需要以这个为起点呢。

以下分八层来说明我走的一条路：

（一）**因为肯用心思所以有主见**　对一个问题肯用心思，便对这问题自然有了主见，亦即是在自家有判别。记得有名的哲学家詹姆士（James）仿佛曾说过一句这样的话："哲学上的外行，总不是极端派。"这是说胸无主见的人无论对于什么议论都点头，人家这样说他承认不错，人家那样说他亦相信有理。因他脑里原是许多杂乱矛盾未经整理的东西。两边的话冲突不相容亦模糊不觉，凡其人于哲学是外行的，一定如此。哲学家一定是极端的！什么是哲学的道理？就是偏见！有所见便想把这所见贯通于一切，而使成普遍的道理。因执于其所见而极端地排斥旁人的意见，不承认有二或二以上的道理。美其名曰主见亦可，斥之曰偏见亦可。实在岂但哲学家如此！何谓学问？有主见就是学问！遇一个问题到眼前来而茫然的便是没有学问！学问不学问，却不在读书之多少。哲学系的同学，生在今日，可以说是不幸。因为前头的东洋西洋上古近代的哲学家太多了，那些读不完的书，研寻不了的道理，很沉重地积压在我们头背上，不敢有丝毫的大胆量，不敢稍有主见。但如果这样，终究是没有办法的。大家还要有主见才行。那么就劝大家不要为前头的哲学家吓住，不要怕主见之不对而致不要主见。我们的主见也许是很浅薄，浅薄亦好，要知虽浅薄也还是我的。许多哲学家的哲学也很浅，就因为浅便行了。詹姆士的哲学很浅，浅所以就行了！胡适之先生的更浅，亦很行。因为这是他自己的，纵然不高深，却是心得，而亲切有味。所以说出来便能够动人，能动人就行了！他就能成他一派。大家不行，就是因为大家连浅薄的都没有。

（二）有主见乃感觉出旁人意见与我两样　要自己有了主见，才得有自己；有自己，才得有旁人——才得发觉前后左右都有种种与我意见不同的人在。这个时候，你才感觉到种种冲突，种种矛盾，种种没有道理，又种种都是道理。于是就不得不有第二步的用心思。

学问是什么？学问就是学着认识问题。没有学问的人并非肚里没有道理，脑里没有理论，而是心里没有问题。要知必先看见问题，其次乃是求解答；问题且无，解决问题更何能说到。然而非能解决问题，不算有学问。我为现在哲学系同学诸君所最发愁的，便是将古今中外的哲学都学了，道理有了一大堆，问题却没有一个，简直成了莫可奈何的绝物。要求救治之方，只有自己先有主见，感觉出旁人意见与我两样，而触处皆是问题；憬然于道理之难言，既不甘随便跟着人家说，尤不敢轻易自信；求学问的生机才有了。

（三）此后看书听话乃能得益 大约自此以后乃可算会读书了。前人的主张，今人的言论，皆不致轻易放过，稍有与自己不同处，便知注意。而凡于其自己所见愈亲切者，于旁人意见所在愈隔膜。不同，非求解决归一不可；隔膜，非求了解他不可。于是古人今人所曾用过的心思，我乃能发现而得到，以融取而收归于自己。所以最初的一点主见便是以后大学问的萌芽。从这点萌芽才可以吸收滋养料，而亦随在都有滋养料可得。有此萌芽向上才可以生枝发叶，向下才可以入土生根。待得上边枝叶扶疏，下边根深蒂固，学问便成了。总之，必如此才会用心，会用心才会读书；不然读书也没中用处。现在可以告诉大家一个看人会读书不会读书的方法：会读书的人说话时，他要说他自己的话，不堆砌名词，亦无事旁征博引；反之，一篇文里引书越多的一定越不会读书。

（四）**学然后知不足**　古人说"学然后知不足"，真是不错。只怕你不用心，用心之后就自知虚心了。自己当初一点见解之浮浅不足以解决问题，到此时才知道了。问题之不可轻谈，前人所看之高过我，天地间事理为我未及知者之尽多，乃打下了一向的粗心浮气。所以学问之进，不独见解有进境，逐有修正，逐有锻炼，而心思头脑亦锻炼得精密了，心气态度亦锻炼得谦虚了。而每度头脑态度之锻炼又皆还于其见解之长进有至大关系。换言之，心虚思密实是求学的必要条件。学哲学最不好的毛病是说自家都懂。问你，柏拉图懂吗？懂。佛家懂吗？懂。儒家懂吗？懂。老子、阳明也懂；康德、罗素、柏格森……全懂得。说起来都像自家熟人一般。一按其实，则他还是他未经锻炼的思想见地；虽读书，未曾受益。凡前人心思曲折，经验积累，所以遗我后人者乃一无所承领，而贫薄如初。遇着问题，打起仗来，于前人轻致反对者固属隔膜可笑，而自谓宗主前人者亦初无所窥。此我们于那年科学与人生观的论战，所以有大家太不爱读书，太不会读书之叹也。而病源都在不虚心，自以为没什么不懂得的。殊不知，你若当真懂得柏拉图，你就等于柏拉图。若自柏拉图、佛、孔以迄罗素、柏格森数理生物之学都懂而兼通了，那么，一定更要高过一切古今中外的大哲了！所以我劝同学诸君，对于前人之学总要存一我不懂之意。人问柏拉图你懂吗？不懂。柏格森懂吗？不懂。阳明懂吗？不懂。这样就好了。从自己觉得不懂，就可以除去一切浮见，完全虚心先求了解他。这样，书一定被你读到了。

我们翻开《科学与人生观之论战》一看，可以感觉到一种毛病，什么毛病呢？科学派说反科学派所持见解不过如何如何，其实并不如此。因为他们自己头脑简单，却说人家头脑简单；人家并不如此粗浅，如此不通，而他看成人家是这样。他以为你们总不出乎此。于是他就从这里来下批评攻击。可以说是有意无意的栽赃。我从来的脾气与此相反。从来遇着不同的意见思想，我总疑心他比我高，疑心他必有为我所未及的见闻在，不然，他何以不和我作同样判断呢？疑心他必有精思深悟过乎我，不然，何以我所见如此而他乃如彼？我原是闻见最不广，知识最不够的人，聪明颖悟，自己看是在中人以上；然以视前人则远不逮，并世中高过我者亦尽多。与其说我是心虚，不如说我胆虚较为近实。然由此不敢轻量人，而人乃莫不资我益。因此我有两句话希望大家常常存记在心，第一，"担心他的出乎我之外"；第二，"担心我的出乎他之下"。有这担心，一定可以学得上进。《东西文化及其哲学》这本书就为了上面我那两句话而产生的。我二十岁的时候，先走入佛家的思想，后来又走到儒家的思想。因为自己非常担心的缘故，不但人家对佛家儒家的批评不能当作不看见，并且自己留心去寻看有多少对我的批评。总不敢自以为高明，而生恐怕是人家的道理对。因此要想方法了解西洋的道理，探求到根本，而谋一个解决。迨自己得到解决，便想把自己如何解决的拿出来给大家看，此即写那本书之由也。

（五）**由浅入深便能以简御繁**　归纳起第一、第二、第三、第四点，就是常常要有主见，常常看出问题，常常虚心求解决。这样一步一步的牵涉越多，范围越广，辨察愈密，追究愈深。这时候零碎的知识，段片的见解都没有了；在心里全是一贯的系统，整个的组织。如此，就可以算成功了。到了这时候，才能以简御繁，才可以学问多而不觉得多。凡有系统的思想，在心里都很简单，仿佛只有一两句话。凡是大哲学家皆没有许多话说，总不过一两句。很复杂很沉重的宇宙，在他手心里是异常轻松的——所谓举重若轻。学问家如说肩背上负着多沉重的学问，那是不对的；如说当初觉得有什么，现在才晓得原来没有什么，那就对了。其实，仿佛没话可讲。

对于道理越看得明透越觉得无甚话可说，还是一点不说的好。心里明白，口里讲不出来。反过来说，学问浅的人说话愈多，思想不清楚的人名词越多。一个没有学问的人看见真要被他吓坏！其实道理明透了，名词便可用，可不用，或随意拾用。

（六）**是真学问便有受用**　有受用没受用仍就在能不能解决问题。这时对于一切异说杂见都没有摇惑，而身心通泰，怡然有以自得。如果外面或里面还有摆着解决不了的问题，那学问必是没到家。所以没有问题，因为他学问已经通了。因其有得于己，故学问可以完全归自己运用。假学问的人，学问在他的手里完全不会用。比方学武术的十八般武艺都学会了，表演起来五花八门很像个样。等到打仗对敌，叫他抢刀上阵，拿出来的却不是那个，而是一些幼稚的拙笨的，甚至本能的反射运动，或应付不了，跑回来搬请老师。这种情形在学术界里，多可看见。可惜一套武艺都白学了。

（七）**旁人得失长短一望而知**　这时候学问过程里面的甘苦都尝过了，再看旁人的见解主张，其中得失长短都能够看出来。这个浅薄，那个到家，这个是什么分数，那个是什么程度，都知道得很清楚；因为自己从前皆曾翻过身来，一切的深浅精粗的层次都经过。

（八）自己说出话来精巧透辟 每一句话都非常晶亮透辟，因为这时心里没有一点不透的了。此思精理熟之象也。

现在把上面的话结束起来。如果大家按照我的方法去做功夫，虽天分较低的人，也不至于全无结果。盖学至于高明之域，诚不能不赖有高明之资。然但得心思剀切事理，而循此以求，不急不懈，持之以恒者，则祛俗解蔽，未尝不可积渐以进。而所谓高明正无奥义可言，亦不过俗祛蔽解之真到家者耳。此理，前人早开掘出以遗我，第苦后人不能领取。诚循此路，必能取益；能取益古人则亦庶几矣。

至于我个人，于学问实说不上。上述八层，前四层诚然是我用功的路径；后四层，往最好里说，亦不过庶几望见之耳——只是望见，非能实有诸己。少时妄想做事立功而菲薄学问；二三十岁稍有深思，亦殊草率；近年问题益转入实际的具体的国家社会问题上来。心思之用又别有在，若不如是不得心安者。后此不知如何，终恐草草负此生耳。

末了，我要向诸位郑重声明的：我始终不是学问中人，也不是事功中人。我想了许久，我是什么人？我大概是问题中人！

值得感念的岁月①

我入北大，时北大建校将近二十年，我年仅二十五岁。今值北大校庆九十周年，谨追述七十年前在北大时一些往事，以表达我这年逾九旬老校友的一片感念之情。

我入北大任教，始于1917年底。是年初蔡元培先生方自欧洲归来，应教育总长范源廉之邀，出任北京大学校长。我请范公代为先容，往谒蔡先生于其南菜园上街寓所。辛亥革命胜利民国建立，1912年蔡先生参加首届内阁为第一任教育总长，而我此时于同盟会《民国

---

① 写于1988年。[《梁漱溟全集》（七），山东人民出版社，2005.05]。

081

报》工作，以一青年记者身份，出入于国会、总统府、国务院及各政党总部，因此于采访中多次接近蔡先生，但未得深谈。而此次不同，是以自己所著《究元决疑论》特向蔡先生求教的。此文评论古今中外诸子百家，而独推崇印度佛家思想。当我说明来意后，先生回答说："我过上海时已在《东方杂志》上看过了，很好。"不曾想到先生早已过目，并对这篇如今看来是东拉西扯的文章给予肯定。但更使人出乎意料的是先生随即表示希望我到北大任教。先生说："我是喜爱哲学的。我此次来北大重点要办好文科。文科中又以哲学系为重点，你就来哲学系讲印度哲学好了。"我忙回答说："先生之喜爱哲学我知道，早在中学时即读过先生翻译的《哲学要领》一书，至于我，实在不懂印度哲学。印度宗派是如此之多，而我只不过为解决自己在人生问题上的烦闷，钻研了一些佛典，领会一点佛家思想而已。"先生说："你说你不懂，但又有谁懂呢？我寻不着人，就是你来吧！"我总不敢承当。先生于是申说道："我看你也是喜欢哲学的。我们把一些喜爱哲学的朋友聚拢在一起，共同研究，互相切磋，你怎么可以不来呢！来北大，你不要以为是来教别人的，你把到北大当作来共同学习好了。"蔡先生这几句话打动了我。抱这种态度再好不过，而我又怎会不愿来学习呢。来北大的事就如此确定下来。

叙说至此，不由联想到近年有关我入北大的一些失实的传闻。1942年在《纪念蔡先生逝世两周年》一文里我即有所申述，不料四十多年后再度传播开来，且更加离奇、广泛；大小报刊且不说，虽《北京大学学报》亦不能免。事实是我因中学毕业后投身同盟会活动，无法顾及升学事，及至在北大任教，昔日中学同窗如汤用彤（在文科）、张申府（在理科）、雷国能（在法科）诸兄尚求学于北大，况且蔡先生以讲师聘我，又何曾有投考不被录取，反被聘为教授之事。

1916年我虽应聘，却因尚在司法部任秘书，一时不得脱身，1917年下半年才到北大。入校后先开"印度哲学"一课，此课自非哲学系重点，但听课者似仍不少。后来讲授"儒家哲学"，听课者更多，注册部原安排一院红楼教室容纳不下，于是不得不迁往二院马神庙阶梯教室。此课听讲者约二百人，期末考卷有九十多份，此数即为注册之学生，如冯友兰、朱自清、顾颉刚、孙本文诸位均是如此得与我相聚于课堂的。至于其余半数即为自由听讲者：有的来自其他高校，有的来自社会。盖当时北大对外开放，任人来听课。以我所知，如军界前辈广东伍庸伯先生（与李济深同学），江苏江问渔先生（后随黄炎培先生工作，是时任工商部主事），皆年近四旬，而天天来听课。湖北张难先生（湖北三怪之一，辛亥革命中颇有影响的人物），来听课时更是年近五旬了。年轻后辈如我者，听课人尚且不少，如名教授、新文化运动代表人物如陈独秀、胡适之、李大钊等先生，听课者之踊跃，更可想而知了。于此可见蔡先生兼容并包主张的实施和当时新思潮的影响，共同形成之追求真理的浓厚空气，不仅感染北大师生和其他高校，且影响及于社会。生活在此种气氛中怎能不向上奋进呢！

在讲授"印度哲学"（其中包括佛学）之后，我又开有"唯识学"。但在因爱好哲学而爱好佛学的蔡先生，犹以为未足，先后又请来张尔田先生讲"俱舍论"（代表小乘）、张克诚先生讲"观所缘缘论"（代表相宗）、邓高镜先生讲"百论"（代表性宗），虽时间不长，也未列为哲学系正式课程，却仍可见蔡先生锐意繁荣学术和好学之精神。佛学不属旧学之列，却亦不合于新思潮，因此难免遭非议。此时，于学生纷纷建立之种种社团中，更有"反宗教大同盟"之成立。顾名思义其宗旨自是反宗教。该"同盟"曾组织讲演会，邀请对宗教问题持不同观点者发表意见。我研究佛学、讲佛学，自是被邀对象。我应邀作了题为"宗教问题"的讲演，地点在三院南河沿室内操场，可容千人左右。记得当时以我到得早些，便由我先讲。从早八点多开始，讲了一上午，意犹未尽，下午又继续讲，待结束时竟日落西山。原安排在同一日的另一讲演人李石曾先生（国民党四大元老之一，当时倡导无政府主义），在台下自早听到晚，最后竟无时间供他发言。听讲者众多，且有耐心，可见对讲演内容感到有兴味。但须知对主讲人观点持反对态度者亦大有人在，如我讲"儒家哲学"时，有学生对旁人说："我倒要听听他荒谬到什么程度！"采取此种态度，实未可厚非。学问学问，学而不问怎能求得真学问。彼此质疑，互相问难，是有利于学术发展的。当时北大此种风尚是极可珍贵亦应加以发扬的。

当时兴起的新文化运动宣传西方文化，提倡科学与民主，而贬抑东方文化，于是"东西文化"常成为谈论的问题。我于教学之外对此时时思考，探究不辍。友人张申府、屠孝实等尝加劝阻，或说问题范围太大，难于着手，或说问题尚远，可俟诸来日。我均不以为然。那时以陈独秀、胡适之等为代表的新派，多主张全盘西化。陈独秀头脑明晰，笔锋锐利，批判旧派观点，如摧枯拉朽。《新青年》杂志诘问旧派：孔子真精神是什么？价值何在？旧派张口结舌。可是许多旧派先生竟不感苦恼，仍埋头于旧学之中，仿佛彼此并不相碍。学生一如教师，也分新旧。新派刊物名《新潮》，宣传科学精神与民主思想，内容充实而有生气。倾向于旧派的学生办有刊物名《国故》，却只是示人以一堆陈旧古董，根本无力与新派对垒。虽然我对新思潮莫逆于心，而且我既非新派，又不属旧派，面对新旧之争，似尽可仍埋首于佛学研究，我却感到压迫之严重，以为此问题不可忽略而且急切。盖自鸦片战争以来，随帝国主义势力之入侵，西方文化传入，中国传统文化价值受到怀疑，似中国之有今日全由于我们的文化。这明明是逼着中国人讨一个解决。试想，如果中国传统文化果真不能与西方文化并存，而要根本绝弃，我们应赶快自觉改革，不要与它同归于尽；如果中国传统文化受西方文化压迫，并不足虑，而中国文化终有翻身之日，那也应积极去做，不要再做梦发呆；又如果确如一些人所说，东西文化可以融通调和，那也应弄清调和之必要及调和之道，绝不应消极等待。谁说问题不严重而且急切！

我原是个很笨很呆的人，从我十几岁会用思想之日起，就爱寻个准道理，最怕听无可无不可的话。凡是我心中成为问题的，便不肯忽略过去，而对此问题如果我说不出它的道理，就表明我没有道理。中国文化问题关系国家命运，民族存亡，怎可轻轻放过，漠不关心？同时北大以及整个社会当时爱国主义精神高涨，人们关心国事，文化问题成为学术界讨论最多的问题之一，而我又怎能置身事外？就在这种主观要求和客观环境推动下，1919 年我首次将个人对此问题研究结果，在课外以《东西文化及其哲学》为题作连续多次讲演，介绍给北大同事、同学。1920年又于济南向社会公开报告。第一次由陈政同学（哲学系）记录。第二次由罗常培同学（中文系，解放后曾任语言研究所所长，1958年病故）记录。后将两次记录稿加以整理，以讲题为书名由商务印书馆出版，成为我生平第二本专著。该书出版后受到学术界注意，引来评论不少。可以说这是我向北大、向蔡先生交上的一张考卷，记录了我在校期间学习与研究成绩的高下优劣。

在《东西文化及其哲学》一书中，我将西方、中国、印度三种文化加以比较，各给予人类文化发展史上以适当位置，并指出世界最近未来将是中国文化之复兴。于是我也由佛家思想转为儒家思想，决心去作孔家生活。1924年为实行自己的办学理想，我向蔡先生辞去教职，从此离开了北大，而北大影响仍留在我心上。我这个根本未曾入过大学之门的人，得以走上大学讲台，就我个人说，只不过因为我钻研了一个冷门——佛学，而从根本上说，则是由于蔡先生实行兼容并包的主张，是由于蔡先生对后学的关心与爱护。而在进入北大之后，我从蔡先生和诸同事、同学所获益处，直接间接，有形无形，说之不尽，于是得以经过自学钻研，在学识上有了自己的独立见解，并开始走向成熟。

我尝说过，陈独秀、胡适之、李大钊等，是因蔡先生包容于北大而得到抒发的人，而我则不是；我是为蔡先生引入北大而得到培养的一个人。而今我已九十有五，追忆往事，真可谓培育之恩没齿难忘！

辑二

•

思想可开悟
人生可翻新

放眼来看，心胸就可以开大，
什么事情不用着急，
不要常常颠倒在喜怒哀乐之中。

吾曹不出如苍生何①

嗟乎！生民之祸亟矣！宣统二三年时，便已天下骚然，民不聊生，伏莽遍地，水旱频闻。辛亥以来，兵革迭兴，秩序破坏一次，社会纪纲经一度之堕毁，社会经济遭一度之斫丧。纪纲愈堕，天下愈乱，社会经济愈斫丧则愈穷竭。而愈乱愈穷，愈穷愈乱；六七年来未尝少休。譬如白象入淖，转陷益深。吾居京师，京师下级社会之苦况盖不堪言。严冬寒冽，街头乞丐累

---

① 此文写于 1917 年。著者是年 10 月自长沙回北京，沿途见军阀交战，民不聊生，遂写成此文，印册分送。［《梁漱溟全集》（四），山东人民出版社，2005.05］。

累相逐，每一触目，此心如饮苦药。方衡州构兵，吾寓长沙闻有人探战讯者附石油公司小船以行。傍昏时于某地泊岸，闻山头一小儿哭号云："白天抢掠我们，晚上又来强奸我们，天呀！天呀！不能活了！"呼声惨厉，一船怆恻。今被兵六七省，其间罪恶宁可偻指？嗟呼！生民之祸亟矣！吾曹其安之乎？吾曹其安之乎？吾曹不出如苍生何？

　　或问所谓吾曹者果谁指也？吾应声曰，吾曹好人也。凡自念曰吾好人者皆吾曹也。凡读吾文而默契于吾曹自谓焉者，即吾曹矣。夫今日真所谓水深火热矣！而举国之人蹙额摇头相顾咨嗟而已。个个人口口声称无办法；夫果无办法乎？藉使无办法即相与安之而不办乎？余以为若不办，安得有办法。若要办即刻有办法。今但决于大家之办不办，大家之中心自吾曹始，吾曹之中必自我始。个个之人各有其我，即必各自其我始。我今不为，而望谁为之乎？嗟乎！吾曹不出如苍生何？

　　夫举国人之对于此种之局面皆痛心燠咻不能一日安者也。而构成此种局面者实即此举国之人，则举国之人起而更张之，直一举手耳。譬如甲乙间共一问题，甲以为否者而乙不同意；此所谓难办也，所谓无办法也。今甲之所否者，乙亦否之；则岂非最易解决者乎？而顾曰无办法何也？今日之事直不办耳。若办即可解决。是故吾曹当知今吾所号召曹攘臂共赴之大事，所谓改造今日不可安之局面而成一举国皆安之局面者，乃易为解决之事，乃必成功之事，嗟乎！吾曹其兴起！

谓余不信，请言解决之途术与其原理。于此当于所欲解决之问题，所欲改造之局面，先加以说明；次乃商榷其途术，更次乃叙述其理由。

今欲问此是何问题？此是何局面？似乎先已说过，何待烦絮？不知人人所痛疾者虽只此一个时局，而实各人心中各有其问题，各有其痛疾之处。譬如南方所持之问题为护法，所痛疾者为破坏法律之局面；北方所持之问题为统一，所痛疾者为破坏统一之局面。虽双方行动之内幕不尽为此，要此各异之问题，皆有吾所谓好人者实力持之；不尽为恶人之假面具。则吾曹所应承认其为问题者也。此外大家心目中各有问题，兹并排之如下：

法律之破坏　其实不拘南北皆痛心于此，政治不入轨道即在此中。

统一之破坏　同上。

兵火之创刈　战地商民之所患。

营业之损失　无论被兵省分非被兵省分，无论农工商业皆所同患，不过有直接的有间接的之别，如一般营业之停滞不发达皆归入间接损失中。

金融之窘迫 举国同患国际负债之日增，币制之紊乱亦纳于此。

阎闾之骚扰 无论被兵省分非被兵省分皆同患，无论为兵队之骚扰或土匪之骚扰皆归纳在此。

水旱之灾难 虽云天灾而责任在人，若能预防与救济即不成灾故也。此问题不独北方黄白各河，若南方之各江，湖南之洞庭，江北之淮皆吾民之大患也。

风俗之败坏 此为大家所痛疾之问题。无论上中下社会皆为莠民所布满，或在公众方面之恣肆，或私行之淫僻，皆归纳于此。

学术之不讲 此与隆替存亡有极大关系，不过唯学者始知为大患，余人不晓耳。教育问题姑归入风俗学术二条中。

若问此种种之恶局面，果何由而致此乎？则吾敢断然曰政治上之武装的势力所作成。西医之说病，于咳嗽，吐血，发热皆说为症状；不说为病。症有病灶，是在肺部之结核。所谓种种恶局面皆症状也，非病之所在也。今日之病只此武装的势力是病。政治上既悉属武装的势力，其向外发展面彼此相遇，则为法律之破坏，统一之破坏，兵火之创刈，乃至其余等症状；向内则政治之腐败，直且无政治，为金融之窘迫，阎闾之不安，天灾之不防救，风俗之败坏，学术之不讲等症状。总之不但政府对于人民应有之措施俱废，抑其腐败更遗吾民莫大之苦痛。此如京师商民所最痛疾之纸币跌落其显著之一端也。而内症外症又互为因果，缠作一团。故吾曹于今日之问题，所下之说明曰"武装势力的问题"；于今日之局面所下之说明曰"武装势力的局面"。所欲解决者，解决此；所欲改造者，改造此。

题目既认明，然则其途术如何乎？一言以蔽之曰非战，曰组织国民息兵会。吾盖尝闻诸当世策时局者之言矣。或曰"北洋实力即国家实力；非发挥北洋之实力，平定西南，则无容奠宁宇内，设施百政"。或曰"西南为共和保障，非兴兵护法政治何从入轨道"？或曰"民间疾苦，外侮日逼，非调和两者无以共谋国是"。或曰"战无可战，和不能和，面以联邦泯除旧嫌，别开新局"。余以为皆不相干之言也。岂唯不相干，直是愈驱入乱途耳。兹一一取而破之。

第一者之言，彼盖不悟彼所痛疾之西南一隅负固，即是彼自身所感召。第二者之言，彼不悟彼所痛疾之北派破法恣横，即是彼自身之反应。盖政治上本不许有武装的势力，其性质实根本地予政治以大危险。而此种势力一出现于政治社会，有如恶货币之驱逐良货币，运用宪政之轨道内的势力即求存不得，天下从风，席卷以去。

不幸民国肇造未久，方惧宪政之运用未习，乃缔造共和者先抱以武装的势力左右政局之谬见，而以武力解决政治问题为天下倡。项城拥有河北，孙黄结联皖赣，遂有癸丑之役。自是以来，北方非广布势力则为私无以固位，为公无以图安；南方非修缮甲兵则为私无以自卫，为公无以胜残。互相激荡，迭为兴仆。同是罪首，何有屈直？倘痛疾西南者，当自反彼之负固我为造因；痛疾北洋者，当自反彼之恣横我为造因。并痛悔武装的势力之为乱本，而共舍之。武力若无，谁来负固？武力若无，谁来破法？今顾欲发挥一己之武力，以求解决；则是相寻无已，入乱愈深，去治愈远，不亦惑乎？语曰"大惑者终身不解"，在固执之人，犹或以为我北洋武力未发挥到极处，是以统一不成；或犹以为我西南武力未发挥到极处，是以护法不就。不知军旅之事，万夫专于一长；易以自私，易以召争。天下事偏走于一端，则与其相反之端即含在此端之内。分裂之性兆于不平等之专一矣。故以武力的势力求统一，或不待包举遐方，先已崩溃于内。试以吾说一一征之事实。合肥秉政，猜忌陆唐，机心一动，诈虞之兴如环。彼既见猜而自卫，此察其自卫而忌之愈甚，图之愈急。图之愈急，而自卫愈固。宇内初非不可奠安，而自兹始以不宁；国家原非不统一，而自兹始以破坏；斯则吾说西南负固为北方自身所感召之可征者也。南服未定，肘腋患兴。冯段之交恶，吉林之抗命，此外道路所传尤难尽数；则又武装统一崩溃自内之可征者也。然则藉使西南降志，统一之效不亦可睹耶？历稽史策，凡创业之主莫不嫉忌功臣，戮诛佐命，否则，亦必削夺兵柄，几成一定之例。非是残刻之性有同然，盖听其拥兵则统一之局复将分崩也。而其所以用钳制群伦者，以有忠君之教，天降之命。此岂所语于今日？今使合肥得尽其志，宇内虽定；吾诚不知其何以处置骄悍？若听其恣睢，则设施法治之谓何？（合肥退后通电有设施法治之言）少加裁抑，割据之祸不待旋踵，有断然矣。况西南未及底定，北方范围之下政令已不能行；教育厅实业厅之事胡不自悟？乃犹梦想统一后之设施，而瞑行直前，只见其愚耳！凡今之督军之抗中央，师长之抗督军，旅长之抗师长，皆武装的势力心成分裂自私之局，而根本上与统一相违连之表征；则第一者发挥北洋实力之说，其不足以解决时局而愈驱入乱途当不能再辩矣。第二者执着西南武力未发挥到极处，故护法不就者，其愚妄正复相同。武力之为物，根本地与法律相刺谬。武力若张。法律必亡。奖励武力即是奖励破法。以武装的势力谋法律之有效，或不待北方向化，法律之存于西南者几希？试以吾说一一征之事实。北方之破法横恣出于徐州之盟。唐少川北上就职，阻于天津；声讨檄文播自警察之手，挟十余省督军护军使师长警察厅长以逼政府逐阁员；夫岂仇一唐君哉？其后督军团树叛帜于津门，所谓兵谏黄陂，解散国会晋，亦岂仇黄陂仇国会哉？并是对西南而示威，翦西南之臂翼而已。斯则吾说北方破法为西南势力之反应之可征也。武装护法即此所护之法实破坏于武装，即此护法之兵实是非法。更或狃云多事之秋，不拘绳尺，于是勾结土匪可以编护法之军，师旅之长可以强敛财赋，更任知事；地方厅竟对于高等厅而独立；凡武装之下凌乱无法之状态均不难想见。则吾说不待北方向化，而法律之存于西南者几希，此其征矣。试问以今日藩镇称雄之局面，纵使中央依法恢复国会，组织内阁，法治是否能施？则护法虽就，其效不亦可逆睹耶？欲法治之得施，当屏除武装的势力而致力于轨道内之势力。此种势力不假斧柯，而其强莫御，则立宪之局万年可奠。若第二者欲以面南为法律保障，真背道而驰耳。

第三者之言，调停两者，恐无是处。今日之局，镰如斗室之内而操戈挟刃之夫环立相向；格斗其常，宁息是暂，纵得少休，旋即触发。调停者能绠其臂使勿相刺乎？必知溅血之凶由有戈刃，而相与弃之，庶可无事耳。质言之，武装的势力一齐放下，则天下太平矣。否则，虽言和，直不相干也。第四者之意，以为分裂之势终不可合，不如因之以建联邦，则彼此间之利害关系较疏，或可弭争。不知联邦宁非法治？既是法治，武力宁不为梗？就割据以敷联邦，此则涂臭粪以旃檀，讵得贸假乎？谓今之骄悍者可以转而就范乎？谓今之腐恶者可以转而清明乎？且亦初未足以弭争，不过化大纷争为多数小纷争，其乱之遍中国则一。征之浙江吕公望张载扬之争，黑龙江许兰洲英顺巴应额之争，陕西对陈树藩数起反抗之军，至今未已，一省之中又为镇守便割据，陈不能问，皆非因大局而起，而本地之问题也。武装势立即是乱源；乱源不清，联邦何补？乱源既清，而后联邦可言耳。第四者之说便思于武装势力局面之上建立联邦，此大误也。

总之，四者之说皆不足以解决时局。盖皆为未认明题目者之一种主张，而吾曹标题固已说明为武装势力的问题也。故四者之说本不能认为解决此问题之途术，特以当世策时局者多持其说，用委曲破之于此。若解决本问题之途术，余顷所举之国民息兵会，则所愿与国人商榷者也。

国民息兵会所持者为非战论。兹先言非战，更言斯会之组织与进行。吾破第一第二两说，于南北两种主战论之非已深切言之。而世之持主战论者不能外乎此，则是主战论已无复立足地。兹当申论战之为祸。战之为祸，其破坏统一，破坏法律两端已表出。兹将申论其余种种。

098

兴言及此，诚可痛心。直接之祸所谓兵火之创刈，如吾文开端所述山头小儿者特其一例也。盖应募为兵，本多莠民，成军之后又鲜教训，以京师严重，每出恣事，警察犹不能禁；况揭征讨之名，以临异地，则更不为所欲为，视同当然乎？平居无事，犹惧其哗变焚掠，况在战地不更饱噬乎？吾曹虽未深遭其祸，岂难想见。呜呼！痛矣！吾尝于中夜静思滇川之战，陆龙之战，闽粤之战，湘鄂之战，涂炭之惨，悲心溃涌，投袂而起，誓为天下生灵拔济此厄，乃旦而取视报章，尽多鼓吹用兵之言；诚不解其习性不仁与我舛背至此。今设山头小儿之祸中于报章记者之家，不识将鼓吹用兵乎？将遏阻用兵乎？吾见人之睹战事将作于其身家财产所在之地也，莫不奔走呼号，求画出战线以外，祷炮火之勿相加遗。以是推之，则是尽二十省而战线无可画，累年而炮火不作也。顾战祸之蔓延未已，其谁为之也？岂不以灼痛不及，则夷然无动于中，曰"求统一不得不如此"，曰"求护法不得不如此"。而悍然主战乎？呜乎是则我所谓不仁也。商民之苦痛固矣。即彼兵士者亦是无辜而就死地。王范既溃，吾自长沙北归。同舟者多北军兵弁，入夜对坐而谈。言在贺家山与南军对垒三十三日，而冻雨者十七日。冷刺骨髓，山路滑油，仆死相继。退兵之日，穷力溃走，不获一息，两踝尽肿。受伤之兵奄卧医院，委之而去，两日无食。又傅良佐自河南招募脚夫前后将及万人，亦悉委而去之。此辈本内地穷民，无装服械饷，流散无所得食，有转死沟壑而已。果使卫国御侮，则糜骨捐躯可言也。若今日之事果何居乎？当局之罪恶，不可恕也，兵火之所创刈固是损失，即此兵火之虚糜又是损失。数年外侮频来，若俄蒙之事，若日本5月7日之事，皆以军实乏少，忍辱求全，若再不事储蓄，覆亡可待。而乃不惜虚糜抛费，如川军今竟以子弹告竭闻。试问外患来逼，无以为御，则主战者之肉岂足食乎？战事直接之为祸殃若此；是既火吾居，剜吾肉，扼吾吭矣。吾可不奋起争之乎？争之若何？曰非战。

直接之祸犹有局量，间接之祸巧历不能算也。盖所谓损失者，不独损失其所失，抑并损失其所失者应有之滋生，抑并滋生者之滋生焉。所谓遗害者不独遗害其所害，抑所害者更有所滋害，而滋害者又有所滋害焉。其数皆乘数的，而非加数的。故祸机一发，不难牵率天下以入九渊。祸害如此，福利有然，福机滋始，亦不难升举天下而臻盛治。转移之间，天渊所判。今日之事听其战则沉渊莫挽，遏其战则生机是回。是故战争间接不可悉数，而不可不察也。湘事既起，讫于长沙之溃，中央之济军用者千数百万。此千数百万即是因用兵而有之损失也。使以此千数百万者整顿纸

100

币，则公私交利。不独此千数百万者未失，而其所滋殖抑又多矣。而此所滋殖者同时又可以殖利，辗转于无穷。则是非徒损失千数百万而已，抑并其应有滋殖，与滋殖之滋殖而损失焉。质言之，则并府库市面于此千数百万所应获之苏润亦付诸战事矣。不必整顿纸币也，凡百政之待举者，使能以此千数百万者举之；则此所举之政莫不有其所造之福利。所造之福利又有其所造。今则并付诸战事而损失之矣。又湘事既起，湘南一带矿场或被抢掠，率多罢业，此则战争之遗害也。矿场罢业而工匠失所，饔餐不给。又湘中以矿业为主，矿既罢业，其余各业相缘浸微；影响所及，甚或达于汉沪，此则所遗害者又有其所遗害也。又矿业多取赢于异国，使不能君业，则所输入资金不良多乎？此资金周流市面不又有所滋殖乎？此种损失亦战事之遗害也。此外若教育之停滞，汇水之增高，种种者莫非战事之遗害（省城善堂捐款均被督军提作军用，节妇堂节妇亦受困矣）。湘事如此，则其余用兵各省可推而知。其影响之播于远近者又可推而知。然此犹其可见者。民生之艰，由于企业不兴。企业不兴由于秩序不宁，市面恐慌，莫肯投资；则其不可见而害中于吾民实最大者也。一战之祸如此其烈且大。而双方之当局悉精力之所注，注战事也，竭财力之所为，为战事也。则是举国策驷马以入损失之途,而奋大勇于创害之业也。则今日之国力凋残,人民就死,复何言乎?转而言之,使回马首以入福利之途,悉精神财力以举百政。一瞬之间,形势为变。合互相成,展转相利,顿而周乎天下。则垂毙之民可以复苏,积弱之国不难就强,吾所谓转移之间天渊以判者此也。其机甚微,而国人曾不之慎,以成今日之局,其罪必有尸之者。而今后之局生死未决,吾曹所不可不出死力以争,而戒当局者慎勿为前人之续也。或以为纵使不战,而政府非人,百政谁举,福利之言犹属空想。不知但使不战,则保留之元气已多。元气不伤,则社会上自然之生息无限。原不尽待良政府之举措。况无论如何,犹必有多少之兴举乎?今之不举,非是不愿,为备战之不暇耳。平心而论,合肥贞干之资,任公优于持算,倘得尽用,岂难责效。徒以从事于损害之业,吾曹何由食其福而安得不蒙其害乎?此则彼之自误,而国之人实共误之也。故诚得不战,即是兴举之基。舍今日无政治之状态,即可入于有政治状态。生途死路历历分明。今有按吾项,牵吾臂,推而坠我于沟壑者,我可不奋起争之乎?争之若何?曰非战。

非战主义既明,次言国民息兵会之组织与进行,大要如下:

一，斯会之组成侧重于商民，最好即以各地之商会教育会为机关。

二，斯会揭简单之非战两字以广结同情，取斩截之息兵两字为进行标的。

三，斯会之进行一面传播非战主义，发布论文及白话小册子等，一面要求各方面罢兵，永不许战争见于国内。

四，斯会以作到息兵为止，其余政治上问题概不过问。

大要如此，而其用意则有种种。前云叙述理由者，即兹所欲说也。兹先述两大方面，其余更缕缕言之。

一政治方面者，夫立宪政治岂厌政争？运用既巧，直欲以争为政。凡政府之不流于恶，曰唯争之故。政象之所由日新，曰唯争之故。争之为用岂不大矣乎？岂图吾国乃以争而乱天下也。其根本错误，则政客尽背宪政之旨，借武装的势力以达政争。平日则图地盘，有事则动干戈。六年抢攘，民不堪命。穷极思异，至于追怀故清，颂美专制。革命之家，谈宪之士，乃自败其颜面如此，可胜痛耶？往日之事，既是南辕北辙。今后所勉，只在回南辕以北向无他，发挥民的势力以为政争是已；发挥理的势力以为政争是已。余以为解决目前问题必须痛悔前非，造成将来局而，作始于国民息兵之会。

夫武装势力之缪于政轨，彼政客者何曾不知。而甘于饮酖者，只是贪瞋所蔽。或急于自效，或忿思所激。妄思援彼以为我用。其所以自慰解者，岂不曰："我因欲澄清天下也，不如是不能为政治活动"；曰："我固爱护国家也，不如是不能奠定共和"。一方利用之不已，各方竞效。一度假借之不已，又复一度。终竟我之政治目的何尝成就得丝毫？我之政治问题何尝解决得分寸？而所借之势力转愈扩愈大，武人之身分以愈推愈尊。初时尚是彼此结纳，厥后则群相奔走，政客乃悉成武人之附属矣。试观今日之宇内，一国之政权操之武人，一地方之政权操之武人。弥天漫地，乱恣骄横，酿成不可收拾之局。其去政轨何啻几千万里，尚容吾辈作政治活动否？真所谓自作之孽。枉尺直寻之教训，乃为六年之政争设矣。六年之政争乃将枉尺直寻之祸作到十分，为古人做证明矣。吾此所说，犹是责备贤者。若其坏尽心术者，不惜教猱升木，举自身之人格国脉民命而牺牲之，宁复知有宪政哉？则所不足责者也。且实由贤者自律不严，信道不笃，其端既开，而后小人无所不至。挽回机杼亦全赖贤者之悔艾。吾草此篇，始终对好人而说话，此读者所宜晓也。或狃于目前，谓天下大势尽在武人，莫奈之何？唯有因势利导，不能与抗。则请观杨晰子之于项城，康长素之于张勋，梁卓如之于合肥，可曾听我因势利导否？到头来，暗地伤心，不重可哀耶？更试问，就今日之局面便即弥缝破绽，组织内阁，南北彼此可能支配？即北之与北彼此可能支配？虽握政柄，动作不得，只取辱耳。是故打破此种局势，虽有圣智不能为功。依南附北之政治家，抑何弗思也！又当知今日局势宁是天造地设如此？宁是本所自有如此？当初既可豢长架高，今日讵不可从而折毁。但使大家齐知痛悔前非，更不向武人腋下讨生活。则譬如一聚炽火，望之焰势耸天，但不添薪送炭，便自就息。况复从而抽取之乎？诸公必谓天下大势尽在武人，斯在武人矣。诸公而曰天下大事不在武人，斯不在武人矣。第决于诸公之一念。诸公澄清之志正在此处用着，乃望而短气何也。因循牵就，总是纷拿。武力消解，通体清凉。吾所谓解决今日问题，必须痛悔前非若谓此。

六年政争，莫不怨他人之攘取民意，而却无一人肯从发展民意上做功夫，则民安得不为强者之攘取也。假使当年致力于此，则人心所向，势不可侮，宪政岂不早奠？而胜算亦可在我。此理至浅，谋国者失岂不知。而觉其事迂功缓，相与弃置不图，而争势力于议席，争势力于阁位。偶有寸得，便矜大党。抑知此种势力浮寄无根，纵便尽虚议席阁位以相属，亦济得何事？彼方且举议会内阁而废之也。前局顿翻，瞠目无出。犹不自悟失图，急作补救。而张皇走险，以求一逞。姑无论倡导出

105

轨之非，抑又大为失算。盖必讲理而后是吾曹胜着，使天下相率而讲力，更安有余地以容我辈。而彼强者所恃正在其力；舍理斗力，岂非自弃所优，而用其所绌。则倾覆固其宜矣。时至今日，唯力是较，无理相衡。原由自毁庐荫，复谁尤乎？吾未作政治生涯，累年之事身所不与，而念好人之自杀，诚不禁其出涕也。自今以往，其宜猛省急图。一力求民的势力之养成，得此便是吾辈好地盘；一力求理的势力之伸发，即此乃是我辈好武器。此种地盘辟得一分，即有一分不拔之基，此种武器则用之不敝而愈利。而舍此不图，生路即绝，图之若何？则群向导诱国民的意思下功夫，务使发挥表露，斯所谓养成民的势力已；群知凭理而不凭力，而信理可以有力，斯所谓伸发理的势力已。而民取径于理以施展其势力，则所施无滥。理而断之自民，以表著其是非，效力更果。二者不可分歧，夫举国之中，孰则非民？人心所向，孰不在理？此种势力之发育，原是顺其自然，应其需要，谁谓其事迂难图也？而此种势力一伸，武力亦即刻退听，毫无杆格。有如久病者，一身之中非是病邪，便是药邪。元气不伸，左支右撑，无不是邪；而元气若复，邪气顿不可见。转移之间，起死回生，妙方即在国民息兵会矣。盖今日国民切肤之痛，即在战争。人人心中更无第二个念头，只是急盼息兵而已。抑塞含怨，积莫能伸。试一开导，沛若江河。吾曹欲求国民的意思而导诱之，使蔚为国家元气，其机会有过于此者乎？其方法有过于组织国民息兵会者乎？息兵开讲理之端，国民结合又是民的势力之初基。吾所谓造成将来局面，作始于国民息兵之会者谓此。

一社会方面者，复可分为两方面：一道德方面，一经济方面。兹说道德方面。累年以来，社会上道德之败坏，无人不痛疾之矣。社会之万恶，众口腾说。无论何地何时嘲骂忿诋之声充盈两耳。几于天下更无好人，未可如何。昧者俚传，至云天降恶魔，扰乱人世。吾则以为社会诚恶，而其人则皆不足言有为恶之资，抑又莫不可与为善。特一社会之中，善的势力抑闭，恶的势力发扬；一人之身善点抑闭，恶点发扬；故表现者若是耳。其一抑一扬则累年政治上之所影响，而握其枢机者端在好人。吾曹国民息兵会之组织，固在转移政象，而同时亦即对于社会上之善恶势力，人之善恶点而伸诎之矣。试详其说。

所谓社会上恶势力之发扬者，如此辛亥癸丑乙卯（鲁秦湘粤为著）丁巳（川鄂湘西为著）历次南中举兵，以敌势高压，反抗激切，不惜假借会匪帮匪刀客及地方莠民共相扶助。

或彼假托美名，时当事急，难可分辨。此一种也。

北欲制南，或亦利用恶徒党棍，收为侦探刺客（项城时广收密布洪应其一端），或以威武富贵屈人，人即变节相从，结托自固，交为其私，略不避讳（项城收结各督，各督皆以子弟入质）。此一种也。又诸大政客以达其政治上志愿之故，明知为恶势力而不惜通融假借为之导扬者，其例亦不一而足（杨晰子之于洪宪群僚梁任公收统一党合组进步，近次长财政第一二日即布三令，以段某为长芦运使，以倪某为凤阳关监督，以张某京师税务监督，皆军人为营私而来，不异明揭于众者，复辟诸公借用雷张，又许兰州王丕焕逐其长官者，皆授巡抚等官，此显事，余不胜说）。此一种也。又累次变故，小人随之反覆；滥恶无耻，宜所共弃。而相与优容，一旦投合，更不惜从而推奖（如联合洪宪军人以倒段者）。此一种也。枚举一二，余略可推。要之恶势力但图厥私，无所宗旨。其性原不能自为扬举，而恰宜于供利用。而时之欲行其志昔，不知其危，竞为假借。前后相逐，每一度之政变，徒赢得恶势力一度之增高，所增者犹复有限，而其因此自相援引，酝酿滋蔓，与夫感染及于社会者，乃不可算（其滋蔓之广，感染之烈，今不及数，不独在政治社会、官吏社会，并及各种社会；读者试一推察，当为失惊），则恶象安得不腾于社会也。假借之祸有如此，吾用是尝叹天下事败坏于好人之手。盖其人虽非有为善之资，而固对于国家人群抱有积极的善意，其终以遗祸人群者，岂其愿也。可知恶势力之来也如此，其去也亦易。诚使好人自悔铸错，则其发扬之机即绝，而日就陵夷固不难矣。所谓人之恶点发扬者，如此四围局势若有相当之制裁，而无洽便之导诱，即在恶人恶势力将不为恶，则今日之为恶者，即其恶点因四围局势之利而发扬者矣。此一种也。又人殊非恶，外事鼓荡，内情激迫，流而为恶不能自止（梁任公汤济武之主张临时参议院与用兵即其类）。此一种也。又虽在好人亦以无制裁安于恶风，不能严以自守。此一种也。夫至于好人而为恶，则其社会之恶诚不可育矣。然此特局势为之耳。盖世之真有为善之资者，与真有为恶之资者，皆未易见。其习恶者姑命之曰恶人；其性不失于善者姑命之曰好人。此已良不多矣。其盈社会者则皆命之恶人又过，命之好人又非，而不痛不痒之人也。时恶亦恶，时善亦善。举手投足，若不自知；世之见乱法越轨者之纷纷也，则以为悉恶矣。不知此顺势从风而已。何有为恶之资？必轨奠法循，秩序久治，而有敢于发破法之端，恣其大欲者乃庶几耳。若今之人其豪者亦不过夙习于恶，敢于趁火打劫。余则时恶亦恶者矣。吾未见其能为恶也。吾曹诚取其利于为恶之四围局势而改造之，使不容为恶，斯亦不为恶矣。然则所谓四围局势者若何？此深细复杂不可以一言尽。抑亦各有不同。其大要者若社会上恶势力之发扬滋蔓，目今之无法律状态（南北两方各自成无法律状态），秩序累经破坏，人心浮动苟偷，纲维尽堕，感情激越，生计困难等等，皆直姕或间接关系政治问题，而总须从恢复秩序入手。秩序果定，为恶者自稍敛抑；而社会之制裁，法律上之制裁亦渐就伸展。更求政治入轨，则一一皆可徐徐就理。恶势力既无由更滋，而已布者亦就绳尺而消融。善恶之机一开一阖，社会便可改观。况此所谓善恶者亦无甚高论。所谓恶者谓其破坏人群应循之条件，而妨害及其群；善者即是循理尽分，以安其生。故社会上之恶现象即其一社会中之自相妨害，如人身之自起病痛。而社会之善者亦人身循生理之常之类而已。吾曹欲使社会回恶而就善，其势固至顺也。而其入手处所谓恢复秩序，转移政象者，不举在国民息兵会耶？岂独抑恶在此，而社会中向所潜伏善的势力实自此而宣达之矣。好人不自结合，善的势力何自而生？善的势力不生，谁来转移大局？吾曹诚无所逃责也。吾见今之好人多在彷徨，莫能发挥其好，吾愿共结合而相与发挥其好；是即吾曹国民息兵会。岂唯好人是好，即恶人亦好，彼特欲

110

为善而未得。吾以为天下之人其意无不善，今之为恶者非其本意，诚得吾曹者出而共天下人相与为善，则天下之人无不善。此我所信，而愿吾曹共勉之者也，其造端亦在今之国民息兵会。

关于社会方面之经济方面者，今日社会经济之紊乱与屈竭，与贫民生计之艰苦，类皆人人目睹。又其转移枢机，如非战论中已说。入手处仍在恢复秩序，转移政象，而其办法则国民息兵会也。

于政治暨社会大方面已说。吾人更试揽取全局从旁观察之。如吾前所言，今日举国痛疾此局面，而构成此局面者即是举国之人。究竟此予人痛疾之局面，何自而生？岂个个之人彼此原相妨害，而不容共处耶？此必不然矣。又某个人，某部分人，性为妨害而必屏诸国外耶？此必不然矣。然则何由致此疾病？吾以为生于错缪。彼此相错相缪则相妨害矣，有似一盘机器，轮轴械件配置相依，运行各尽其用。倘生一线错缪，则轮齿绞轧，互相毁伤，愈演愈错；循致大小械件，俱迸出系贯；枝节横生，彼此抵触；用力愈勤，毁害愈大。是即疾痛由来矣。揆其初，又果相妨乎？既不相妨，仍可相安。但须徐徐整理，解其绞轧，剂调系贯，使之合缝入轨；则运行如意，国家日进，固不难也。吾说若果有合，则由是可得种种见解（凡人事皆可以此观察其相妨害，皆由分齐关系之生错缪，盖无处无轨。不独政有政轨也，人非机械而借以为譬易明了）。

自元二年以来（1913年），各方人物其用力之方向已向轨外错出。六七年中不知多少精神心思才力俱向此错中用去。不独彼此抵销，无所成就；且相创相毁，为祸烈矣。使其力量俱用于合轨之一方向，则运行之速，成就之大，国家又是何等局面？真可痛惜。今日切须将此种力量收回。此当知者一也。既错之后，绞缠一团，其力量已全乱；切不可使更动，而急须静止。故今日各方切勿使动，而当镇之使静。此当知者又一也。既错于轨者，其所错之点若在；不动作则已，动则其力量始终向错方用去。故徒倡和议者固亦求静解纷，但各方错出政轨之点所谓武装的势力者仍在，则其心力才思始终在图此事。今日必须根本上反对武装的势力，而后可。此当知者又一也（其解去错点之法似当从移军驻边及改督军制度入手）。愈演愈错，几多轮轴，大小械件，无不迸出轨外。凡一轮之内外左右悉在绞缠，彼此抵住，动转不得；深陷纠纷，全无力量。解决所由，必在他力。吾人若希望各方当局对此问题自为解决，乃至不可能之事。盖自一系贯中，初时相错，犹是一彼一此，彼此犹有力量。（项城盛时）迨愈演愈错，则绮互牵引，各自错缪，枝节横生，已非二系矣。系贯悉翻，支配不动。

欲前则前抵后掣；欲后则东推西阻。当局至此，举足不得，尚何自为解决之可言乎？非有他力不能解决也。谁是他力？则素未参加此纠纷之商民是已（强邻干涉亦是他力非所忍言矣）。此当知者又一也。外力所加，宜顾全局，不可因依一方，自堕纠纷。凡在此纠纷问题中者，无论何派，欲使之解决此问题皆属不可能之事。盖其一动作，即又是一纠纷，又是一问题也。故他力之进行，宜保其他力之资格，常处旋涡之外，切不可利用局中之某一力量。此当知者又一也。我来解纷缪而纳之于轨，对于全局亦非敌对形势，不过大局待人转移，我则转移之耳。此当知者又一也。

总上种种即是国民息兵会之用意与理由之所本，可不待剖说。其办法之务求简单斩截，则又图结合之大，而进行之明快有力也。

自政治方面言，有待于吾曹之出而组织国民息兵会，自社会方面言，有待于吾曹之出而组织国民息兵会；揽全局而言，有待于吾曹之出面组织国民息兵会。吾曹不出，悉就死关，吾曹若出，都是活路。而吾曹果出，大局立转，乃至易解决之事，乃必成功之事。今日之宇内更无有具大力量如吾曹者，握全国之枢机者不在秉钧之当局，而在吾曹。嗟呼！吾曹其兴起！吾曹不出如苍生何？

闻我说者多蹙额以为难办，而转以请教，则又沉想无出，希望于不可知之数。或云"索性大乱，乱久必治"。或云"有大人物出而统一全国方可太平"。凡此之说试问从何处入手办去？宁得称为办法耶？即今日倡和议者亦是无办法。盖和与不和操之自人，一也；彼此条件全难接近，二也；调和者已非居间而陷于敌位，三也。任你苦心瘁力总不得成。唯有国民息兵会是一办法，可以着手作去，节节前进，而非希望他人也。彼宁拿几千万去打仗，不肯为市面作一毫之救济，对于吾民尚有顾惜之心乎？吾民不图自救，一味迟延顺受，何时是了期耶？嗟乎！吾曹不出如苍生何？

漱溟补识 [1]

---

① 录自《漱溟卅前文录》61—92 页，1923 年 12 月，商务印书馆出版。《村治》月刊 1 卷 1 期，1930 年 6 月 1 日。

114

今日应再创讲学之风①

明白地说，照我意思是要如宋明人那样再创讲学之风，以孔颜的人生为现在的青年解决他烦闷的人生问题，一个个替他开出一条路来去走。一个人必确定了他的人生才得往前走动，多数人也是这样；只有昭苏了中国人的人生态度，才能把生机剥尽死气沉沉的中国人复活过来，从里面发出动作，才是真动。中国不复活则已，中国而复活，只能于此得之；这是唯一无二的路。有人以清代学术比作中国的文艺复兴，其

---

① 《东西文化及其哲学》第五章，上海人民出版社，2005.01。

实文艺复兴的真意义在其人生态度的复兴，清学有什么中国人生态度复兴的可说？有人以"五四"而来的新文化运动为中国的文艺复兴；其实这新运动只是西洋化在中国的兴起，怎能算得中国的文艺复兴？若真中国的文艺复兴，应当是中国自己人生态度的复兴；那只有如我现在所说可以当得起。

蒋百里先生对我说，他觉得新思潮新风气并不难开，中国数十年来已经是一开再开，一个新的去，一个新的又来，来了很快地便已到处传播，却总是在笔头口头转来转去，一些名词变换变换，总没有什么实际干涉，真的影响出来；如果始终这样子，将永无办法。他的意思似乎需要一种似宗教非宗教像倭铿所倡的那种东西，把人引入真实生活上来才行。这话自是不错，其实用不着他求，只就再创讲学之风而已。现在只有踏实地奠定一种人生，才可以真吸收融取了科学和德谟克拉西两精神下的种种学术种种思潮而有个结果；否则，我敢说新文化是没有结果的。至于我心目中所谓讲学，自也有好多与从前不同处；最好不要成为少数人的高深学业，应当多致力于普及而不力求提高。我们可以把孔子的路放得极宽泛、极通常，简直去容纳不合孔子之点都不要紧。孔子有一句"极高明而道中庸"的话，我想拿来替我自己解释。我们只去领导大家走一种相当的态度而已；虽

116

然遇到天分高的人不是浅薄东西所应付得了,然可以"极高明"而不可以"道高明"。我是先自己有一套思想再来看孔家诸经的;看了孔经,先有自己意见再来看宋明人书的;始终拿自己思想做主。由我看去,泰州王氏一路独可注意;黄黎洲所谓"其人多能赤手以搏龙蛇",而东崖之门有许多樵夫、陶匠、田夫,似亦能化及平民者。但孔子的东西不是一种思想,而是一种生活;我于这种生活还隔膜,容我尝试得少分,再来说话。

中国以道德代宗教[①]

　　孔子并没有排斥或批评宗教（这是在当时不免为愚笨之举的），但他实是宗教最有力的敌人，因他专从启发人类的理性作功夫。中国经书在世界一切所有各古代经典中，具有谁莫与比的开明气息，最少不近理的神话与迷信。这或者它原来就不多，或者由于孔子的删订。这样，就使得中国人头脑少了许多障蔽。从《论语》一书，我们更可见孔门的教法，一面极力避免宗教之迷信与独断（dogma），而一面务为理性

---

　　① 《中国文化要义》，上海人民出版社，2005.01。此文摘录于第六章"以道德代宗教"第四部分。

之启发。除上举宰我，子贡二事例，其他处处亦无非指点人用心回省。例如——

己所不欲，勿施于人。

曾子曰，吾日三省吾身：为人谋而不忠乎？与朋友交而不信乎？传不习乎？

三人行必有我师焉；择其善者而从之，其不善者而改之。

见贤思齐焉，见不贤而内自省也！

子曰，已矣乎！吾未见能见其过，而内自讼者也！

司马牛问君子。子曰，君子不忧不惧。曰，不忧不惧斯谓之君子已乎？子曰，内省不疚，夫何忧何惧。

子曰，吾与回言终日，不违如愚。退而省其私，亦足以发，回也不愚。

君子有九思：视思明，听思聪，色思温，貌思恭，言思忠，事思敬，疑思问，忿思难，见得思义。

蘧伯玉使人于孔子；孔子与之坐而问焉。曰，夫子何为？对曰，夫子欲寡其过而未能也！

子贡方人。子曰，赐也贤乎哉！夫我则不暇。

子曰，不愤不启，不悱不发；举一隅不以三隅反，则不复也。

《论语》中如此之例，还多得很，从可想见距今二千五百年前孔门的教法与学风。他总是教人自己省察，自己用心去想，养成你自己的辨别力。尤其要当心你自己容易错误，而勿甘心于错误。儒家没有什么教条给人；有之，便是教人反省自求一条而已。除了信赖人自己的理性，不再信赖其他。这是何等精神！人类便再进步一万年，怕亦不得超过罢！

请问：这是什么？这是道德，不是宗教。道德为理性之事，存于个人之自觉自律。宗教为信仰之事，寄于教徒之恪守教诫。中国自有孔子以来，便受其影响，走上以道德代宗教之路。这恰恰与宗教之教人舍其自信而信他，弃其自力而靠他力者相反。

宗教道德二者，对个人，都是要人向上迁善。然而宗教之生效快，而且力大，并且不易失坠。对社会，亦是这样。二者都能为人群形成好的风纪秩序。而其收效之难易，却简直不可以相比，这就为宗教本是一个方法，而道德则否。宗教如前所分析，是一种对于外力之假借，而此外力实在就是自己。它比道德多一个弯，而神妙奇效即在此。在人类文化历史上，道德比之宗教，远为后出。盖人类虽为理性的动物，而理性之在人，却必渐次以开发。在个体生命上，要随着年龄及身体发育成长而后显。在社会生命上，则须待社会经济文化之进步为其

120

基础，乃得透达而开展。不料古代中国竟要提早一步，而实现此至难之事。我说中国文化是人类文化的早熟，正指此。

孔子而后，假使继起无人，则其事如何，仍未可知。却恰有孟子出来，继承孔子精神。他是最能切实指点出理性，给人看的。兹略举其言，以见一斑：

（上略）所以谓人皆有不忍人之心者，今人乍见孺子将入于井，皆有怵惕恻隐之心；非所以内交于孺子之父母也，非所以要誉于乡党朋友也，非恶其声而然也。由是观之，无恻隐之心非人也。

恻隐之心，人皆有之；羞恶之心，人皆有之；恭敬之心，人皆有之；是非之心，人皆有之。恻隐之心，仁也；羞恶之心，义也；恭敬之心，礼也；是非之心，智也。仁、义、礼、智，非由外铄我也；我固有之也。弗思耳矣！

（上略）故曰，口之于味也，有同嗜焉；耳之于声也，有同听焉；目之于色也，有同美焉；至于心，独无所同然乎？心之所同然者何也，谓理也，义也。圣人先得我心之所同然耳。故理义之悦我心，犹刍豢之悦我口。

可欲之谓善。（下略）

无为其所不为，无欲其所不欲，如此而已矣！

生，亦我所欲也，义，亦我所欲也。二者不可得兼，舍生而取义者也。生亦我所欲；所欲有甚于生者，故不为苟得也。死亦我所恶；所恶有甚于死者，故患有所不辟也。

人能充无欲害人之心，而仁不可胜用也。人能充无欲穿窬之心，而义不可胜用也。

后来最能继承孟子精神的，为王阳明。他就说"只好恶，便尽了是非"。他们径直以人生行为准则，交托给人们的感情要求，真大胆之极！我说它"完全信赖人类自己"，就在此。这在古代，除了中国，除了儒家，没有谁敢公然这样主张。

径直以人生行为的准则，交托于人们的感情要求，是不免危险的。他且不言，举一个与宗教对照之例于此：在中国的西北如甘肃等地方，回民与汉民杂处，其风纪秩序显然两样。回民都没有吸鸦片的，生活上且有许多良好习惯。汉民或吸或不吸，而以吸者居多。吸鸦片，就懒惰，就穷困，许多缺点因之而来。其故，就为回民是有宗教的。其行为准于教规，受教会之监督，不得自便。汉民虽号称尊奉孔圣，却没有宗教规条及教会组织，就在任听自便之中，而许多人堕落了。

这种失败，孔孟当然没有看见。看见了，他仍未定放弃他的主张。他们似乎彻底不承认有外在准则可循。所以孟子总要争辩义在内而不在外。在他看，勉循外面标准，只是义的袭取，只是"行仁义"而非"由仁义行"。——其论调之高如此；然这是儒家真精神。这才真是道德，而分毫不杂不假，不可不知。

但宗教对于社会所担负之任务，是否就这样以每个人之自觉自律可替代得了呢？当然不行。古代宗教往往临乎政治之上，而涵容礼俗法制在内，可以说整个社会靠它而组成，整个文化靠它做中心，岂是轻轻以人们各自之道德所可替代！纵然倚重在道德上，道德之养成似亦要有个依傍，这个依傍，便是"礼"。事实上，宗教在中国卒于被替代下来之故，大约由于二者：

（一）安排伦理名分以组织社会；（二）设为礼乐揖让以涵养理性。

二者合起来，遂无事乎宗教。[①]此二者，在古时原可摄之于一"礼"字之内。在中国代替宗教者，实是周孔之"礼"。不过其归趣，则在使人走上道德之路，恰有别于宗教，因此我们说：中国以道德代宗教。

---

① 旧著《东西文化及其哲学》曾说孝弟的提倡，礼乐的实施，二者合起来，就是孔子的宗教。——漱注。

治道与治世①

　　当此社会构造形成，其形势信有如上文所借用之古语："自天子以至于庶人，一是皆以修身为本。"士人不过是从乎其形势上之必要，而各为之指点提醒。天子果能应于此必要，而尽他兢兢业业以自维持其运祚之道；士农工商四民亦各能在其伦理上自尽其道，在职业上自奔前程。那确乎谁亦不碍谁的事，互相配合起来，社会构造见其妙用，一切关系良好，就成了治世；此治世有西洋中古社会以至近代社会所不能比之宽舒自由安静幸

　　①　《中国文化要义》，上海人民出版社，2005.01。此文摘录其第十章"治道与治世"第五部分。

福。反之，天子而不能应此必要，以自尽其道，四民亦不能；那天子便碍了庶人的事，庶人亦碍了天子的事，种种方面互相妨碍。于是社会构造失其妙用，关系破裂，就成了乱世。此乱世，迫害杂来，纷扰骚乱，不同于阶级革命有其一定之要求方向，及其划然之壁垒分别。"治世""乱世"是我们旧有名词，用在中国历史上切当的，于西洋历史却显然不洽。本章和上几章所说的，社会构造如何，社会秩序如何（特如说社会秩序自尔维持），即是说它的治道和治世之情形。至于乱世及其所以乱者，则将在下章言之。治世和乱世亦只是相对的，难于截然划开。然治道得显其用，以成治世，或治道浸衰而入乱世，其一进一退之间，有心人未尝不觉察分明。

所谓治道何指呢？放宽说，即指此全部社会构造（特殊政治制度在内），及一切所以维系而运用之者。简单扼要说，则"修身为本"（或向里用力之人生）一句话，亦未尝不可以尽之。而语其根本，则在人类的理性。因为这一切不外当初启发了一点理性，在处处为事实所限之中，勉强发展出来的规模条理，还待理性时时充实它，而后它才有生命。再则，我们径不妨说，此治道即是孔子之道。试看它在过去之得以显其用，而成治世者，不都是靠孔子之徒——士人——在那里做功夫吗？

论起来，具体的礼俗制度为一时一地之产物，极有其时代性和地域性，似不能径以孔子所不及知之后世制作，属诸孔子。况且近二千年局面之开出在秦，而坏封建以开新局面者，明明是战国时那些功利派，那些法家之所为，何曾是儒家？相反地，儒家之王道思想迂缓作风，从商鞅变法一直到秦并天下，原是被抛弃的。然须知秦运短促正在于此。就在一般对秦诅咒之下而汉兴；汉兴，惩秦之弊，不能不资乎黄老清静儒术敦厚以为治。当时思潮和风气，亦早从战国时之倾向而翻转过来。到汉武帝黜百家而崇儒术，只不过把它又明朗化而已。儒术自汉而定于一尊，成为中国思想之正统，汉室运祚亦以此绵远，不同于秦。是故开出此大一统之局者，不是儒家；而稳定此大一统之局者，则是儒家。事情虽不自它发之，却待它来收功。此后二千年便再不能舍儒者和儒术而求治。①夏曾佑先生在其《中国古代史》上说："孔子一身，直为中国政教之原，中国历史，孔子一人之历史而已。"好像言之太过，却亦不是随便乱道。

① 关于此点，陈顾远《中国法制史》有足资参考者：（一）原书第五四页，论儒家思想支配中国，数千年为治之道，终莫能有外。中国法制当然经其化成。中国法系所以独异于人者，即因儒家思想在世界学术上别具风采所致。（二）原书第二九页，论中国法制之最大变动有四：秦商鞅、汉王莽、宋王安石、清康有为等。但法虽变，其间成败所关之一中心势力（儒家）未变。

事情自然没有那样简单。旁人可以诘问：汉初法制率因于秦，而思想作风又取黄老，岂得以一儒家概之？二千多年历史不需细数，总之应该说，儒家、道家、法学（甚至还要加上佛家）杂糅并存，方合乎事实。须知这其间原有一大矛盾在：儒家奔赴理想，而法家则依据于现实。理想上，人与人之间最好一于理而不以力。这末后，原是可以有此一天的。但理想达到之前，却总不免力量决定一切；此即谓之现实。儒家总要唤起人类理性，中国社会因之走入伦理，而远于集团，仿佛有舍力用理之可能。于是他更不肯放弃其理想。但在现实上，力固不能废，而且用来最有效。法家有见于此，如何不有他的一套主张。不独在战国角力之世，他最当时；天下一统之后，中国尽管不像国家，政刑亦还是有其必要。二千年来儒家法家相济为用，自属当然。至道家，又不过介于其间的一种和缓调剂作用。单纯道家，单纯法家，乃至单纯儒家，只可于思想上见之，实际政治上都不存在。按之历史，他们多半是一张一弛、一宾一主，递换而不常。然其间儒家自是居于根本地位，以摄取其余二者。不止实际政治如此，即在政治思想上亦复如此。此无他，就为此时中国已是融国家于社会，自必摄法律于礼俗也。近二千年儒家之地位，完全决定于此社会构造社会秩序逐渐形成之时，不是汉儒们所能争取得来，更不是任何一个皇帝一经他主张，便能从此确定不移的。

说到这里，我们便可以解答这一问题：为什么西洋在中古基督教天下之后，出现了近代民族国家，而中国却总介乎天下与国家之间，两千年如一日呢？此问题之被觉察而提出，是最近之事。在发问者，是把民族国家认作进步的东西，歉恨于中国之未成国家，而亟问其几时才得成一个国家。究竟孰为进步，不忙较量，我们且把中西作一对照：

（一）西欧（欧洲的大半部）当中古时，借着基督教和拉丁文，形成一种文化统一的大单位，与中国当汉以后统一于孔子的伦理教化和中国文字，颇可相比。

（二）中国人意识上，仿佛知有天下而不知有国家。当时西洋人在他们文化统一的大单位内，恰亦同我们一样。像近代国家之政治的统一，和近代人之国家观念，尚未形成，而当时封建的各政治单位，原都被笼罩在文化统一的大单位下也。

（三）当时基督教会，上从罗马教廷下至各教区，不唯时常干预各政治单位的事，抑且其自身构成一大组织系统，亦仿佛就是一种统治。所以其统一是文化的，而又不仅止于文化。中国在一面是文化统一的大单位时，一面亦常常就是政治统一的大单位。即以天下而兼国家。

（四）但此基督教文化的统一，卒告分裂，而出现了近代西洋各民族国家。于是国家观念乃代天下观念而兴。人们不再统一于文化，而各求其政治之统一。这在中国却不同了。中国之文化统一始终没发生问题，因此亦就始终不改其天下观念。政治上即有时陷于分裂，总看作非正常。如西洋"各求其政治统一"者，曾未有之。

于是就要追问：为什么西洋基督教文化的统一，不免于分裂，而中国文化的统一却两千年如一日呢？此其故，约言之有五点：

（一）凡古代宗教所不能免之神话迷信独断固执，基督教都有。当人的知识日进，头脑日见明利，其信仰自必动摇失坠。儒家本非宗教，完全信赖人类自己，而务为理性之启发，固宜无此问题也。

（二）中古以前，基督教出世倾向特著，一旦人们由禁欲思想翻转到逐求现世幸福之近代人生，其何能不有变动分裂发生？然在孔子自始即以郑重现世人生为教，便又没有这问题。

（三）儒家本非宗教，所以无所谓在教与否，亦没有教会之组织机构，其统一不在形式上。基督教与此相反。它有组织，便有分裂；它有形式，便有破坏。而此无拘束无形式的东西却分裂无从分裂起，破坏无从破坏起。

（四）引发西洋之宗教革命的，实为其教会教廷之腐化堕落。在事实上，这一点影响最大，假如没有这一点，则前三点可能不暴露其短。而在中国却又不发生这问题。

（五）当时拉丁文全是借着基督教会而得通行，为其文化统一形成之一助。然只是通行在上层，于一般人不亲切，不实际。及至宗教革命，肯定了现世人生，人们兴味态度大变，各种语文及其文学，随而抬头。民族自觉由此发生，民族感情由此浓厚。作为精神维系之中心的，就不再是出世宗教，而转移到民族国家，拉丁文字亦随之代谢。文化统一的大单位，至此乃分裂为好多政治统一的小单位。然中国自有所谓"车同轨、书同文、行同伦"以来，全国文字却始终统一。此盖由中国文字以形体符号为主，不由拼音而成。尽管各地方音不同，而不碍文字之统一。尽管古今字体音韵有些改变，隔阂亦不大。其结果，且可使此文化统一的宽度继续加宽（推广到邻邦外族亦用中国文字），深度继续加深（文学情趣、历史记忆、礼俗传习，皆濡染益深）。分裂问题不止未曾有过，恐怕是永不会发生。

今天除蒙古西藏和一些未曾汉化之回族，只是在中国这个政治的大单位内，还没有融合到文化的大单位里，暂时不说外，其余可说早已融合为一体，而不可分了。秦汉是此融合统一之初果，先秦战国还正在费力以求融合之时。中国之文化统一的大单位，原出现于各个政治统一的小单位之后，原是由分而合的。即我们战国七雄，正相当于西洋近代国家之所谓列强。可注意的是：我们由分而合，他们却由合而分；我们从政治到文化，他们却从文化到政治；我们从国家进为天下，他们却从天下转回国家。

这种相反，正为这种相比原不十分相合之故。不合之一根本点，就在以孔子伦理比基督教。二者所以被取来相比，盖为其对于人群同有指导人生价值判断之功用，各居于一文化中心而为之主。又同样标举理想，而放眼到世界（天下观念本此）。但他们本质不同：其一指向于个人道德，其一却是集团的宗教。虽同可以造成社会秩序，而一则启发内心，一则偏乎外铄，深浅迥异。基督教天下之出现，若从其创教说起，真不知经过多少流血斗争。盖凡宗教信仰，信其一为真，则其余必假。是以"基督教不以建立其自身之祭坛为满足，必进而摧毁异教之祭坛"。但儒家在中国之定于一尊，却由时势推移，慢慢演成，及其揭晓，不过轻描淡写之一笔。如史书所载：

（汉武帝）建元元年丞相（赵）绾奏：所举贤良或治申、商、韩非、苏秦、张仪之言，乱国政，请皆罢。奏可。

这只是朝廷取士不复用百家言而已，没有什么了不起。到后世仿佛变成了宗教一样，则又经过好多年代，渐渐而来的。试问似此浸润深入以渐达于文化统一，岂是他处所有？又谁能分裂它？

且基督教之在西洋，更有不同乎儒家之在中国者。中国文化是一元的，孔子述古，即已集大成。西洋文化渊源有二。希伯来宗教而外，更有希腊罗马之学术法律。正唯前者不足以涵容消化后者，故基督教天下卒为民族国家所起而代。中古文化与近代文化之交替，实即压抑在基督教下之希腊罗马精神之复活。到今天来，社会秩序全依托于权利本位的法律，与基督教已无何相干。国家意识高涨，而天下襟怀不足。面对着"非和平即毁灭"之人类前途，是否还待有希伯来精神再起，实未敢知。

张东荪先生尝论西洋文化之所以不断进步，正在其有此互相冲突之二元。① 我深承认之。然须知何以有一元，何以有二元？若谓历史遭际如此，便欠思索。设非中国古人于人类生命深处有所见，而深植其根本，则偌大空间偌长时间，七个八个元亦出来了，岂容你一元到底！反之，二元歧出者，正是在浅处植基，未得其通之之道也。又论者群指自儒术定于一尊，而中

---

① 见张东荪著《理性与民主》，第十二页。

国遂绝进步之机，我亦不持异议。然须知自来宗教上之不能容忍，思想之每趋于统制，并非全出于人类的愚蠢。一半亦是社会自然要求如此。必要在人生价值判断上有其共同点，而后才能成社会而共生活。大一统的局面出现以后，向之各方自为风气者，乃形见其不同。为了应付大局需要，其势不能无所宗主。董仲舒对策，一则曰"上无以持一统，下又不知所守"；再则曰"然后统纪可一，民知所从"。明明就是这一呼求。天下事原来顾到这边，便顾不到那边。

中国文化以周孔种其因，至秦汉收其果，几于有一成不变之观。周孔种其因，是种封建解体之因，是种国家融化在社会里面之因。秦汉收其果，是一面收融解融化之果，还一面在种种问题上收融合统一之果。所谓一成不变之观，即从此中国便是天下（社会）而兼国家的，从此便是以儒家为治道之本而摄取法家在内的。秦汉后的中国，政治上分裂虽不尽免，却不再有"各求其政治统一"之事，如西洋各民族国家者。一则为中国人差不多已经同化融合到一处，没有个别民族之可言；更为此文化之所陶铸，阶级消纳于伦理，国家隐没于社会，人们定然要合不要分。分则角力，而国家显露；合则政治乃可消极，而国家隐没也。自这民族融合文化统一的大社会来说，合则为治世，为天下太平，分亦就是乱了。

三千年来我们一贯精神是向着"社会"走，不是向着"国家"走。向着国家走，即为一种逆转。然国家实为人类历史所必经。于是二千年来局面，既介于封建国家与资本国家之间，更出入乎社会与国家之间。社会组织启导于儒家；儒家所以为其治道之本者在此。而法家则所以适应乎国家之需要也。假如不是近百年突被卷入国际竞争旋涡，被迫向着国家走，我们或仍抱天下意识如故，从乎其二千年所以为治者如故。

问题来了，

正是我们创造的机会到了。

辑三 · 多谈谈哲学 多想想办法

东西文化及其哲学之『绪论』①

漱溟承教育厅之约至此地讲演，是很荣幸的。本来，去年教育厅约过我一次，我已从上海首途，适值直皖战争，火车到徐州就不通行，所以，我又折回去没有得来。今年复承此约，终究得来，似乎我们今日之会并非偶然！今日在大雨的时候承大家来听，在我对于大家的意思应当声谢！

---

① 《东西文化及其哲学》（上海人民出版社，2005.01）第一章"绪论"。此文为其第一章"绪论"，编者拟题如上。

一般人对这问题的意思

此次预备讲演的题目是"东西文化及其哲学"。这个题目看起来似乎很浮夸，堂皇好看，而我实在很不愿意如此引导大家喜欢说浮夸门面、大而无当的话。或者等我讲完之后，大家可以晓得我不是喜欢说大的堂皇的门面话。大概社会上喜欢说好听的门面话的很多，这实在是我们所不愿意的。去年将放暑假的时候，北京大学的蔡孑民先生还有几位教授都要到欧美去，教职员开欢送会。那时候我记得有几位演说，他们所说的话大半都带一点希望这几位先生将中国的文化带到欧美而将西洋文化带回来的意思。我当时听到他们几位都有此种言论，于是我就问大家："你们方才对于蔡先生别位先生的希望是大家所同的，但是我很想知道大家所谓将中国文化带到西方去是带什么东西呢？西方文化我姑且不问——而所谓中国文化究竟何所指呢？"当时的人却都没有话回答，及至散会后，陶孟和先生同胡适之先生笑着对我说："你所提出的问题很好，但是天气很热，大家不好用思想。"我举此例就是证明大家喜欢说好听、门面、虚伪的话。如果不晓得中国文化是什么，又何必说它呢！如将"中国文化"当做单单是空空洞洞的名词而毫无意义，那么，他们所说的完全是虚伪，完全是应酬！非常无味，非常要不得！

　　大约两三年来，因为所谓文化运动，我们时常可以在口头上听到，或在笔墨上看到"东西文化"这类名词。但是虽然人人说得很滥，而大家究竟有没有实在的观念呢？据我们看来，大家实在不晓得东西文化是何物，仅仅顺口去说罢了。大约自从杜威来到北京，常说东西文化应当调和；他对于北京大学勉励的话，也是如此。后来罗素从欧洲来，本来他自己对于西方文化很有反感，所以难免说中国文化如何的好。因此常有东西文化的口头说法在社会上流行。但是对于东西文化这个名词虽说得很滥，而实际上全不留意所谓东方化所谓西方化究竟是何物？此两种文化是否像大家所想象的有一样的价值，将来会成为一种调和呢？后来梁任公从欧洲回来，也很听到西洋人对于西洋文化反感的结果，对于中国文化有不知其所以然的一种羡慕。所以梁任公在他所作的《欧游心影录》里面也说到东西文化融合的话。于是大家都传染了一个意思，觉得东西文化一定会要调和的，而所期望的未来文化就是东西文化调和的产物。但是这种事业很大，总须俟诸将来，此刻我们是无从研究起的！

　　我当初研究这个问题是在民国六七年的时候。那时我很苦于没有人将东西文化并提着说，也没有人着眼到此地，以为如果有人说，就可以引起人研究，但是现在看来，虽然有人说而仍旧并没有人研究。在我研究的时候，很有朋友劝我，说这个问题范围太广，无从着手，如张崧年先生屠孝实先生都有此意。然而在我觉得上面所述的三个意思都是不对的。第一个意思，没有说出东西文化所以调和之道而断定其结果为调和，是全然不对的。第二个意思，觉得此问题很大，可以俟诸将来，也非常不对；因为这个问题并非很远的事情，虽然我们也晓得这件事的成功要在未来，而问题却是目前很急迫的问题！我们从此开始做起，或者才有解决——他们所说的调和我们现在姑且说作解决——之一日。所以这种事业虽远，而这个问题却不远的。第三个意思，以为问题范围太大，如哲学、政治制度、社会习惯、学术、文艺，以及起居、物质生活，凡是一民族生活的种种方面都在研究的范围之内，恐怕无从着手；这个意思也不对，实在并非没有方法研究。我们上来所述仅仅指出这三个意思的不对，以下再说这三个意思为什么不对。

以为这问题还远的不对

第一，我们先说这个问题是很急迫的问题，并非很远的问题，可以俟诸将来再解决的。我们现在放开眼去看，所谓东西文化的问题，现在是怎样情形呢？

我们所看见的几乎世界上完全是西方化的世界！欧美等国完全是西方化的领域，固然不须说了。就是东方各国，凡能领受接纳西方化而又能运用的，方能使它的民族、国家站得住；凡来不及领受接纳西方化的即被西方化的强力所占领。前一种的国家，例如日本，因为领受接纳西方化，故能维持其国家之存在，并且能很强胜地立在世界上；后一种的国家，例如印度、朝鲜、安南①、缅甸，都是没有来得及去采用西方化，结果遂为西方化的强力所占领。而唯一东方化发源地的中国也为西方化所压迫，差不多西方化撞进门来已竟好几十年，使秉受东方化很久的中国人，也不能不改变生活，采用西方化！几乎我们现在的生活，无论精神方面、社会方面和物质方面，都充满了西方化，这是无法否认的。所以这个问题的现状，并非东方化与西方化对垒的战争，完全是西方化对于东方化绝对的胜利，绝对的压服！这个问题此刻要问：东方化究竟能否存在？

再其次，我们来看秉受东方化最久，浸润于东方化最深的中国国民对于西方化的压迫历来是用怎样的方法去对付呢？西方化对于这块土地发展的步骤是怎样呢？

---

① 安南，越南古称。——编者注

据我们所观察，中国自从明朝徐光启翻译《几何原本》，李之藻翻译《谈天》，西方化才输到中国来。这类学问本来完全是理智方面的东西，而中国人对于理智方面很少创造，所以对于这类学问的输入并不发生冲突。直到清康熙时，西方的天文、数学输入亦还是如此。后来到咸同年间，因西方化的输入，大家看见西洋火炮、铁甲、声、光、化、电的奇妙，因为此种是中国所不会的，我们不可不采取它的长处，将此种学来。此时对于西方化的态度亦仅此而已。所以，那时曾文正、李文忠等创办上海制造局，在制造局内译书，在北洋练海军，马尾办船政。这种态度差不多有几十年之久，直到光绪二十几年仍是如此。所以这时代名臣的奏议，通人的著作，书院的文课，考试的闱墨以及所谓时务书一类，都想将西洋这种东西搬到中国来，这时候全然没有留意西洋这些东西并非凭空来的，却有它们的来源。它们的来源，就是西方的根本文化。有西方的根本文化，才产生西洋火炮、铁甲、声、光、化、电这些东西；这些东西对于东方从来的文化是不相容的。他们全然没有留意此点，以为西洋这些东西好像一个瓜，我们仅将瓜蔓截断，就可以搬过来！如此的轻轻一改变，不单这些东西搬不过来，并且使中国旧有文化的步骤也全乱了——我方才说这些东西与东方从来的文化是不相容的。他们本来没有见到文化的问题，仅只看见外面的结果，以为将此种结果调换改动，中国就可以富强，而不知道全不成功的！及至甲午之役，海军全体覆没，于是大家始晓得火炮、铁甲、声、光、化、电，不是如此可以拿过来的，这些东西后面还有根本的东西。乃提倡废科举，兴学校，建铁路，办实业。此种思想盛行于当时，于是有戊戌之变法不成而继之以庚子的事变，于是变法的声更盛。这种运动的结果，科举废，学校兴，大家又逐渐着意到政治制度上面，以为西方化之所以为西方化，不单在办实业、兴学校，而在西洋的立宪制度、代议制度。于是大家又群趋于政治制度一方面，所以有立宪论与革命论两派。在主张立宪论的以为假使我们的主张可以实现，则对于西洋文化的规模就完全有了，而可以同日本一样，变成很强盛的国家。——革命论的意思也是如此。这时的态度既着目在政治制度一点，所以革命论家奔走革命，立宪论家请求开国会，设谘议局，预备立宪。后来的结果，立宪论的主张逐渐实现；而革命论的主张也在辛亥年成功。此种政治的改革虽然不能说将西方的政治制度当真采用，而确是一个改变；此时所用的政体决非中国固有的政治制度。但是这种改革的结果，西洋的政治制度实际上仍不能在中国实现，虽然革命有十年之久，而因为中国人不会运用，所以这种政治制度始终没有安设在中国。于是大家乃有更进一步的觉悟，以为政治的改革仍是枝叶，还有更根本的问题在后头。假使不从更根本的地方做起，则所有种种做法都是不中用的，乃至所有西洋文化，都不能领受接纳的。此种觉悟的时期很难显明的划分出来，而稍微显著的一点，不能不算《新青年》陈独秀他们几位先生。他们的意思要想将种种枝叶抛开，直截了当去求最后的根本。所谓根本就是整个的西方文化——是整个文化不相同的问题。如果单采用此种政治制度是不成功的，须根本的通盘换过才可。而最根本的就是伦理思想——人生哲学——所以陈先生在他所作的《吾人之最后觉悟》一文中以为种种改革通用不着，现在觉得最根本的在伦理思想。对此种根本所在不能改革，则所有改革皆无效用。到了这时才发现了西方化的根本的所在，中国不单火炮、铁甲、声、光、化、电、政治制度不及西方，乃至道德都不对的！这是两问题接触最后不能不问到的一点，我们也不能不叹服陈先生头脑的明利！因为大家对于两种文化的不同都容易麻糊，而陈先生很能认清其不同，并且见到西方化是整个的东西，不能枝枝节节零碎来看！这时候因为有此种觉悟，大家提倡此时最应做的莫过于思想之改革——文化运动。经他们几位提倡了四五年，将风气开辟，于是大家都以为现在最要紧的是思想之改革——文化运动——不是政治的问题。

143

我们看见当时最注重政治问题的如梁任公一辈人到此刻大家都弃掉了政治的生涯而趋重学术思想的改革方面。如梁任公林宗孟等所组织的新学会的宣言书，实在是我们很好的参证的材料，足以证明大家对于西方文化态度的改变！

到了此时，已然问到两文化最后的根本了。现在对于东西文化的问题，差不多是要问：西方化对于东方化，是否要连根拔掉？中国人对于西方化的输入，态度逐渐变迁，东方化对于西方化步步的退让，西方化对于东方化节节的斩伐！到了最后的问题是已将枝叶去掉，要向咽喉处去着刀！而将中国化根本打倒！我们很欢迎此种问题，因为从前枝枝节节地做去，实在徒劳无功。此时间到根本，正是要下解决的时候，非有此种解决，中国民族不会打出一条活路来！所以此种问题并非远大事业，是明明对于中国人逼着讨一个解决！中国人是否要将中国化连根地抛弃？本来秉受东方化的民族不只一个，却是日本人很早就采用西方化，所以此刻对此问题并不成问题；而印度、安南、朝鲜、缅甸，皆为西方化之强力所占领，对于此问题也不十分急迫，因为他们国家的生活是由别人指挥着去做。现在中国，无论如何还算是在很困难的境遇里可以自谋——对于自己的生活要自己做主。因为要自谋，所以对于政治采用某种，文化采用某种还要自决。所以别的民族不感受东西文化问题的急迫，而单单对中国人逼讨一个解决！可见这个问题在中国决不是远的问题而是很急迫的问题了。

照以上所说，东方文化与西方文化之接触，逐渐问到最后的根本；对付的态度起先是枝枝节节的，而此刻晓得要从根本上下解决。此种从根本上下解决的意思，从前很少有人谈及。前三四年只看见我的朋友李守常先生作了一篇《东西文明之根本异点》。他在这篇文章里面，大要以为东方文明之根本精神在静，西方文明之根本精神在动。——而他说：

苟不将静止的精神根本的扫荡，或将物质的生活一切屏绝，长此沉延在此矛盾现象中以为生活，其结果必蹈于自杀，盖以半死不活之人驾行飞艇，使发昏带醉之人御摩托车，人固死于艇车之下，车亦毁于其人之手。以英雄政治、贤人政治之理想施行民主政治，以肃静无哗唯诺一致之心理希望代议政治，以万世一系一成不变之观念运用自由宪法，其国之政治固以阢陧不宁，此种政治之妙用亦必毁于若而国中。总之守静的态度持静的观念，以临动的生活，必至人身与器物，国家与制度都归于粉碎，世间最可怖之事莫过于斯矣。

李先生的话说得很痛快！他很觉得东西文化根本之不同，如果做中国式的生活就须完全做中国式的生活；如果做西方式的生活就须完全做西方式的生活；矛盾的现象是不能行，并且非常可怕的。所以这个问题并不是很远而可以俟诸未来的问题，确是很急迫而单单对于中国人逼讨一个解决的问题。我们处在此种形势之下逼迫得很紧，实在无从闪避，应当从速谋应付的方法。应付的方法大约不外三条路：

（一）倘然东方化与西方化果真不并立而又无可通，到今日要绝其根株，那么，我们须要自觉地如何彻底地改革，赶快应付上去，不要与东方化同归于尽；

（二）倘然东方化受西方化的压迫不足虑，东方化确要翻身的，那么，与今日之局面如何求其通，亦须有真实的解决积极的做去，不要做梦发呆卒致倾覆；

（三）倘然东方化与西方化果有调和融通之道，那也一定不是现在这种"参用西法"可以算数的，须要赶快有个清楚、明白的解决，好打开一条活路，决不能有疲缓的态度。

这三条路究竟那一条路对，我们不得而知，而无论开辟出哪条路来，我们非有根本地解决不成，决非麻糊含混可以过去的。李君的话我们看去实在很对，我们历年不能使所采用的西方化的政治制度实际的安设在我们国家社会的缘故，全然不是某一个人的罪过，全然不是零碎的问题；虽然前清皇室宣布立宪之无真意，袁项城帝制自为之野心，以及近年来"军阀"之捣乱，不能不算一种梗阻而却不能算正面的原因。其正面的原因，在于中国一般国民始终不能克服这梗阻，而所以不能克服梗阻，在于中国人民在此种西方化政治制度之下仍旧保持在东方化的政治制度底下所抱的态度。东方化的态度，根本上与西方化刺谬；此种态度不改，西方化的政治制度绝对不会安设上去！甚或不到将西方化创造此种政治制度的意思全然消没不止！我们这几年的痛苦全在于此，并非零碎的一端，是很大的根本问题。此刻我们非从根本上解决不可。是怎样可以使根本态度上有采用西方化的精神，能通盘受用西方化？李君所说虽然很急迫，而其文章之归结还是希望调和融通，而怎样调和融通，他也没有说出来，仍就俟诸未来，此点差不多是李君自己的矛盾。我以为这种事业虽然要在未来成就，而问题却不在未来，实在是目前很急迫的问题啊！

随便持调和论的不对

第二，我们所要说的，就是，我们从如此的情形看出这个问题的真际究竟在什么地方。换言之，就是，东方化还是要连根的拔去，还是可以翻身呢？此处所谓翻身，不仅说中国人仍旧使用东方化而已，大约假使东方化可以翻身亦是同西方化一样，成一种世界的文化——现在西方化所谓科学（science）和"德谟克拉西"之二物，是无论世界上那一地方人皆不能自外的。所以，此刻问题直截了当的，就是东方化可否翻身成为一种世界文化？如果不能成为世界文化则根本不能存在；若仍可以存在，当然不能仅只使用于中国而须成为世界文化。但是从大概情形来看，仅能看出东方化将绝根株的状况，而看不出翻身之道。照我们以前所说东方化的现状，一般头脑明利的人都觉得东方化不能存留；假如采用西方化，非根本排斥东方化不可。近三四年来如陈仲甫等几位先生全持此种论调，从前的人虽然想采用西方化，而对于自己根本的文化没有下彻底地攻击。陈先生他们几位的见解，实在见得很到，我们可以说是对的；譬如陈先生在他所作的《吾人最后之觉悟》一文里面，主张我们现在应将一切问题撇开，直接地改革伦理思想，因此他将中国伦理思想最根本的孔子教化，痛下攻击！他在另外一篇文章里说道：

　　倘吾人以中国之法，孔子之道，足以组织吾之国家，支配吾之社会，使适于今日世界之生存，则凡十余年来之变法维新、流血革命、设国会、改法律及一切新政治、新教育无一非多事，应悉废罢，万一欲建设新国家新社会，则对于此新国家新社会不可相容之孔教，不可不有彻底之觉悟，勇猛之决心，否则不塞不流，不止不行。

陈君这段话也可以说是痛快之至，在当时只有他看得如此之清楚！

东方文化的两大支，是中国化和印度化。以上所说是对于中国化。对于印度化，如李守常先生说：印度"厌世的人生观不合于宇宙进化之理"，则又是将印度化一笔勾销了！李先生是主张将"静的精神"根本扫荡的，而他所以诠释东方文化者即此四字，就是根本不要东方化了！这种主张从根本上不要东方化是很对的；而不能说出所以然，就胡乱主张两文化将来必能融通，实在不对。

现在我们进一层替他两位发挥未尽的意思：据我们看，所谓一家文化不过是一个民族生活的种种方面。总括起来，不外三方面：

（一）精神生活方面，如宗教、哲学、科学、艺术等是。宗教、文艺是偏于情感的，哲学、科学是偏于理智的。

（二）社会生活方面，我们对于周围的人——家族、朋友、社会、国家、世界——之间的生活方法都属于社会生活一方面，如社会组织、伦理习惯、政治制度及经济关系是。

（三）物质生活方面，如饮食、起居种种享用，人类对于自然界求生存的各种是。

我们人类的生活大致不外此三方面，所谓文化亦可从此三方面来下观察。如果就此三方面观察东西文化，我们所得到的结果：第一，精神生活方面，东方人的宗教——虽然中国与印度不同——是很盛的，而西方人的宗教则大受批评打击；东方的哲学还是古代的形而上学，而西洋人对于形而上学差不多弃去不讲；即不然，而前途却是很危险的。此种现象，的确是西洋人比我们多进了一步的结果。西洋人对于宗教和形而上学的批评，我们实在不能否认，中国人比较起来，明明还在未进状态的。第二，社会生活方面，西洋比中国进步更为显然。东方所有的政治制度也是西方古代所有的制度，而西方却早已改变了；至于家庭、社会，中国也的确是古代文化未进的样子，比西洋少走了一步！第三，物质生活方面，东方之不及西方尤不待言。我们只会点极黑暗的油灯，而西洋用电灯；我们的交通上只有很笨的骡车，而西洋人用火车飞艇。可见物质方面的不济更为显著了！由此看来，所谓文化只有此三方面，而此三方面中东方化都不及西方化，那么，东方化明明是未进的文化，而西方化是既进的文化。所谓未进的文化大可以不必提起，单采用既进的文化好了！我记得有一位常乃德先生说西方化与东方化不能相提并论，东方化之与西方化是一古一今的；是一前一后的；一是未进的，一是既进的。照我们从生活三方面观察所得的结果看来，常君这种论调是不错的。我们看东方文化和哲学，都是一成不变的，历久如一的，所有几千年后的文化和哲学，还是几千年前的文化，几千年前的哲学。一切今人所有，都是古人之遗；一切后人所作，都是古人之余；然则东方化即古化。西方化便不然；思想逐日地翻新，文化随时辟创，一切都是后来居上，非复旧有，然则西方化就是新化。一古一今不能平等而观，是很对的。假使说东方化能翻身，即是说古化能大行于今后未来之世界；这话谁敢信呢？一般人或以为东方在政治制度，社会的风俗习惯，以及物质的享用虽不及西方人，而精神方面比西方人要有长处的。这种说法不单旧派人如此，几乎有些新派的人亦有此种意思。但是我要反问一句：现在对于东西文化的问题既然问到最后的根本，不是已然看出中国人的精神生活方面：宗教、哲学、道德、艺术根本上不对吗？不是要做思想的改革，哲学的更新吗？怎样又可以说精神方面中国人有长处呢？所以一般人的意思，全然不对！而胡适之先生作《中国哲学史大纲》亦持很客套的态度，在《中国哲学史大纲》的导言上说：

世界上的哲学，大概可分为东西两支。东支又分印度、中国两系。西支也分希腊、犹太两系。初起的时候，这四系都可算独立发生的。到汉以后犹太系加入希腊系成了欧洲的中古哲学。印度系加入中国系成了中国的中古哲学。到了近代印度系的势力渐衰，儒家复起，遂产生了中国近世的哲学，历宋、元、明、清，直到如今。欧洲思想渐渐脱离犹太系的势力，遂产生了欧洲的近古哲学。到了今日这两大支的哲学互相接触互相影响，五十年后一百年后或竟能发生一种世界的哲学也未可知。

胡先生这样将东方与西洋两派哲学相提并论，同样尊重地说话，实在太客套了！我们试看中国的哲学，是否已经经过西洋哲学的那样批评呢？照胡先生所讲的中国古代哲学，在今日哲学界可有什么价值呢？恐怕仅只做古董看着好玩而已！虽然《中国哲学史大纲》的后半部还没有作出来，而胡先生的论调却是略闻一二的。像这种堂皇冠冕的话恐怕还是故相揶揄呢！所以大家一般人所说精神方面比较西方有长处的说法，实在是很含混不清，极糊涂、无辨别的观念，没有存在的余地！

论到此处可以看出，大家意思要将东西文化调和融通，另开一种局面作为世界的新文化，只能算是迷离含混的希望，而非明白确切的论断。像这样糊涂、疲缓、不真切的态度全然不对！既然没有晓得东方文化是什么价值，如何能希望两文化调和融通呢？如要调和融通总须说出可以调和融通之道，若说不出道理来，那么，何所据而知道可以调和融通呢？大概大家的毛病，因为西洋经大战的影响对于他们本有的文化发生反感，所以对于东方文化有不知其所以然的羡慕，譬如杜威罗素两先生很不看轻中国的文化，而总觉得东西文化将来会调和融通的。大家听了于是就自以为东方化是有价值了。但假使问他们如何调和融通，他们两先生其实也说不出道理来。又梁任公先生到欧洲也受这种影响，在《欧游心影录》上面说，西洋人对他说"西方化已经破产，正要等到中国的文化来救我们，你何必又到我们欧洲来找药方呢"！他偶然对他们谈到中国古代的话，例如孔子的"不患寡而患不均""四海之内皆弟兄也"以及墨子的"兼爱"，西洋人都叹服钦佩以为中国文化可宝贵。梁先生又说柏格森、倭铿等人的哲学都为一种翻转的现象，是要走禅宗的路而尚未走通的。如此种种挂扬中国文明。其实任公所说，没有一句话是对的！他所说的中国古话，西洋人也会说，假使中国的东西仅只同西方化一样便算可贵，则仍是不及人家，毫无可贵！中国化如有可贵，必在其特别之点，必须有特别之点才能见长！他们总觉得旁人对我称赞的，我们与人家相同的，就是可宝贵的；这样的对于中国人文化的推尊，這见中国文明的不济，完全是糊涂的、不通的！我们断然不能这样糊糊涂涂的就算了事，非要真下一个比较解决不可！

所以照我们看这个问题，西洋人立在西方化上面看未来的文化是顺转，因为他们虽然觉得自己的文化很有毛病，但是没有到路绝走不通的地步，所以慢慢地拐弯就会走上另一文化的路去；至于东方化现在已经撞在墙上无路可走，如果要开辟新局面必须翻转才行。所谓翻转自非努力奋斗不可，不是静等可以成功的。如果对于这问题没有根本的解决，打开一条活路，是没有办法的！因此我们对于第二种意思——调和融通的论调——不知其何所见而云然？

以为无从研究的不对

第三个意思以为这问题太大，范围太宽，无从研究起，也是不对的。但是如何研究法，要到后文再说，此处仅只先说这种意思是不对的。现在且略说我为什么注意此问题，和我研究的经过，同时亦即所以对答第三个意思。他们所说的无法研究，还是由于大家的疲缓、劣钝；如果对于此问题觉得是迫切的，当真要求解决，自然自己会要寻出一条路来！

我研究这问题的经过

我对于此问题特别有要求，不肯放松，因为我的生性对于我的生活、行事，非常不肯随便，不肯做一种不十分妥当的生活，未定十分准确的行事。如果做了，就是对的，就没有问题的；假使有一个人对于我所做的生活不以为然，我即不能放松，一定要参考对面人的意见，如果他的见解对，我就自己改变；如果他的见解是错误，我才可以放下。因为我对于生活如此认真，所以我的生活与思想见解是成一整个的，思想见解到那里就做到那里。例如我在当初见得佛家生活是对的，我即刻不食肉不娶妻要做他那样生活，八九年来如一日。而今所见不同，生活亦改。因此别的很随便度他生活的人可以没有思想见解；而我若是没有确实心安的主见，就不能生活的！所以旁人对于这个问题自己没有主见并不要紧，而我对

155

于此问题假使没有解决，我就不晓得做何种的生活才好！

我研究这个问题的经过，是从民国六年蔡孑民先生约我到大学去讲印度哲学。但是我的意思，不到大学则已，如果要到大学做学术一方面的事情，就不能随便做个教员便了，一定要对于释迦、孔子两家的学术至少负一个讲明的责任。所以我第一日到大学，就问蔡先生他们对于孔子持什么态度？蔡先生沉吟地答道：我们也不反对孔子。我说：我不仅是不反对而已，我此来除去替释迦、孔子去发挥外更不做旁的事！而我这种发挥是经过斟酌解决的，非盲目的。后来晤陈仲甫先生时，我也是如此说。但是自任大学讲席之后因编讲义之故，对于此意，亦未得十分发挥。到民国七年，我曾在北京大学日刊登了一个广告，征求研究东方学的人，在广告上说：据我的看法，东方化和西方化都是世界的文化，中国为东方文化之发源地；北京大学复为中国最高之学府；故对于东方文化不能不有点贡献，如北京大学不能有贡献，谁则负贡献之责者？但是这种征求的结果，并没有好多的人；虽有几个人，也非常不中用。我仅只在哲学研究所开了一个"孔子哲学研究会"将我的意思略微讲了一个梗概。后来丁父艰遂中途搁置。到民国八年，有一位江苏的何墨君同朋友来访问我对于东西文化问题的意见。当时曾向何君略述；何君都月笔记录，但并未发表。后来我作一篇希望大家对于此问题应加以注意的文章，即发表于《唯识述义》前面的。民国九年即去年夏季经这里教育厅长袁先生约我来鲁讲演，我即预备讲演此问题而因直皖战争没有得来。九年秋季却在大学开始讲演此问题已有记录草稿一本。今年复到此地与大家研究，算是我对于此问题的第二次讲演。我自己对于东西文化问题研究之经历大概如此。

东西文化及其哲学之『自序』①

这是我今年八月在山东济南省教育会会场的讲演，经罗君莘田替我记录出来，又参酌去年在北京大学讲时陈君仲瑜的记录而编成的。现在拿他出版，我特说几句话在后面。

在别人总以为我是好谈学问，总以为我是在这里著书立说，其实在我并不好谈学问，并没在这里著书立说，我只是说我想要说的话。我这个人本来很笨，很呆，对于事情总爱靠实，总好认真，就从这样沾滞的脾气而有

---

① 《东西文化及其哲学》，上海人民出版社，2005.01。此文为其"自序"，编者拟题如上。

这篇东西出来。我自从会用心思的年龄起，就爱寻求一条准道理，最怕听"无可无不可"这句话，所以对于事事都自己有一点主见，而自己的生活行事都牢牢地把定着一条线去走。因为这样，我虽不讲学问，却是眼睛看到的，耳朵听到的，都被我收来，加过一番心思，成了自己的思想。自己愈认真，从外面收来的东西就愈多，思想就一步一步地变，愈收愈多，愈来愈变，不能自休，就成今日这样子。我自始不晓得什么叫哲学而要去讲它，是待我这样做过后，旁人告诉我说，你讲的这是哲学，然后我才晓得。我的思想的变迁，我很愿意说出来给大家听，不过此次来不及，打算到明年三十岁作一篇《三十自述》再去说。此刻先把变迁到现在的一步发表出来，就是这本书。我要做我自己的生活，我自己的性情不许我没有为我生活作主的思想；有了思想，就喜欢对人家讲；寻得一个生活，就愿意也把它贡献给别人！这便是我不要谈学问而结果谈到学问，我不是著书立说而是说我想要说的话的缘故。大家如果拿学问家的著述来看我，那就错了，因我实不配谈学问；大家如果肯虚心领取我的诚意，就请撇开一切，单就自己所要做的生活下一番酌量。

还有，此刻我自己的态度要就此宣布一下。我从二十岁以后，思想折入佛家一路，一直走下去，万牛莫挽，

159

但现在则已变。这个变是今年三四月间的事，我从那时决定搁置向来要做佛家生活的念头，而来做孔家的生活。何以有此变？也要待"三十自述"里才说得清。此刻先说明所以致变之一端。现在这书里反对大家做佛家生活。主张大家做孔家生活的结论，原是三四年来早经决定，却是我自己生活的改变，只是今年的事，所以我自己不认作思想改变，因为实在是前后一样的，只不过掉换过一个生活。我以前虽反对大家做佛家生活，却是自己还要做佛家生活，因为我反对佛家生活，是我研究东西文化问题替中国人设想应有的结论，而我始终认只有佛家生活是对的，只有佛家生活是我心里愿意做的，我不愿意舍掉它而屈从大家去做旁的生活。到现在我决然舍掉从来的心愿了。我不容我看着周围种种情形而不顾。——周围种种情形都是叫我不要做佛家生活的。一出房门，看见街上的情形，会到朋友，听见各处的情形，在触动了我研究文化问题的结论，让我不能不愤然地反对佛家生活的流行，而联想到我自己，又总没有遇到一个人同意于我的见解，即或有，也没有如我这样的真知灼见，所以反对佛教推行这件事，只有我自己来做。这是迫得我舍掉自己要做的佛家生活的缘故。我又看着西洋人可怜，他们当此物质的疲敝，要想得精神的恢复，而他们所谓精神又不过是希伯来那点东西，左冲右突，不出此

160

圈，真是所谓未闻大道，我不应当导他们于孔子这一条路来吗！我又看见中国人蹈袭西方的浅薄，或乱七八糟，弄那不对的佛学，粗恶的同善社，以及到处流行种种怪秘的东西，东觅西求，都可见其人生的无着落，我不应当导他们于至好至美的孔子路上来吗！无论西洋人从来生活的猥琐狭劣，东方人的荒谬糊涂，都一言以蔽之，可以说他们都未曾尝过人生的真味，我不应当把我看到的孔子人生贡献给他们吗！然而西洋人无从寻得孔子，是不必论的；乃至今天的中国，西学有人提倡，佛学有人提倡，只有谈到孔子羞涩不能出口，也是一样无从为人晓得。孔子之真若非我出头倡导，可有哪个出头？这是迫得我自己来做孔家生活的缘故。

我在这书里因为要说出我自己的意思，不得不批评旁人的话，虽于师友，无所避忌。我虽批评旁人的话，却是除康南海外，其余的人我都极尊重。并且希望指摘我的错误，如我指摘别人那样，因为我自己晓得没有学问，无论哪样都没有深的研究，而要想说话，不能不谈到两句，所以最好是替我指摘出来，免得辗转讹误。我没出国门一步，西文又不好，我只能从我所仅有的求学机会而竭尽了我的能力，对于这个大问题，我所可贡献于世者止此，此外则将希望于大家了。

又我在这书里，关于佛教所说的话，自知偏于一边而有一边没有说。又我好说唯识，而于唯识实未深澈，并且自出意见，改动旧说。所以在我未十分信得过自己的时候，我请大家若求真佛教、真唯识，不必以我的话为准据，最好去问南京的欧阳竟无先生。我只承认欧阳先生的佛教是佛教，欧阳先生的佛学是佛学，别的人我都不承认，还有欧阳先生的弟子吕秋逸先生，欧阳先生的朋友梅撷芸先生也都比我可靠。我并不全信他们的话，但我觉得大家此刻则宁信他们莫信我，这是我要声明的。

古人作书都把序放在书后，我并不要依照古人，但我因为这些话要在看过全书后才看得明白，所以也把序放在书后。

中华民国十年十月二十二日

漱溟口说　陈政记

中国文化要义之『绪论』①

一、此所云中国文化

文化，就是吾人生活所依靠之一切。如吾人生活，必依靠于农工生产。农工如何生产，凡其所有器具技术及其相关之社会制度等等，便都是文化之一大重要部分。又如吾人生活，必依靠于社会之治安，必依靠于社会之有条理有秩序而后可。那么，所有产生此治安此条理秩序，且维持它的，如国家政治，法律制度，宗教信仰，

---

① 《中国文化要义》，上海人民出版社，2005.01。此文为其第一章"绪论"，编者拟题如上。

道德习惯，法庭警察军队等，亦莫不为文化重要部分。又如吾人生来一无所能，一切都靠后天学习而后能之。于是一切教育设施，遂不可少；而文化之传播与不断进步，亦即在此。那当然，若文字、图书、学术、学校，及其相类相关之事，更是文化了。

俗常以文字、文学、思想、学术、教育、出版等为文化，乃是狭义的。我今说文化就是吾人生活所依靠之一切，意在指示人们，文化是极其实在的东西。文化之本义，应在经济、政治，乃至一切无所不包。

然则，若音乐戏剧及一切游艺，是否亦在吾人生活所依靠之列？答：此诚为吾人所享受，似不好说为"所依靠"。然而人生需要，岂徒衣食而止？故流行有"精神食粮"之语。从其条畅涵泳吾人之精神，而培养增益吾人之精力以言之，则说为一种依靠，亦未为不可耳。

此云中国文化，是说我们自己的文化，以别于外来的文化而言；这亦就是特指吾中国人素昔生活所依靠之一切。文化本从传递交通而有，于此而求"自有""外来"之划分，殆不可能。不过以近百年世界大交通，中国所受变于西洋者太大，几尽失其故步，故大略划取未受近百年影响变化之固有者目为中国文化，如是而已。

又文化无所不包，本书却不能泛及一切。中国既一向详于人事而忽于物理，这里亦特就其社会人生来讨论，如是而已。

二、中国文化个性殊强

从文化比较上来看，中国文化盖具有极强度之个性，此可于下列各层见之：

（一）中国文化独自创发，慢慢形成，非从他受。反之，如日本文化、美国文化等，即多从他受也。

（二）中国文化自具特征（如文字构造之特殊，如法学上所谓法系之特殊，如是种种甚多），自成体系，与其他文化差异较大。本来此文化与彼文化之间，无不有差异，亦无不有类同。自来公认中国、印度、西洋并列为世界三大文化系统者，实以其差异特大而自成体系之故。

（三）历史上与中国文化若后若先之古代文化，如埃及、巴比伦、印度、波斯、希腊等，或已夭折，或已转易，或失其独立自主之民族生命。唯中国能以其自创之文化绵永其独立之民族生命，至于今日岿然独存。

（四）从中国已往历史征之，其文化上同化他人之力最为伟大。对于外来文化，亦能包容吸收，而初不为其动摇变更。

（五）由其伟大的同化力，故能吸收若干邻邦外族，而融成后来之广大中华民族。此谓中国文化非唯时间绵延最久，抑空间上之拓大亦不可及（由中国文化形成之一大单位社会，占世界人口之极大数字）。

（六）中国文化在其绵长之寿命中，后一大段（后二千余年）殆不复有何改变与进步，似显示其自身内部具有高度之妥当性、调和性，已臻于文化成熟之境者。

（七）中国文化放射于四周之影响，既远且大。北至西伯利亚，南迄南洋群岛，东及朝鲜、日本，西达葱岭以西，皆在其文化影响圈内。其邻近如越南如朝鲜固无论；稍远如日本如暹罗、缅甸等、亦泰半依中国文化过活。更远如欧洲，溯其近代文明之由来，亦受有中国之甚大影响。近代文明肇始于十四五六世纪之文艺复兴；文艺复兴，实得力于中国若干物质发明（特如造纸及印刷等术）之传习，以为其物质基础。再则十七八世纪之所谓启蒙时代理性时代者，亦实得力于中国思想（特如儒家）之启发，以为其精神来源。[①]

中国文化之相形见绌，中国文化因外来文化之影响而起变化，以致根本动摇，皆只是最近一百余年之事而已。

---

① 参看朱谦之著《中国思想对于欧洲文化之影响》，商务印书馆出版。

三、试寻求其特征

我们于此，不禁地愿问：何谓中国文化？它只是地理上某空间，历史上某期间，那一大堆东西吗？抑尚有其一种意义或精神可指？从上述中国文化个性之强来说，颇使人想见其植基深厚，故而发挥出来的乃如此坚卓伟大；其间从本到末，从表到里，正必有一种意义或精神在。假若有的话，是不是可以指点出来，使大家洞然了悟其如是如是之故，而跃然有一生动的意义或精神，映于心目间？——《中国文化要义》一书就想试为进行这一工作。

我们工作的进行：第一步，将中国文化在外面容易看出的，常常被人指说的那些特异处，一一寻求而罗列起来。这种罗列，从最著者以次及于不甚重要者，可以列出许多许多。尽不必拘定其多少。不过，当你罗列之后，自然便看出某点与某点相关联，可以归并；某点与某点或竟为一事。如此，亦就不甚多了。第二步，拈取其中某一特点为研究入手，设法解释它的来由。前后左右推阐印证，愈引愈深；更进而解释及于其他特点。其他特点，假如因之而亦得解答，即再进而推及其他。总之，最后我们若能发见这许多特点，实不外打从一处而来；许多特征贯串起来，原都本于唯一之总特征；那就

167

是寻到了家。中国文化便通体洞然明白，而其要义可以在握。

这不过大致计划如此，其余曲折，随文自详于后。

该书着笔于抗战之第五年（1941年）。我们眼看着较后起的欧洲战争，几多国家一个接一个先后被消灭，真是惊心；而中国却依然屹立于其西部土地上。论军备国防，论经济、政治、文化种种力量，我们何曾赶得上那些国家？然他们或则几天而亡一个国家，或则几星期而亡一个国家，或则几个月而亡一个国家；独中国支持至五年了，还未见涯涘。显然对照出，不为别的，只是中国国太大而他们国嫌小而已。国小，没有退路，没有后继，便完了。国大，尽你敌人战必胜攻必取，却无奈我一再退守以后，土地依然甚广，人口依然甚多，资源依然甚富。在我还可撑持，而在敌人却已感战线扯得太长，时间拖得太久，不禁望洋兴叹了。平时我们的国大，自己亦不觉；此时则感触亲切，憬然有悟。

这自是祖宗的遗业，文化的成果，而后人食其福。但细想起来，食其福者亦未尝不受其累。中国之不易亡者在此，中国之不易兴或亦在此。譬如多年以来中国最大问题，就是不统一。假如中国只有广西一省这般大，不是早就统一了吗？局面太大了，领袖不易得人。可以为小局面领袖者，在大局面中未必能行。即令其人本质

168

上能行，而机缘会合资望养成亦倍须时间，大非易事。且人多则问题多，局面大则问题大。一处有问题，全局受影响；中枢不就绪，各处难进行。尤其可注意者，在小团体中，每一份子可觉知他的责任。团体愈大，则团体中每一份子的责任感觉愈轻微；团体太大了，浸至于无感觉。一个大家庭的人，易于懒散；一个大家庭的事，易于荒废，就是为此。反之，一小家人就很容易振作。若分析之，又可指出两面：一面是感觉力迟钝；一面是活动力减低。从前广西有两年战乱遍全省，而在北京只我们和广西有关系的人知道，大多数人则无闻无睹。当东北四省为敌人侵占，邻近各省受到威胁，尚时时有所感觉；远处南方各省便日渐淡忘，而无所觉。这都是国太大，人们感觉迟钝之例。有时感觉到问题了，而没有解决问题的勇气与兴趣；或者一时兴奋，奔走活动而不能持久；则皆为活动力贫乏之证。犹如力气小的人，望着千钧重担不作攘臂之想；或者攘臂而起，试一试，终于废然。须知奔走活动，不怕遇着人反对，而怕得不到什么反应。得不到什么反应，便不想再干。在太大的国度内如中国者，却每每是这样。

　　国大，既足为福，又足为祸，必不容等闲视之；其所以致此，亦必非偶然。吾人正可举此为中国文化之一大特征，而加以研究。往日柳诒徵先生著《中国文化史》，就曾举三事以为问：

中国幅员广袤，世罕其匹；试问前人所以开拓此抟结此者，果由何道？

中国种族复杂，至可惊异。即以汉族言之，吸收同化无虑百数；至今泯然相忘，试问其容纳沟通，果由何道？

中国开化甚早，其所以年祀久远，相承勿替，迄今犹存者，又果由何道？

此三个问题，便是三大特征。再详言之：

（一）广土众民①，为一大特征；

（二）偌大民族之同化融合，为一大特征；

（三）历史长久，并世中莫与之比，为一大特征。

从以上三特征看，无疑地有一伟大力量蕴寓于其中。但此伟大力量果何在，竟指不出。

如吾人所知，知识实为人类文化力量之所在；西洋人"知识即强力"（Knowledge is power）之言极是。中国文化在过去之所以见优胜，无疑地亦正有知识力量在内。但中国人似非以知识见长之民族。此观于其开化甚早，文化寿命极长，而卒不能产生科学，可以知道。科

---

① 中国人口，据中央研究院社会科学研究所二十二年估计，为四万万三千万人，居全世界人口五分之一。

学是知识之正轨或典范；只有科学，才算确实而有系统的知识。只有科学，知识才得其向前发展之道。中国人始终走不上科学道路，便见其长处不在此。

又如吾人所知，经济力量是极大的，今世为然，古时亦然。然试问其是否在此呢？无疑地中国过去之制胜于邻邦外族，正有其经济因素在内。然说到经济，首在工商业，中国始终墨守其古朴的农业社会不变，素不擅发财。如何能归之于经济力量？

然则是否在军事和政治呢？当然，没有军事和政治的力量，中国是不会存在并且发展的。不过尽人皆知，中国文化最富于和平精神，中国人且失之文弱；中国政治向主于消极无为，中国人且亦缺乏组织力。若竟说中国文化之力量，在于其军事及政治方面，似亦未得当。

恰相反地，若就知识、经济、军事、政治，一一数来，不独非其所长，且毋宁都是他的短处。必须在这以外去想。但除此四者以外，还有什么称得起是强大力量呢？实又寻想不出。一面明明白白有无比之伟大力量，一面又的的确确指不出其力量竟在哪里，岂非怪事！一面的的确确指不出其力量来，一面又明明白白见其力量伟大无比，真是怪哉！怪哉！

即此便当是中国文化一大特征——第四特征。几时我们解答了这个问题，大约于中国文化要义亦自洞达而无所疑。

如我们所习闻，世界上人看中国为一不可解之谜。这是自昔已然，而因此次抗战更又引起来的。特别在好学深思的学者间，一直没有改变。惜中国人身处局中，自然不易感觉到此，而浅薄的年轻人则更抹杀中国文化的特殊。著者往年（1930 年）曾为文指出两大古怪点，指引不肯用心的人去用心。两大古怪点是：

（一）历久不变的社会，停滞不进的文化；

（二）几乎没有宗教的人生。

现在即以此为第五及第六特征，稍说明于次。

先说关于宗教一点。中国文化内宗教之缺乏，中国人之远于宗教，自来为许多学者所同看到的。从十七八世纪，中国思想和其社会情状渐传到西洋时起，一般印象就是如此。直至最近，英国罗素（B. Russell）论中国传统文化有三特点[①]，还是说中国"以孔子伦理为准则而无宗教"，为其中之一。固然亦有人说中国是多宗教的[②]；这看似相反，其实正好相发明。

―――――――

① 罗素在其所著《中国之问题》一书中，论中国传统文化特点有三：（一）文字以符号构成，不用字母拼音；（二）以孔子伦理为准则而无宗教；（三）治国者为由考试而起之士人，非世袭之贵族。

② 参看王治心编《中国宗教思想史大纲》，中华书局出版。

因为中国文化是统一的，今既说其宗教多而不一，不是证明它并不统一于一宗教了吗？不是证明宗教在那里面恰不居重要了吗？且宗教信仰贵乎专一，同一社会而不是同一宗教，最易引起冲突；但像欧洲以及世界各处历史上为宗教争端而演之无数惨剧与长期战祸，在中国独极少见。这里宗教虽多而能相安，甚至相安于一家之中，于一人之身。那么，其宗教意味不是亦就太稀薄了吗？

自西洋文化之东来，国人欲以西洋军备代替过中国军备，欲以西洋政治代替过中国政治，欲以西洋经济代替过中国经济，欲以西洋教育代替过中国教育……种种运动曾盛起而未有已；独少欲以西洋宗教代替中国宗教的盛大运动。此正为中国人缺乏宗教兴味，且以宗教在西洋亦已过时之故。然由此不发生比较讨论，而中国无宗教之可异，乃不为人所腾说，则是一件可惜的事。关于此问题，第六章将予讨论，这里更不多及。

次言中国文化停滞不进，社会历久鲜变一点。这涵括两问题在内：一是后两千年的中国，竟然不见进步之可怪；再一是从社会史上讲，竟难判断它是什么社会之可怪。因为讲社会史者都看人类社会自古迄今一步进一步，大致可分为几阶段；独中国那两千多年，却难于判它为某阶段。两问题自有分别，事情却是一件事情。兹分别举例以明之。

例如冯友兰氏述《中国哲学史》，上起周秦下至清末，只划分为两大阶段。自孔子到淮南王为"子学时代"，历史时间不过四百余年，自董仲舒到康有为为"经学时代"，历史时间长及二千余年。即中国只有上古哲学及中古哲学，而没有近古哲学，因为近古时期所产生的哲学，和中古的还是没大分别；尽管二千多年之长，亦只可作一段算。西洋便不然。近古哲学中古哲学不唯产生时代不同，精神面目亦异。这是中国没有的。冯氏并申论：中国直至最近，无论任何方面皆尚在中古时代。中国在许多方面不及西洋，盖中国历史缺一近古时代，哲学方面特其一端而已。[①]此即前一问题之提出。所谓中国历史缺一近古时代，是说历史时间入了近古，而中国文化各方面却还是中古那样子，没有走得出来，进一新阶段。这种停滞不进，远从西汉直至清末，首尾有二千年以上。

往时严几道先生所译西洋名著中，有英人甄克斯《社会通诠》一书，算是讲社会发展史的。大致说人类是由图腾社会而宗法社会，由宗法社会而军国社会；至于拂特（封建）则为宗法与军国间之闰位。严先生根据其说来看中国，第一便感觉到长期停滞之可怪。他在译序中说：

---

① 见冯友兰著《中国哲学史》，商务印书馆出版。

由唐、虞以讫于周，中间二千余年，皆封建之时代，而所谓宗法，亦于此时最备。其圣人，宗法社会之圣人也；其制度典籍，宗法社会之制度典籍也。物穷则必变，商君、始皇帝、李斯起，而郡县封域，阡陌土田，燔诗书，坑儒士，其为法欲国主而外，无咫尺之势。此虽霸朝之事，侵夺民权，而迹其所为，非将转宗法之故，以为军国社会者欤？乃由秦以至于今，又二千余岁矣，君此土者不一家，其中之一治一乱常自若，独至于今，籀其政法，审其风俗，与其秀杰之民所言议思唯者，则犹然一宗法之民而已矣。然则，此一期之天演，其延缘不去，存于此土者，盖四千数百载而有余也！

其次，他便感觉到难于判断中国究在社会史上哪一阶段。他只能说：

夫支那固宗法之社会而渐入于军国者，综而核之，宗法居其七，而军国居其三。

此即后一问题之提出了。

后一问题之提出，实以民国十七年至二十二年之一期间最为热闹。有名之中国社会史论战即在此时，论战文章辑印至四巨册，而其余专著及散见者尚多。这是出于讲社会史的更有力的一派——马克思派之所为。盖当国民党军北伐之后，革命理论发生争执，要追问中国社会是什么社会，方可论定中国革命应该是什么革命。因为照马克思派的讲法，若是封建社会便当行资产阶级革命；若是资本社会便当行无产阶级革命。从乎前者，则资产阶级为革命主力；从乎后者，则资产阶级为革命对象。一出一入之间，可以变成相反的主张。又非徒作历史学问研究，而是要应用于现前实际，关系真是太大。但中国究竟是什么社会呢？却议论不一，谁都认不清。从遥远在莫斯科指挥中国革命的第三国际，直到国内的共产党国民党一切革命家，聚讼不休，以此分成壁垒，演为派别。于是《中国社会史的论战》编辑者王礼锡氏，就有这样说话：

自秦代至鸦片战争以前这一段历史，是中国社会形态发展史中之一段谜的时代。这谜的一段，亦是最重要的一段。其所以重要者，是因为这一个时代有比较可征信的史料，可凭借来解答秦以后的历史；并且这是较接近现代的一段；不明了这一段，便无以凭借去解释现代社会的来踪。这一段历史既是把握中国历史的枢纽，却是这个时代延长到二千多年，为什么会有二三千年不变的社会？这是一个迷惑人的问题。多少中外研究历史的学者，迷惘在这历史的泥坑！①

论者既不易判定其为什么社会，则谲诡其词，强为生解，如云"变质的封建社会""半封建""前资本主义时代""封建制度不存在而封建势力犹存"……种种不一而足。更有些学者（苏联的及中国的），如马扎尔（Madjer）、柯金（Kokin）等，则引据马克思曾有"亚细亚生产方法"一说，以东方社会（印度、中国等）为特殊之例。中国在近百年前，没有受西洋资本主义影响之整个时期皆属于此。②而所谓东方社会，则长期停滞不前，固为其特色之一。

再则，中国的家族制度在其全部文化中所处地位之重要，及其根深蒂固，亦是世界闻名的。中国老话有"国之本在家"及"积家而成国"之说；在法制上，明认家为组织单位。③中国所以至今被人目之为宗法社会者，亦即在此。研究中国法制史者说：

从来中国社会组织，轻个人而重家族，先家族而后

---

① 见王礼锡作《中国社会形态发展史之谜的时代》一文，《中国社会史的论战》第三辑，上海神州国光社出版。
② 参看柯金著、岑纪译《中国古代社会》，黎明书局出版。
③ 见陈顾远著《中国法制史》，商务印书馆出版。

国家。轻个人，故欧西之自由主义遂莫能彰；后国家，故近代之国家主义遂非所夙习。……是以家族本位为中国社会特色之一。（陈顾远著《中国法制史》，第六三页）

研究中国民族性者说：

中国与西方有一根本不同点：西方认个人与社会为两对立之本体，而在中国则以家族为社会生活的重心，消纳了这两方对立的形势。（庄泽宣著《民族性与教育》，第五六〇页）

凡此所说，大致都是很对的。而言之深切善巧者，又莫如卢作孚先生：

家庭生活是中国人第一重的社会生活；亲戚邻里朋友等关系是中国人第二重的社会生活。这两重社会生活，集中了中国人的要求，范围了中国人的活动，规定了其社会的道德条件和政治上的法律制度。（中略）人每责备中国人只知有家庭，不知有社会；实则中国人除了家庭，没有社会。就农业言，一个农业经营是一个家庭。就商业言，外面是商店，里面就是家庭。就工业言，一个家庭里安了几部织机，便是工厂。就教育言，旧时教散馆是在自己家庭里，教专馆是在人家家庭里。就政治言，一个衙门往往就是一个家庭；一个官吏来了，就是一个家长来了。（中略）人从降生到老死的时候，脱离不了家庭生活，尤其脱离不了家庭的相互依赖。你可以没有职业，然而不可以没有家庭。你的衣食住都供给于家庭当中。你病了，家庭便是医院，家人便是看护。你是家庭培育大的，你老了，只有家庭养你，你死了，只有家庭替你办丧事。家庭亦许倚赖你成功，家庭却亦帮助你成功。你须用尽力量去维持经营你的家庭。你须为它增加财富，你须为它提高地位。不但你的家庭这样仰望于你，社会众人亦是以你的家庭兴败为奖惩。最好是你能兴家；其次是你能管家；最叹息的是不幸而败家。家庭是这样整个包围了你，你万万不能摆脱。（中略）家庭生活的依赖关系这样强有力，有了它常常可以破坏其他社会关系，至少是中间一层障壁。（卢作孚著《中国的建设问题与人的训练》，生活书店出版）

我们即以此列为第七特征。

就吾人闻见所及，一般谈到中国文化而目为可怪者，其事尚多多。例如中国开化既早，远在汉唐，文化已极高，学术甚富，而卒未产生科学，即一可怪之事。

中国人自古在物质方面的发明与发见，原是很多。

在十六世纪以前的西洋，正多得力于中国这些发明之传过去。举其著者，如（一）罗盘针（二）火药（三）钞票（四）活字版印刷术（五）算盘等皆是，而（六）造纸尤其重要。威尔斯在其《历史大纲》第三十四章第四节 *How Paper Liberated the Human Mind* 说得最明白：他以为欧洲文艺复兴，可以说是完全得力于中国造纸之传入。还有铁之冶炼，据说亦是中国先发明的。从这类事情说去，物质科学便在中国应该可以产生出来，何以竟不然？

《史记·扁鹊仓公传》，曾说到古时俞跗的人体解剖术。《后汉书·华佗传》更清楚地说：

针药所不能及者，乃令先以酒服麻沸散，既醉无所觉，因刳破腹背，割积聚。若在肠胃则断截湔洗，除去疾秽，既而缝合，敷以神膏，四五日创愈，一月之间皆平复。

这明明是实地勘验的科学家之所为，如其还不够科学，也是科学所从出了。何以后世医家转不见有这事，而全都归入一套玄学观念的运用。

论理和数理，都是科学的根基。这种学问的发达与进步，都和其他自然科学社会科学之进步发达相应不离。中国讲论理在周秦之际百家争鸣的时候，倒还有些，后来竟无人讲起。算术虽不断有人讲，亦曾造于很高地步；但终不发达，而且后来亦鲜进步，甚至于失传。例如南北朝时候南齐人祖冲之的圆周率，据说"为第五世纪世界最精者，其时印度欧西皆所不及，足以睥睨天下"（见茅以升先生《中国圆周率略史》一文，载《科学》杂志，第三卷第四期）。他的创见，据说"在西洋一五七三年德人 Valentin Otto 始论及之，后于我一千年有余"（见李俨著《中国算学史》）。尽你如此高明，无奈空间上不能推广发达，时间上不能继续进步，亦就完了。类此退而不进的现象，当然是中国不能有科学成功之由来；但缘何有此现象，我们不能不怪而问之。

综上所说，中国学术不向着科学前进这一问题，我们列为第八特征。

继此又应指出民主、自由、平等一类观念要求，及其形诸法制如欧洲所有者，始终不见于中国，亦事属可异。自由一词，在欧洲人是那样明白确实，是那般宝贵珍重，又且是口中笔下行常日用不离；乃在中国竟无现成词语适与相当，可以翻译出来。最初传入中土，经严几道先生译成"自繇"二字，其后乃以"自由"二字沿用下来。张东荪先生近著《理性与民主》一书，其第五章论"自由与民主"有云："我敢说中国自古即无西方

181

那样的自由观念……"他费许多研究证明中国只有"无人而不自得"的"自得"一词，似略可相当；此外便没有了。试问：若非两方社会构造迥异，何致彼此心思头脑如此不能相应？我们不能说这恰证明中国过去是封建社会，封建文化中当然没有近代之自由观念。西方自由观念更古之渊源不说，当中世纪人们向贵族领主以武力争取或和平购买自由，即成立了不知多少之宪章及契约，固非忽然出现于近代者。

况且中国若属封建社会，封建社会的人求自由如饥渴，则当清季西洋近代潮流传来，便应踊跃欢喜于解放之到临，何以中国人的反应竟大不然。严几道先生曾形容那时中国人"闻西哲平等自由之说，常口呿舌矫，骇然不悟其义之所终"。[①] 我在《东西文化及其哲学》中，亦说过：

权利、自由这类观念，不但是中国人心目中从来所没有的，并且是至今看了不得其解的。……他对于西方人之要求自由，总怀两种态度：一种是淡漠得很，不懂要这个做什么；一种是吃惊得很，以为这岂不乱天下！

---

① 严复译、孟德斯鸠著《法意》第十九卷第十七章，商务印书馆出版。

不唯当时一般人如此，尤可注意者，即翻译介绍自由主义之严复先生[①]，竟亦说"小己自由尚非急务"的话。且不唯维新派如此，即在中国革命唯一先导的孙中山先生的意见，亦竟相同。他还嫌中国人自由太多，而要打破个人自由，结成坚固团体。[②] 这些意见之正确与否，非这里所及论；但至少可以证明自由之要求在历史上始终没有被提出过，足证中国社会之出奇。

平等与民主二词亦非中国人所习用者；但平等精神民主精神，在中国却不感生疏。此其证据甚多，参看梁任公《先秦政治思想史》等书可得其概，不烦枚举。大约在古代，则孟子所发挥最明澈不过，如"民为贵，社稷次之，君为轻"；"君之视臣如草芥，则臣视君如寇雠"；"闻诛一夫纣矣，未闻弑君也"等。其在近世，则黄梨洲《明夷待访录》所发挥，更痛快透辟。因此，孟子就曾被撤废祀典，而《明夷待访录》则被清季革命党人大量翻印传播，以掀起革命思潮。虽然如此，却要晓得其所发挥仅至民有（of the people）与民享（for the people）之意思而止，而民治（by the people）之制度或办法，则始终不见有人提到过。更

---

① 小穆勒《自由论》（On Liberty），严译《群己权界论》。
② 见孙中山先生讲"三民主义与民权主义"。

确切地说：中国人亦曾为实现民有民享而求些办法设些制度，但其办法制度，却总没想到人民可以自己做主支配这方面来，如举行投票表决，或代议制等。一时没想到犹可说，何以始终总想不到此？这便是最奇怪之处。若并民有民享意思而无之，根本相远犹可说；很早很早就已接近，却又始终逗不拢。假如不是两方社会构造迥殊，何致彼此心思头脑又如此不能相应呢？有人说：中国社会中国政治未尝反民主或不民主，只不过是民主之另一方式，西洋的叫作"德谟克拉西"，这便可叫作"德谟克拉东"——此为十余年前林砺儒先生对我讲的话。虽云笑谈，亦可见中国社会之特殊，有识者大致都觉察到。

我们即以民主、自由、平等一类要求不见提出，及其法制之不见形成，为中国文化第九特征。然而合第八第九两特征而观之，科学与民主之不出现，正又不外前述第五特征所谓中国只有中古史而无近代史，文化停滞那一问题。所以这些特征分别来说亦可，归并起来亦可。如此可分可合之例，是很多的，以后仍要叙到。

当1944年美国华莱士副总统来中国游成都时，发表有《中国民主的前途》一文，译载于六月二十六日成都各报。文中指称中国原是西方民主政治的主要鼓励者，而且是间接的创造者。最初领导革命并建立立宪政府的美国人，其思想与行动的基础为西方政治思想家所奠定；而西方政治思想却是受到中国有力的启发。惜普通人不留心这段西洋史，当时对于他的话不免感到茫然。这是指欧洲十七八世纪的事情而说，那时欧洲人正是倾倒于中国文化的。读者取朱谦之著《中国思想对于欧洲文化之影响》一书，检看"启蒙运动与中国文化""中国哲学与法国革命""中国哲学与德国革命"各章可得其略。

现在我们且试看彼时欧洲人眼中所见中国文化之特点是什么。彼时欧洲人所醉心于中国者，固不止一方面；而中国的社会与政治，发生之刺激作用最大。在此社会与政治方面最引他们注意者，约为下列几点：

（一）政治之根本法则与伦理道德相结合，二者一致而不分，而伦理学与政治学终之为同一的学问——这是世界所知之唯一国家。

（二）此政治与伦理的共同基础，在于中国人所称之"天理天则"，理性于是对于君主的权力发生了不可思议的效果。

（三）他们看中国所谓天理天则，恰便是他们所说的"自然法"，因而相信中国之文物制度亦与自然同其悠久而不变。

融国家于社会人伦之中，纳政治于礼俗教化之中，而以道德统括文化，或至少是在全部文化中道德气氛特重，确为中国的事实。"伦理学与政治学终之为同一的学问"，于儒家观念一语道着。孟德斯鸠著《法意》，论及中国文物制度而使译者严先生不能不"低首下心服其伟识"者在此。梁任公先生著《先秦政治思想史》所为提出"德治主义""礼治主义"等名词者在此。其文甚繁，不去征引。我们再只要举征一件事——

法学家谈世界法系，或列举十六系九系八系，或至少三系四系，而通常则曰世界五大法系。不论是多是少，总之中国法系却必占一位置。这不止为中国法系势力所被之广大，更为中国法系崭然独立自具特彩。其特殊之点，据说是：

（一）建国之基础以道德礼教伦常，而不以法律，故法律仅立于补助地位。……

（二）立法之根据以道德礼教伦常，而不以权利。各国法律在保障人权，民法则以物权债权为先，而亲族继承次之。此法律建筑于权利之上也，我国则反是（以义务不以权利）。……

（三）法律既立于辅助道德礼教伦常之地位，故其法常简，常历久不变（从汉代以迄清末不变）。……①

---

① 见杨鸿烈著《中国法律思想史》第一章导言中，商务印书馆出版。

186

说至此，我们尽可确言道德气氛特重为中国文化之一大特征。——我们列它为第十特征。

然而我们若回想前列第六特征——中国缺乏宗教——则将恍然第十第六两点，实为一事；不过一为其正面，一为其负面耳。即宗教缺乏为负面，道德特重为正面，又大可以归并起来。不过在进行研究上，分别亦有分别的好处。

第九特征第十特征，其内容皆涉及政治。因而使我们联想到中国人的国家。从前中国人是以天下观念代替国家观念的。他念念只祝望"天下太平"，从来不曾想什么"国家富强"。这与欧洲人全然两副头脑，虽不无古人伟大思想作用于其间，但它是反映着二千年来的事实的。此事实之造成，或由于地理上容易形成大一统之局，又历史上除短时期外缺乏国际间的竞争，以及其他等等。此时尚难深究其故。总之，事实上中国非一般国家类型中之一国家，而是超国家类型的。自来欧美日本学者，颇有人见到此点，而在国内亦曾有人指出过。

德国奥本海末尔（Franz Oppenheimer）的名著《国家论》，是从社会学来讲国家之发生和发展以至其将来的。他认为其将来趋势，要成为一种"自由市民团体"。那时，将无国家而只有社会。但中国从他看来，早就近

于他所谓自由市民团体了。^①

友人陈嘉异先生在民国十九年写给我的信，曾有下面一段话：

罗素（B. Russell）初至中国在上海演说时，即有冷隽之语曰"中国实为一文化体而非国家"。不佞骤睹此惊人之句，即默而识之，以为罗素眼光何深锐至此！其后，泛观欧西学者论吾国文化之书，始知此语已有先罗素而道之者。（见《村治月刊》，一卷一期）

其后大约在民国二十三年美国社会学家派克（Robert E. Park）在燕京大学讲学一年，临末出一集刊，亦见有类似的话。大意亦言中国不是一国家，而实为一大文化社会，如同欧西之为一大文化社会者然。

日本宿学长谷川如是闲，则说过一句妙语：

近代的英国人，以国家为"必要之恶"（necessary evil）；中国人自二千年之古昔，却早把国家当作"不必要之恶"了。（《东西学者之中国革命论》，新生命书局版，第一五二页）

---

① 参看陶希圣译、奥本海末尔著《国家论》，新生命书局出版。

清华大学史学教授雷海宗先生，于其著作中则说：

二千年来的中国，只能说是一个庞大的社会，一个具有松散政治形态的大文化区，与战国七雄或近代西洋列国，决然不同。

他以为大家族制诚然是中国社会一牢固的安定力，使得它经过无数大小变乱仍不解体，然而却是与国家根本不并立的。中国自春秋以后，宗法衰落，乃见国家雏形；战国七雄始为真统一完备的国家；到汉代家族复盛，又不成一个国家了。[①]

近则又有罗梦册先生著《中国论》一书，强调中国为"天下国"。他说中国一面有其天下性，一面又有其国家性，所以是"天下国"。一民族自治其族者，为族国（民族国家）；一民族统治他民族者，为帝国；一民族领袖他族以求共治者，为天下国。天下国超族国而反帝国，是国家之进步的形式，亦或许是最进步的形式（他以苏联属于此式）。凡以为中国"还不是一个国家"者，

---

①　见雷海宗著《中国文化与中国的兵》之"中国的家族"一篇，商务印书馆出版。

大错误；它乃是走得太远了，超过去了。①

关于此问题，我们后面要讨论，这里不再多叙。以上各家说法自必各有其所见，而其认定中国为一特殊之事，不属普通国家类型，却相同。我们即以此列为中国文化第十一特征。

上面提到的雷海宗先生，有《中国文化与中国的兵》一书出版。他根据历史，指出中国自东汉以降为无兵的文化。其所谓无兵的，是说只有流氓当兵，兵匪不分，军民互相仇视，或因无兵可用而利用异族外兵，那种变态局面。有兵的正常局面，大致分两种：一种是兵与民分，兵为社会上级专业，此即古之封建社会；一种是兵民合一，全国皆兵，近代国家类多如此。中国历史上这两种局面都曾有过，但后世没有了；中国之积弱在此。虽然颇有人否认其说，但我们感觉亦值得注意研究。我们列它为第十二特征。

往年历史学教授钱穆先生曾有一论文，称中国文化为"孝的文化"②。近则哲学教授谢幼伟先生，又有《孝与中国文化》一书出版。他强调说：

---

① 见罗梦册著《中国论》，商务印书馆出版。
② 民国三十年十一月重庆《大公报·星期论文》。

中国文化在某一意义上，可谓为"孝的文化"。孝在中国文化上作用至大，地位至高；谈中国文化而忽视孝，即非于中国文化真有所知。（谢著《孝与中国文化》，青年军出版社出版）

他于是从道德、宗教、政治各方面，分别加以论证以成其说，此不征引。此书与前面雷氏一书，皆是些散篇论文之汇印本；可惜非系统的著作，殊不足以发挥这两大论题。然其问题之提出，总是有意思的。我们列它为中国文化第十三特征。

又有蒋星煜先生著《中国隐士与中国文化》一书出版。他指出"隐士"这一名词和它所代表的一类人物，是中国社会的特产；而中国隐士的风格和意境，亦绝非欧美人所能了解。虽在人数上他们占极少数，然而中国的隐士与中国的文化却有相当关系。这些话不无是处，惜原书皆未能认真地予以论证发挥。我们今取它为第十四特征，而研究之。

如上之例，再去寻取一些特征，还可以有，但我们姑止于此了。

四、参考佐证的资料

在我们研究过程中，我们将以民族品性的优点及劣点，为参考佐证的资料。优点劣点有时不可分，我们亦非注意其优劣。不过通常被人指说时，总为其特优或殊劣而后引起来说它；正确地说就是特殊之点。民族品性上这些特殊之点，大多是由民族文化陶铸而成。所以最好用它来为论究文化之佐助，由因果印证而事理益彰。现在国内留心研究民族品性的，有两位先生：一位是从优生学上来用心的潘光旦先生，著有《民族特性与民族卫生》《人文史观》等书；一位是从教育学上来用心的庄泽宣先生，著有《民族性与教育》一巨册。两位都曾把外国人对中国人之种种看法（从体质到心理），加以搜集，供给我们不少资料。尤以庄著搜讨极勤，除罗列西洋人日本人中国人许多人士种种著作议论外，并就中国戏剧、小说、神话、谜语、谚语、格言、联语、歌谣等分析取征。有此一书，不啻得到许多书。又当日寇侵占华北欲继续征服中国时，曾作《支那人心理之研究》，印行些小册，供给其来华士兵及侨民之用，其中叙述亦系根据其多年经验体会之所得；于敌人深心之中，我们大足以自镜。此外坊间有内山完造、原惣兵卫、渡边秀方等各家著作之译本。[①]虽其意见已为庄著及敌寇小册所摘取，然原书仍值一阅。

今综合各方之所见，得其比较公认的特点约如下：

（一）自私自利　此指身家念重、不讲公德、一盘散沙、不能合作、缺乏组织能力，对国家及公共团体缺乏责任感，徇私废公及贪私等。

（二）勤俭　此指习性勤俭、刻苦耐劳、孜孜不倦、好节省以至于吝啬、极有实利主义实用主义之精神等。

（三）爱讲礼貌　此一面指繁文缛节、虚情客套、重形式、爱面子以至于欺伪；一面亦指宁牺牲实利而要面子，为争一口气而倾家荡产等。

（四）和平文弱　此指温顺和平、耻于用暴、重文轻武、文雅而不免纤弱、特喜调和妥协；中庸及均衡、不为已甚、适可而止等。

（五）知足自得　此指知足安命、有自得之趣、贫而乐、贫而无怨、安分守己、尽人事听天命、恬淡而爱好自然风景、不矜尚权力、少以人力胜天之想等。

（六）守旧　此指好古薄今、因袭苟安、极少进取

---

①　内山完造著《一个日本人的中国观》，尤炳圻有译本。渡边秀方著《中国国民性论》，高明译本，北新书局出版。原惣兵卫著《中国民族性之解剖》，吴藻溪有译本。

冒险精神、安土重迁、一动不如一静等。

（七）马虎（模糊）　此指马虎优侗、不求精确、不重视时间、不讲数字、敷衍因循、不彻底、不大分彼此、没有一定规律等。

（八）坚忍及残忍　残忍指对人或对物缺乏同情，此最为西洋人所指斥谴责者。坚忍则谓自己能忍耐至甚高之程度。克己、自勉、忍辱、吃亏等皆属于此。对外对内两面实亦相连之事。

（九）韧性及弹性　韧性止于牢韧，弹性则并有弹力。此不独于其个人生命见之，全民族全历史恰亦证明如此。此不独其心理精神方面为然，于其体质及生理现象亦证明如此。因有"温炖汤""牛皮糖"等称喻。

（十）圆熟老到　此盖为中国民族品性之总括的特征，故列以为殿。其涵义有：悠悠然不慌不忙、稳健、老成持重、心眼多、有分寸、近情近理、不偏不倚、不露圭角而具有最大之适应性及潜力。

以上十点，约得其要。这既是中国文化所结之果，在我们论究中国文化要义时，应当把它本原都予抉通，要于其本末因果之间没有不洽不贯之处才行。

再则，我们的研究大体以社会人生为主，于外照顾未能周遍。例如中国语言文字之特殊，世界所重视，其为中国文化一大成分自无疑义。但著者自愧外行，却不敢加以论列。此外如文学，如逻辑，如哲学，如音乐，如绘画、雕刻、陶瓷、宫室建筑、园林布置，如医药，如体育拳术，如农业工业，以至种种方面，中国亦莫不自有其特殊之点。所有这些不同方面之许多不一类的特点，必与此所论究之社会人生的特点，皆有其骨子里相通之处。论起来，这些都是我们参考佐证的资料。假若都拿来互资印证，互相发明，必更可大有所悟，必于中国文化要义更见之的真。惜乎难得这样博学而无所不通的通人，大约是要靠群策群力，做集体研究来完成了。

总而言之，我相信全部中国文化是一个整体（至少其各部门各方面相连贯）。它为中国人所享用，亦出于中国人之所创造，复转而陶铸了中国人。它有许多许多特征，被世人指目而数说。这些特征究所从来，一一皆是难题，然而我企图解答这些难题——所有难题，我都想要解答。不但此，我并想寻得其总根源，以一个根本理由解答之。这本书即一初步之尝试。

中国文化要义之『自序』①

　　这是我继《东西文化及其哲学》（作于一九二〇——一九二一）、《中国民族自救运动之最后觉悟》（作于一九二九—— 一九三一）、《乡村建设理论》（作于一九三二—— 一九三六）而后之第四本书。先是一九四一年春间在广西大学作过两个月专题讲演。次年春乃在桂林开始着笔。至一九四四年陆续写成六章，约八万字，以日寇侵桂辍笔。胜利后奔走国内和平，又未暇执笔。一九四六年十一月我从南京返来北碚，重理旧

----

　　① 选自《中国文化要义》，上海人民出版社，2005.01。此文为其"自序"，编者拟题如上。

业，且作且讲。然于桂林旧稿仅用作材料，在组织上却是重新来过。至今—— 一九四九年六月——乃告完成，计首尾历时九年。

前后四本书，在内容上不少重见或复述之处。此盖以其间问题本相关联，或且直是一个问题；而在我思想历程上，又是一脉衍来，尽前后深浅精粗有殊，根本见地大致未变。特别第四是衔接第三而作，其间更多关系。所以追上去看第三本书，是明白第四本书的锁钥。第三本书一名《中国民族之前途》。内容分上下两部：上半部为认识中国问题之部，下半部为解决中国问题之部。——因要解决一个问题，必须先认识此一问题。中国问题盖从近百年世界大交通，西洋人的势力和西洋文化蔓延到东方来，乃发生的。要认识中国问题，即必得明白中国社会在近百年所引起之变化及其内外形势。而明白当初未曾变的老中国社会，又为明白其变化之前提。现在这本《中国文化要义》，正是前书讲老中国社会的特征之放大，或加详。

于此见出我不是"为学问而学问"的。我是感受中国问题之刺激，切志中国问题之解决，从而根追到其历史，其文化，不能不用番心，寻个明白。什么"社会发展史"，什么"文化哲学"，我当初都未曾设想到这些。从一面说，其动机太接近实用（这正是中国人的短处），不足为产

197

生学问的根源。但从另一面说，它却不是书本上的知识，不是学究式的研究；而是从活问题和活材料，朝夕痗痗以求之一点心得。其中有整个生命在，并非偏于头脑一面之活动；其中有整整四十年生活体验在，并不是一些空名词假概念。

我生而为中国人，恰逢到近数十年中国问题极端严重之秋，其为中国问题所困恼自是当然。我的家庭环境和最挨近的社会环境，都使我从幼小时便知注意这问题。[1]我恍如很早便置身问题之中，对于大局时事之留心，若出自天性。虽在年逾半百之今天，自叹"我终是一个思想的人而非行动的人；我当尽力于思想而以行动让诸旁人"。然我却自幼即参加行动。[2]我一向喜欢行动而不甘于坐谈。有出世思想，便有出世生活；有革命思想，便有革命实践。特别为了中国问题，出路所指，赴之恐后；一生劳攘，亦可概见。[3]

就在为中国问题而劳攘奔走之前若后，必有我的主

① 具见于《我的自学小史》第四、五小节。——漱注
② 此指八岁时在北京市散发传单雨说，事见《我的自学小史》。——漱注
③ 少年时先热心于君主立宪运动，次参与一九一一年革命，一九二七年以后开始乡村运动，一九三七年以后为抗战奔走，其中包含国内团结运动及巡历于敌后。至胜利后又奔走和平。——漱注

见若心得。原来此一现实问题，中国人谁不身预其间？但或则不著不察；或则多一些感触，多一些反省。多感触多反省之后，其思想行动便有不得苟同于人者。纵不形见于外，而其衷之所存，未许一例相看。是之谓有主见，是之谓有心得。我便是从感触而发为行动，从行动而有心得，积心得而为主见，从主见更有行动……如是辗转增上，循环累进而不已。其间未尝不读书。但读书，只在这里面读书；为学，只在这里面为学。不是泛泛地读，泛泛地学。至于今日，在见解思想上，其所入愈深，其体系滋大，吾虽欲自昧其所知以从他人，其可得乎！

说我今日见解思想，一切产生于问题刺激，行动反应之间，自是不错。然却须知，尽受逼于现实问题之下，劳攘于现实问题之中，是产不出什么深刻见解思想的；还要能超出其外，静心以观之，才行。

于是就要叙明我少年时，在感受中国问题刺激稍后，又曾于人生问题深有感触，反复穷究，不能自已。[①]人生问题较之当前中国问题远为广泛、根本、深彻。这样便不为现实问题之所围。自己回顾过去四十余年，总在这两问题中沉思，时而趋重于此，时而趋重于彼，辗转

---

① 人生问题之烦闷约始于十七岁时，至二十岁而倾心于出世，寻求佛法。——漱注

起伏虽无一定，而此牵彼引，恰好相资为用。并且我是既好动而又能静的人。一生之中，时而劳攘奔走，时而退处静思，动静相间，三番五次不止。[①] 是以动不盲动，想不空想。其幸免于随俗浅薄者，赖有此也。

就以人生问题之烦闷不解，令我不知不觉走向哲学，出入乎东西百家。然一旦于人生道理若有所会，则亦不复多求。假如视哲学为人人应该懂得一点的学问，则我正是这样懂得一点而已。这是与专门治哲学的人不同处。又当其沉潜于人生问题，反复乎出世与入世，其所致力者，盖不徒在见闻思辨之间；见闻思辨而外，大有事在。这又是与一般哲学家不同处。异同得失，且置勿论。卒之，对人生问题我有了我的见解思想，更有了我今日的为人行事。同样地，以中国问题几十年来之急切不得解决，使我不能不有所行动，并耽玩于政治、经济、历史、社会文化诸学。然一旦于中国前途出路若有所见，则亦不复以学问为事。究竟什么算学问，什么不算学问，且置勿论。卒之，对中国问题我有了我的见解思想，更有了今日我的主张和行动。

---

① 过去完全静下来自修思考，有三时期：（一）在一九一二年后至一九一六年前；（二）在一九二五年春至一九二八年春；（三）在一九四六年退出国内和谈至今天。——漱注

200

所以"我无意乎学问""我不是学问家""以哲学家看我非知我者"……如此累次自白（见前出各书），在我绝非无味的声明。我希望我的朋友，遇到有人问起：梁某究是怎样一个人？便为我回答说：

"他是一个有思想的人。"

或说："他是一个有思想，又且本着他的思想而行动的人。"

这样便恰如其分，最好不过。

如其说："他是一个思想家，同时又是一社会改造运动者。"

那便是十分恭维了。

"认识老中国，建设新中国"——这是我的两句口号。继这本书而后，我将写《现代中国政治问题研究》一书。盖近几十年来政治上之纷纭扰攘，总不上轨道，实为中国问题苦闷之焦点。新中国之建设，必自其政治上有办法始。此无可疑也。然一旦于老中国有认识后，则于近几十年中国所以纷扰不休者，将必恍然有悟，灼然有见；而其今后政治上如何是路，如何不是路，亦遂有可得而言者。吾是以将继此而请教于读者。

一九四九年十月

漱溟自记

中西学术之不同 ①

在我思想中的根本观念是"生命""自然"，看宇宙是活的，一切以自然为宗。仿佛有点看重自然，不看重人为。这个路数是中国的路数。中国两个重要学派——儒家与道家——差不多都是以生命为其根本。如《四书》上说："天何言哉？四时行焉，百物生焉。""致中和，天地位焉，万物育焉。"都是充分表现生命自然的意思。在儒家中，尤其孟子所传的一派，更是这个路数。仿佛只要他本来的，不想于此外更有什么。例如，发挥本性，尽量充实自己原有的可能性等，都是如此。我曾有一个

_____

① 选自《朝话》上海人民出版社，2017.03。

时期致力过佛学，然后转到儒家。于初转入儒家，给我启发最大，使我得门而入的，是明儒王心斋先生；他最称颂自然，我便是由此而对儒家的意思有所理会。开始理会甚粗浅，但无粗浅则不能入门。后来再与西洋思想印证，觉得最能发挥尽致，使我深感兴趣的是生命派哲学，其主要代表者为柏格森。记得二十年前，余购读柏氏名著，读时甚慢，当时尝有愿心，愿有从容时间尽读柏氏书，是人生一大乐事。柏氏说理最痛快、透彻、聪明。美国詹姆士、杜威与柏氏，虽非同一学派，但皆曾得力于生命观念，受生物学影响，而后成其所学。苟细读杜氏书，自可发现其根本观念之所在，即可知其说来说去者之为何。凡真学问家，必皆有其根本观念，有其到处运用之方法，或到处运用的眼光；否则便不足以称为学问家，特记诵之学耳！真学问家在方法上，必有其独到处，不同学派即不同方法。在学问上，结论并不很重要，犹之数学上算式列对，得数并不很重要一样。

再则，对于我用思想做学问之有帮助者，厥为读医书（我读医书与读佛书同样无师承）。医书所启发于我者仍为生命。我对医学所明白的，就是明白了生命，知道生病时要多靠自己，不要过信医生，药物的力量原是有限的。简言之，恢复身体健康，须完全靠生命自己的力量，别无外物可靠。外力仅可多少有一点帮助，药物如果有灵，是因其恰好用得合适，把生命力开出来。如用之不当，不唯不能开出生命力，反要妨碍生命的。用药不是好就是坏，不好不坏者甚少，不好不坏不算药，仅等于喝水而已。

中国儒家、西洋生命派哲学和医学三者，是我思想所从来之根柢。在医学上，我同样也可说两句有关于不同学派或不同方法的话。中西医都是治病，其对象应是一个。所以我最初曾想："如果都只在一个对象上研究，虽其见解说法不同，但总可发现有其相同相通处。"所以在我未读医书前，常想沟通中西医学。不料及读后，始知这观念不正确，中西医竟是无法可以沟通的。虽今人仍多有欲沟通之者（如丁福保著《中西医通》，日人对此用工夫者亦甚多）。但结果亦只是在枝节处，偶然发现中医书上某句话合于科学，或发现某种药物经化验认为可用，又或发现中医所用单方有效，可以采用等。然都不能算是沟通。因其是彻头彻尾不同的两套方法。单站在西医科学的立场上，说中医某条是对了，这不能算是已融取了中医的长处。若仅依西医的根本态度与方法，而零碎的东拾西捡，那只能算是整理中医，给中医一点说明，并没有把中医根本容纳进来。要把中医根本容纳进来确实不行；那样，西医便须放弃其自己的根本方法，则又不成其为西医了。所以，最后我是明白了沟通中西医为不可能。

如问我：中西医根本不同之点既在方法，将来是否永为两套？我于此虽难作肯定的答复，但比较可相信的是，最后是可以沟通的，不过须在较远的将来。较远到何时？要在西医根本转变到可以接近或至沟通中医时。中医大概不能转变，因其没有办法，不能说明自己，不能整理自己，故不能进步，恐其只有这个样子了。只有待西医根本方法转变，能与其接近，从西医来说明他，认识他。否则中医将是打不倒也立不起来的。

说西医转变接近中医，仿佛是说西医失败，实则倒是中医归了西医。因中医不能解释自己，认识自己，从人家才得到解释认识，系统自然还是人家的。须在西医系统扩大时才能容纳中医，这须有待于较远的将来。此将来究有多远？依我看，必须待西医对生命有所悟，能以生命做研究对象时；亦即现在西医研究的对象为身体而非生命，再前进如对生命能更有了解认识时。依我观察，现在西医对生命认识不足，实其大短。因其比较看人为各部机关所合成，故其治病几与修理机器相近。中医还能算是学问，和其还能站得住者，即在其彻头彻尾为一生命观念，与西医恰好是两套。试举一例：我的第一个男孩，六岁得病，迁延甚久，最后是肚子大，腹膜中有水，送入日本医院就医，主治大夫是专门研究儿科的医学博士，他说必须水消腹小才好，这话当然不错。他遂用多方让水消，最后果然水消腹小，他以为是病好了，不料出院不到二十分钟即死去。这便是他只注意部分的肚子，而不注意整个生命的明证。西医也切脉，但与中医切脉不同。中医切脉，如人将死，一定知道，西医则否。中医切脉，是验生命力量的盛衰，着意整个生命。西医则只注意部分机关，对整个生命之变化消息，注意不够。中西医之不同，可以从许多地方比较，此不过略示一例。再如眼睛有病，在西医只说是眼睛有病，中医则说是整个身体失调。通俗的见解是外科找西医，内科找中医，此见解虽不高明，但亦有其来源。盖外科是比较偏于局部的，内科则是关于整个生命。西医除对中毒一项，认为是全身之事外，其他任何病症，皆必求其病灶，往往于死后剖视其病灶所在。将病与症候分开，此方法原来是很精确的，但惜其失处即在于局部观察。中医常是囫囵不分的，没有西医精确，如对咳嗽吐血发烧等都看作病，其实这些只是病的症候，未能将病与症候分开。普通中国医生，只知其当然，而不知其所以然，只知道一些从古相传的方法；这在学理上说，当然不够，但这些方法固亦有其学理上的根据。凡是学问，皆有其根本方法与眼光，而不在乎得数，中医是有其根本方法与眼光的，无奈普通医生只会用古人的得数，所以不能算是学问。

大概中国种种学术——尤其医学与拳术——往深处追求，都可发现其根本方法眼光是归根于道家。凡古代名医都是神仙家之流，如葛洪、陶弘景、华佗等，他们不单是有一些零碎的技巧法子，实是有其根本所在，仿佛如庄子所说"技而近乎道矣"。他们技巧的根本所在，是能与道相通。道者何？道即是宇宙的大生命，通乎道，即与宇宙的大生命相通。

在中西医学上的不同，实可以代表中西一切学术的不同：西医是走科学的路，中医是走玄学的路。科学之所以为科学，即在其站在静的地方去客观地观察，他没有宇宙实体，只能立于外面来观察现象，故一切皆化为静；最后将一切现象，都化为数学方式表示出来，科学即是一切数学化。一切可以数学表示，便是一切都纳入科学之时，这种一切静化数学化，是人类为要操纵控制自然所必走的路子；但这仅是一种方法，而非真实。真实是动的不可分的（整个一体的）。在科学中恰没有此"动"，没有此"不可分"；所谓"动""整个一体不可分""通宇宙生命为一体"等，全是不能用眼向外看，用手向外摸，用耳向外听，乃至用心向外想所能得到的。反是必须收视返听，向内用力而后可。本来生命是盲目的，普通人的智慧，每为盲目的生命所用，故智慧亦每变为盲目的，表现出有很大的机械性。但在中国与印度则恰不然，他是要人智慧不向外用，而返用之于自己生命，使生命成为智慧的，而非智慧为役于生命。印度且不说，在中国儒家道家都是如此。儒家之所谓圣人，就是最能了解自己，使生命成为智慧的。普通人之所以异于圣人者，就在于对自己不了解，对自己没办法，只往前盲目地机械地生活，走到哪里是哪里。儒家所谓"从心所欲不逾矩"，便是表示生命已成功为智慧的——仿佛通体透明似的。

道家与儒家，本是同样地要求了解自己，其分别处，在儒家是用全副力量求能了解自己的心理，如所谓反省等（此处不能细说，细说则必与现代心理学作一比较才可明白，现代心理学最反对内省法，但内省法与反省不同）。道家则是要求能了解自己的生理，其主要的工夫是静坐，静坐就是收视返听，不用眼看耳听外面，而看听内里——看听乃是譬喻，真意指了解认识。开始注意认识的入手处在呼吸、血液循环、消化等，注意呼吸，使所有呼吸处都能觉察出来。呼吸、血液循环、消化等，是不随意肌的活动；关乎这些，人平常多不甘用心去管他，道家反是将心跟着呼吸、血液循环、消化等去走，以求了解他。譬如呼吸——通体（皮肤）都有呼吸，他都要求了解认识，而后能慢慢地去操纵呼吸、血液循环。

消化营养等也全是如此,他都有一种细微而清楚的觉察。平常人不自觉地活动着的地方,他都有一个觉察,这同样是将智慧返用诸本身。于此才可以产生高明的医学。中国医学之根本在此。高明医学家,大多是相传的神仙之流的原因亦在此。神仙,我们虽然不曾见过,但据我推想,他可以有其与平常人之不同处,不吃饭也许是可能的。他可以见得远,听得细,闻人所未闻,见人所未见。蚂蚁走路声音虽细,但总有声音当是可信的,以其——神仙——是静极了,能听见蚂蚁走路,应亦是可能的。人的智慧真了不起,用到哪里,则哪里的作用便特别发达,有为人所想象不到的奇妙。

道家完全是以养生术为根本,中国拳术亦必与道家相通,否则便不成其为拳术。这种养生术很接近玄学,或可谓之为玄学的初步,或差不多就是玄学。所谓差不多者,因这种收视返听,还不能算是内观;比较着向外,可说是向内观,但其所观仍"是外而非内,似内仍为外"。如所观察之呼吸、血液循环、消化等,仍非生命本体。人的生命,本与宇宙大生命为整个一体,契合无间,无彼此相对,无能观与所观,如此方是真的玄学,玄学才到家。道家还是两面,虽最后也许没有两面,但开头是有的。他所体察者是返观而非反省,因其有能知与所知两面,故仍不是一体。以上是推论的话,但也只能作此推论。我们从古人书籍中所能理解的古人造诣，深觉得道家的返观仍甚粗浅，虽其最后也许可以由粗浅而即于高深。

道家对呼吸、消化、循环等之能认识了解、操纵运用，其在医学上的贡献，真是了不得。西医无论如何解剖，但其所看到的仍仅是生命活动剩下的痕迹，而非生命活动的本身，无由去推论其变化。在解剖上，无论用怎样精致的显微镜，结果所见仍是粗浅的；无论用如何最高等的工夫，结果所产生的观念亦终是想象的，而非整个一体的生命。道家则是从生命正在活动时，就参加体验，故其所得者乃为生命之活体。

总之，东西是两条不同的路：

一面的根本方法与眼光是静的、科学的、数学化的、可分的。

一面的根本方法与眼光是动的、玄学的、正在运行中不可分的。

这两条路，结果中国的这个方法倒会占优胜。无奈现在还是没有办法，不用说现在无神仙之流的高明医生，即有，他站在现代学术的面前，亦将毫无办法，结果恐亦只能如变戏法似的玩一套把戏，使人惊异而已。因其不能说明自己，即说，人家也不能了解，也不信服。所以说中医是有其学术上的价值与地位，惜其莫能自明。

中西医学现在实无法沟通。能沟通，亦须在较远的将来始有可能。而此可能之机在西医，在其能慢慢地研究、进步、转变，渐与中医方法接近，将中医收容进来；中医只有站在被动的地位等人来认识他。所以从这一点说，西洋科学的路子，是学问的正统，从此前进可转出与科学不同的东西来；但必须从此处转，才有途径可循。我常说中国文化是人类文化的早熟，没有经过许多层次阶段，而是一步登天；所以现在只有等着人家前来接受他。否则只是一个古董，人家拿他无办法，自己亦无办法。

中西医比较着看，西医之最大所长，而为中医之最大所短的，是西医能发现病菌，中医则未能。中医是从整个生命的变化消长上来论病，是以人为单位，这样固对。但他不知道有时这其中并不是一个单位，而是有两个能变化消长的力量。一则是身体的强弱虚实，一则是病菌。病菌是活的，同样能繁殖变化消长。此两者应当分开，不能混作一团看。西医是能看见两个重要因素的，但偏重于病菌；中医则除注意身体的强弱虚实外，对于病菌，完全没有看到。病菌的发现，真是西医的最大贡献。

辑四

·

精神有所归
生活有重心

说话是力量小，
一定要在说话之外，

办法在说话之外，
在空口讲之外。

合理的人生态度①

　　我很惭愧我讲这个题目，如果我的生活能够合理，我就不是这个样子。我现在患失眠的症候，昨天夜里最厉害，精神十分不好，这实在因为虽然晓得所谓"合理的生活"而不能实有诸己。这种样子确为自己生活未能调顺自然合乎天理的征见，所以我讲这个题目，真是惭愧！

　　我虽如此，但我见得社会上一般人真是摸不着合理的路子去走，陷在那不合理的生活中，真是痛苦！真是

---

　　①　选自《梁漱溟全集》（四），山东人民出版社，2005.05。

可怜悯！不能不说几句话。我们且分粗细两层去说说。先说粗的，那便请看现在社会上的情形（尤其是北京上海这些的地方），大家都是争着抢钱，像疯狂的一样。新近看《东方杂志》译罗素《中国国民性的几特点》，说中国人不好一面的特点顶头一件就是贪婪。这话是今日不能否认的。但何以会这样呢？这就为他们没有摸着合理的路子；这就是他们人生态度的错谬。他们把生活的美满全放在物质的享受上，如饮食男女起居器用一切感觉上的娱乐。总而言之，他以为乐在外边，而总要向外有所取得，两眼东觅西求，如贼如鼠。因此他们抢钱好去买乐。其实这样子是得不着快乐的，他们把他们的乐已经丧失，再也得不着真实甜美的乐趣；他们真是痛苦极了！可怜极了！在我想，这种情形似是西洋风气进来之后才现有的。在几十年以前中国人还是守着他们自来耻言利的态度，这是看过当时社会情形的人所能详道的。中国国民性原来的特点恐怕是比别的民族好讲清高，不见得是比别的民族贪婪。现在社会上贪风的炽盛，是西洋人着重物质生活的幸福和倡言利的新观念启发出来的。贪婪在个人是他的错谬和苦痛，在社会则是种种腐败种种罪恶的病原菌。例如那最大的政治紊乱问题，就是出于此。如果今日贪婪的风气不改，中国民族的前途就无复希望，此可断言者。而这种人生态度如果没有根本掉换过，这贪风是不会改的。我们看见这些论及人生观的文章，如陈仲甫先生作的《人生真义》，李守常先生作的《今》，胡适之先生作的《不朽》，所谓"新青年"一派的人生观都不能让我们满意。陈先生说："执行意志，满足欲望（自食色以至道德的名誉），是个人生存的根本理由；个人生存的时候当努力造成幸福，享受幸福，并且留在社会上让后来的个人也能享受，递相授受以至无穷。"这些话完全见出那种向外要有所取得的态度，虽然不当把他与贪婪风气混为一谈，但实在都是那一条路子。李先生、胡先生，也通是这般路子；一言以蔽之，总是向外找的，不晓得在自己身上认出了人生的价值。他们只为兼重"个人"和"社会"，"负责"和"享福"，是其免于危险的一点。如胡先生说小我对以前的大我负责，对以后未来的大我负责，李先生说不当厌"今"，不当乐"今"，应当利用"今"，一类话是也。其实在这条路上无论你把话说得怎样好，也不能让人免于流入贪婪，或转移贪婪的风气；至于要解决烦闷，奠定人生，那更说不到了。照我说：人生没有什么意义可指，如其寻问，就是在人生生活上而有其意义；人生没有什么价值可评，如其寻问，那么不论何人当下都已圆足无缺无欠（不待什么事业、功德、学问、名誉，或什么好的成就，而后才有价值）。人生没有什么责任可负，如其寻问，那么只有当下自己所责之于自己的。尤其要切着大家错误点而说的，就是人生快乐就在生活本身上。就在活动上，而不在有所享受于外。粗着指给大家一条大路，就是改换那求生活美满于外边享受的路子，而回头认取自身活动上的乐趣，各自找个地方去活动。人类的天性是爱活动的，就在活动上而有乐趣。譬如小孩子总是要跳动唱闹的，你如果叫他安静坐在那里不许动，几乎几分钟都坐不住。大人也是如此，乐的时候必想动，动的时候必然乐。因为活动就使他生机畅发，那就是他的快乐，并不要向外找快乐。大约一个人都蕴蓄着一团力量在内里，要借着一种活动发挥出来，而后这个人一生才是舒发的，快乐的，也就是合理的。我以为凡人都应当就自己的聪明才力找个相当的地方去活动。喜欢一种科学，就弄那种科学；喜欢一种艺术，就弄那种艺术；喜欢回家种地，就去种地；喜欢经营一桩事业，就去经营。总而言之，找个地方把自家的力气用在里头，让他发挥尽致。这样便是人生的美满，这样就有了人生的价值，这样就有了人生的乐趣。乐趣完全是在自己浑沦活动之中。即如吃糖一事，不要误会乐趣在糖上，应晓得是在吃上，换一句话，就是不在所享受上，而在能活动上。我们不应当那么可怜丧失自己，去向外找东西，一切所有都在这里，都在自己身上，不待外求。

我们眼看这一般人死命的东寻西找，真是可怜！虽然他们的宝贝就藏在家里，他却不自知，走遍天涯那是永远不能找到的。他们再也不得回家！因为他们已经走入了歧路！陈先生胡先生李先生都还在这歧路上，又怎能指示这些人回家？怎能救转社会的颓风？所以必须根本掉换过这方向来，如我所说的才得。

同时在这社会上有一般人恰好与此相反。他们看见旁人那样的贪婪，那样的陷溺在肉欲，如此污浊纷乱的世界，就引起厌恶物质生活的反动，就要去学佛修道，喜欢清静修行做功夫，如北京的同善社等团体，都是应运而生的，他们的势力直遍及于外省各县，其散碎无所属的高高低低各种求道者更不能计数。去年我在南京上海见这样的事真是很多很多，学生中也有如此的，这都是因为找不出一个合理的人生态度出来，也就是不知道要怎样生活才好。常有是一个贪婪的官僚同时就是一个念佛讲道的修行者，尤其可以见出他得不着一条路的可怜样子。这两条路同样是违离了人类本性的，人类的本性不是贪婪，也不是禁欲，不是驰逐于外，也不是清静自守，人类的本性是很自然很条顺很活泼如活水似的流了前去。所以他们一定要把好动的做到静止，一定要遏抑诸般本能的生活，一定要弄许多矫揉造作的工夫，都是不对的，都不是合理的人生态度。然如果照陈胡李诸先生的话去教导他们实在是不中用，完全和他们心里事情不相干。他们并不能因此有什么启发，得到什么受用；此容后说。

我们粗着一点观察，现在社会上的人是如此情形了，我还要对于我们青年有一种较细的指导。据我所见，我们一般青年真是可怜悯，像是大家都被"私的<u>丝</u>"缠缚了一身，都不能剥掉这种缠缚，超出私。

略说自觉及意识 ①

人心以理智之趋求乎静，不期而竟以越出两大问题之外，不复为所纠缠；此固生命本性争取灵活，争取自由，有不容已。同时亦须认识到：要解决一个问题，事实上就必有超过解决此问题的力量乃得而解决之。理智作为解决生活问题之一种新途径来说，不如是即未得走通，并不是多余的。何以见得不是多余的？成就得理智与否，必以其能成就出知识与计划来与否为判。人类以外之高等动物非无理智之萌启也，顾未能于环境事物摄取其知识，从而有计划地处理事物，则势必仍自依重本

---

① 选自《人心与人生》，上海人民出版社，2005.01。

220

能以生活。此观于前述莎立、栗齐之两事不既可见乎？上文曾指出其心不够静，今更点明是在其心缺乏自觉。

自觉与心静是分不开的。必有自觉于衷，斯可谓之心静；唯此心之静也，斯有自觉于衷焉。但今点出自觉来，较之徒言心静，其于知识及计划之关系乃更显明。

于是我们来谈自觉。

自觉是随在人心任何一点活动中莫不同时而具有的，不过其或明强，或暗弱，或隐没，或显出，殊不一定耳。例如：人在听到什么声音时，他不唯听到了而已，随即同时还自知其听到什么声音；人在自己说话的同时，还自知其在说什么话。甚至一念微动，外人不及知而自己知之甚明。不唯自知其动念而已，抑且自知其自己之知之也。儒书有云"知之为知之，不知为不知，是知也"；此中第五个知字正指其自觉昭明而言。人有感觉、知觉皆对其境遇（兼括机体内在境遇）所起之觉识作用，而此自觉则蕴乎自心而已，非以对外也。它极其单纯，通常除内心微微有觉而外，无其他作用。然而人心任何对外活动却无不有所资藉于此。佛家唯识学于能见之"见分"、所见之"相分"而外，更有"自证分"以至"证自证分"之说；审其所指，要即在此中深微处。质言之，这里所谈自觉为吾人所可得亲切体认者；彼之所云自证分，殊非吾人体认所及，只能理会而承认之。一粗一细，不尽相当，推断此自觉应是根于彼自证分而有者（下文续有论及）。

自觉之在人，盖无时不有也。第其明、暗、强、弱、隐、显往往变于倏忽之间，一时一时不同。大抵心有走作——心向外倾斜去——自觉即失其明。略举其例：在匆忙中便不同于悠闲之时；悠闲时较少向外倾，而一匆忙便向外倾去矣。在动作惯熟中便不同于不熟练时；不熟练时较为用心在当下，而动作惯熟则此心每转向别处去矣。常说的"印象深刻"，意即谓当时观感中留有之自觉明强。若所谓"心不在焉，视而不见，听而不闻"，则正是其视、其听皆缺失自觉也。盖心神不定，有所牵引于外，自觉即失。顾又不难猛然自己省觉此心神不定。

吾人机体内部生理运行，属在植物性神经系统，通常无自觉也。一有病不适，辄或自觉之矣。大抵自觉不自觉系于用心不用心，注意不注意。凡自觉之所在即心之所在。中国道家功夫，于其机体内部生理运行往往皆有自觉，且能相当支配之，正以其"收视反听"恒时潜心于此耳。

更当知道，人的天资高下不等，又或气质各有所偏。例如：有坦率而不免浅躁之人，亦有稳重而喜怒不形于色之人。前者在言动间疏于检点，即其疏于自觉也。后者不论其有容物之量或不能容物，其喜其怒皆存于自觉中（或思维中），而为其人优于理智之征。

总而言之，既从本能解放而进于理智的人类，于静躁之间是有很大伸缩性的。其往往出入乎自觉或不自觉者在此。从可知陷于本能而不得拔的物类生命，岂复有自觉可言。更申言以明之：动物生命中缺乏自觉是确定的；人类生命既进于自觉之域，亦是确定的。但人们临到生活上，其生命中的自觉一时昏昏然不起作用，又几乎常常有的。虽说是常有的，却为懈怠不振之象，而非其正常。且其作用亦只在当时隐没不显而已，其作用自在（未尝失）也。容当于后文论及之。

自觉蕴于自心，非以对外，而意识则是对外的。意识一词于英文为consciousness，原属自觉之义。然则兹二者其为一为二乎？今确切言之：内有自觉之人心一切对外活动——自感觉、知觉以至思维、判断——概属意识。乃至人的一切行事，论其本分胥当以意识出之。无意识即同于不自觉。不自觉则知难乎其为知，行难乎其为行。但如上文所说，这却又几乎是人们生活中所常常有的。人们通常总是出入乎自觉不自觉之间的。且自觉虽或隐没不显而其作用又自在，则于其隐显强弱明暗之间更难加以区分。所以当我们说自觉——就其蕴于内的一面说时——须得从严；当我们说意识——就其对外活动一面说时——无妨从宽；虽则自觉和意识原来应当是一而二，二而一的。^①例如人们生活上所常常有的那种事情，我们都不可能说为无意识的动作（他们动作时非无意识拣择），而实际上其言动之间的自觉固又极其不足也。

人类的一切有所成就者，何莫非意识之功。但不是那悠忽散乱的意识（悠忽散乱只让光阴虚度），而是全在意识的认真不苟。质言之，就是：任何成就莫非人心自觉之力。凡人类之所成就，从大小事功以至学术文化之全绩要可分别用"真""善""美"三字括举之。然而试看此三者其有一非藉人心自觉之力以得成之者乎？无有也。

关于吾人之所以得成乎善，所以得成乎美，且待后文论及道德、论及艺术时说明其事。至若求真恶伪实存于人心活动之随时自觉中，是为吾人知识学问得以确立之本，则将在此简略一谈，用以完成此章主题计划性之论述。

古语云"直心是道"。求真恶伪者，即人心之直也。伪者欺伪；伪则不直，故恶之。求真，非他，只不自欺

---

① 自觉与意识既为一心之两面，又且从严从宽而异其宜，故我于自觉别以 awareness 为其英译，而不用 consciousness。此未审在英文上是否妥当，希望高明指正。——漱注

耳。求真恶伪是随着人心对外活动之同时自觉中，天然有的一种力量。例如吾人核算数字必求其正确；苟有迷糊不清，无以自信，则重行核算，一遍、两遍以至数遍，必明确无误乃快。脱一时未得其便，恒不洽于心，歉仄难忘。此非有利害得失之顾虑存乎其间也。例如在核算生产经营之盈亏数字时，吾人初不因喜盈恶亏辄以亏为盈，而必求其数字之真是已。此不顾及利害得失而是则是、非则非者，盖所谓是非之心也。是非之心昭昭乎存于自觉之中，只须坦直不自欺便得。

大抵一门系统化的知识即可称之曰科学。其所以得成系统化者，盖因其有合于客观事物之真（或者近真），乃前后左右不致自相违忤抵触（或者一时未易发现），而往复可通，且资之以解决实际问题效用不虚也。然此足以自信而信于人者，非科学家在其进行调查研究分析实验中，自觉明强，一力求真，清除伪误，其能得之耶？如或稍有牵动于利害得失——例如急于求成——而不能是则是、非则非，立言不苟，则不成其为科学家，不成其为科学矣。在科学上其精而益进于精者，固不徒在其人之勤奋，尤在其敏于自觉，于理稍有未臻精实，辄能觉察不忽不昧，因以督进之也。

求真恶伪是人心天然所自有的，纯粹独立的，不杂有生活上利害得失的关系在内。何以能如是？此必须有以说明之。

旷观人类之感情意志虽复杂万状，却不妨简单地以两大相异之方向总括之。这两大相异之方向，就是：好和恶，或取和舍，或迎和拒，或趋和避……如此之类。在高等动物的生活动作上亦不无感情意志之流露，而且与人情多相类似，要亦可总括于此两大方向之中。不难看出：生物生命上之所以表见有此相异两方向者，盖导因于生活上利害得失之有异而来；至于其为利为害，为得为失，则一视乎其在图存与传种两大问题上之如何以为决定。然在一般动物依循本能之路毕生为两大问题而尽瘁者，固当如是耳。既迈进于理智而不一循本能，生命活动有非两大问题所得而限之的人类（请回看前文），其情志之向背是否亦限制在其利害得失上？这是一个问题。再则，此所谓求真恶伪者当亦不能不属在情志之两大方向内，设若它与两大问题之利害得失无涉，其又何从而来耶？这又是一个问题。

显然前后两个问题互相关联，统属后文论述人类伦理道德时之所当详，然在此亦不能不简略地有所回答。试为分说如次。求真恶伪——是则是，非则非——属于吾人感情意志两大方向之一种表露，是肯定的。儒书之

226

言不自欺其心，即借"如恶恶臭，如好好色"[①]以明之是也。后儒阳明王子有云"只好恶就尽了是非"，亦可见。

人情所以有此两大方向之表露，一般说来，固然或直接或间接来自两大问题上的利害得失；但非即限止于此，而有超乎其上者。此即在计较利害得失外，吾人时或更有向上一念者是。此向上一念何指？要晓得，人类生命是至今尚在争取灵活、争取自由而未已的，外面任何利害得失不能压倒它争取自由的那种生命力。当初理智的发展，原作为营求生活的新途径而发展，故从乎营求生活的立场吾人时时都在计较利害得失是在所当然的。但理智的发展却又是越出两大问题之外不复为其所纠缠的（见前）；尽管时时用心在应付和处理问题，却可不受牵累于任何问题。所谓不受牵累于任何问题，即不以任何利害得失（诱惑、威胁）而易其从容自主自决之度也。

利害得失是相对的，是可以商量比较的，因而亦是可以彼此做交易的；而是非就不然了。求真之心"无以尚之"。是则是，非则非，无可商量；它亦不能同任何利害作交易（凡交易皆从利害之计算出发）。

古人虽借"如恶恶臭，如好好色"以喻不自欺其

---

① 见《礼记·大学》之"诚意篇"。

227

本心之真切，却须晓得此两种好恶有本质之不同。前者是对外的，后者存于自觉；前者靠近身体，属于本能，而后者恰相反之。前文（第四节）曾说，本能活动无不伴有其相应之感情冲动以俱来。凡在动物不无感情意志之可见者，——皆与其本能相伴者也。人类生命既得解放于本能，其感情意志不必皆从本能而来，然一般说来又大多难免关联于本能，如此靠近身体一类例是也。各项本能都是围绕着两大问题预为配备的方法手段，——皆是有所为的。因之，一切伴随本能而与之相应的感情亦皆有所为而发（从乎其利害得失而发）。不论其为个体，抑为种族，其偏于局守一也；则其情谓之私情可也。人类固不能免于此，却殊不尽然。若求真之心，其求真就是求真，非别有所为者，虽不出乎两大方向，却与利害得失无涉，我们因谓之无私的感情。所谓两种感情有着本质之不同者在此。

　　动物生命是锢蔽于其机体本能而沦为两大问题之机械工具的。当人类从动物式本能解放出来，便得豁然开朗，通向宇宙大生命的浑全无对去；其生命活动主于不断地向上争取灵活、争取自由，非必更出于有所为而活动；因它不再是两大问题的机械工具，虽则仍必有所资借于图存与传种。（不图存，不传种，其将何从而活动？）原初伴随本能恒必因依乎利害得失的感情，恰以发展理

228

智必造乎无所为的冷静而后得尽其用，乃廓然转化而现为此无私的感情。指出其现前事例，即见于人心是则是，非则非，有不容自昧自欺者在。

具此无私的感情，是人类之所以伟大；而人心之有自觉，则为此无私的感情之所寄焉。人必超于利害得失之上来看利害得失，而后乃能正确地处理利害得失。《论持久战》中说人类的特征之所以必曰"自觉的能动性"者，人唯自觉乃临于一切动物之上而取得主动地位也。非然者，人将不能转物而随物以转矣。吾书开宗明义曾谓：人之所以为人在其心；而今则当说：心之所以为心在其自觉。此章（第六章）开首（第一节）提出人心基本特征问题来讨论，今于章末便可作结束，郑重地指出人心基本特征即在其具有自觉，而不是其他。

人心特征在自觉之一义，方将继此更有所发挥阐明，用以贯彻吾全书。但在这里仍且就其有关计划性者申说之于次节，用以结束此章主题之论述。

一个人的生活①

　　生活是最普泛最寻常的事，草木也生活，鸟兽也生活，小孩子疯癫白痴诸般神经病者也生活。他们的生活都很容易——并不是说他们很容易生存，是说他们生活的时候很没什么疑难。因为什么没有疑难？因为他们的生活是用不着拿意思去处理的，若是一个人的生活就难得很。

　　他是一个人，你是一个人，我是一个人，我们都是一个人，不是不是人，不是一个以上两个三个的人，也不是一个以下大半个小半个的人。倘然是一个人，这很难很难处理的事就加在了我们的头上，摆在了我们的面前：我怎么样去生活？

---

　　①　选自《梁漱溟全集》（四）山东人民出版社，2005.05。

我怎样去生活？倘然我没有打好主意，我一步都走不了。我应当到大学来作教习不应当？很是疑问。岂但如此，我今天的饭应当吃不应当吃？

很是疑问。我的眼应当睁开看天看地不应当？很是疑问。并不是不成问题。

我看见一位伍观淇先生，他说总没有打好了这个主意，不知道哪个主意好？一旦得到了这个主意，便立马行动，绝不迟疑。现在最苦的事只为没打好这主意。伍先生的精神我们实在佩服。我愿意大家，我尤愿意我们少年，都像伍先生这个样子：第一是打主意，第二是打了主意就去行。我大声告我少年道：切莫走闭眼路！

但是伍先生要我们给他一个主意，我们没有主意给他；我们要大家开眼觅路时，我也没一条路给大家。质言之："我怎么样去生活"的问题没有唯一不二的答案，我们只能告诉人去觅他的路，觅了路如何走而已。大约这要觅路，如何觅路，如何走路，是大家可以共得的；其路则不须共也。

大约这"我怎么样去生活"的问题是少年中国学会的人都打量过一番了。因为我们已经标明了奋斗的字样，就这组织"少年中国学会"的事已是奋斗的实现，大家对于大家本身的生活都不是提起问题加以处理了的吗？奋斗不是处理的积极进行吗？所以不必再要大家去提起问题。"提起问题"这件事不过是我们对于社会上大多数人所希望的罢了。我常听见人说要建设民本政治，要改良社会，要提倡新思想，我觉得很难办。因为什么？因为现在社会上大多数人都是不拿意思去处理他的生活的，都是不发问的，虽非白痴疯癫也就几希的，你就是把民本政治等等东西送到他面前，他是不睬的呀！必须他发问他怎么去生活，然后才好告诉他如此如彼。故此启牖他的思想要他发问在这一般人最为紧要急切。

我们现在已然在奋斗，用不着启牖发问，但是怎样去实行还是很要紧。因为我们的答案并没答完毕；或是只答我目前如此如此，完整的人生观还没建立，或我以为完全解答了，他日意思变动了又生疑问。所以一边觅路一边走路，一边走路一边觅路，是大家的通例，也是很没错的法子。

如此说来，我们就要问怎样觅我们的路？怎样走我们的路？这无别的道，就是诚实，唯一就是诚实。

你要晓得你是已经起了疑问，你对于你的疑问不容不应付，你那唯一应付的法子再无第二，只有诚实。你如不然，就会有大危险，不是别人加危险于你，是你自己已经违离了宁帖。小则苦恼，大则致精神的变态，如癫狂心疾之类，并非故甚其辞，大家默察可也。头一层，我问我怎样去生活？我须诚实地作答。未诚实去答，我一定不信赖这个答，那疑问岂不是始终悬在眼前，皇皇然没个着落吗？所以非诚实地答不可。如果诚实地去答了，无论这个答圆满不圆满，也不得而知他圆满不圆满，但是在我已经是唯一不二的了。并不是他一定对，是因我所有的唯有诚实。我没能力可以越过我的诚实，所以我可以信赖的也不能再过于我这诚实的解答。即或自知未圆满也是信赖的，因现在我没有法子信赖别的。有一个信赖的答就过得今天的生活。换言之，倘然我不诚实的答我的问，我就过不得今天的生活。第二层，既答了就要行，觅着了路就要走，走路必须诚实。诚实地去走一条路，就是积极，就是奋斗。倘然不积极不奋斗，就不满我对我自己的要求。因为我问而得答的时候，我就要求如所答的生活，这个要求不是要求别人给我如此一个生活，是我要我如此去生活。如果我去，如果我积极的去，就满了这要求。如果我不去，我不积极的去，就不满这要求。

不满这要求就没应付当初的疑问。已经答应了他，又不应付他，比未答应他时还要苦恼（大家要晓不一定手脚齐忙是积极是奋斗，凡是一人对自己意思为断然处置的都是积极，都是很激烈的奋斗）。已经答应了他，又不应付他，在"一个人"不应当有这种事，所以这样的生活即不能算"一个人的生活"。又诚实的去走路才不会走出两歧的路来。唯诚实的走路乃走一条路，一条

233

逼直的路，唯走一条路乃为"一个人的生活"。倘然走出歧路来，一只脚往东一只脚往西，或者南辕北辙，岂不是一个以上或一个以下的人了么？那不得为"一个人的生活"也甚明。既看见了路又走差路，其当如何悔恨？不积极地走路，不过消极地未满自己的要求，走了差路是积极的乖反自己要求，其将如何的苦痛？

自从起意思的那一天——发问的那一天——一个人的生活便已开始，唯有诚实的往前，不容休息休息，不容往左往右往后，永无歇止，只有死而后已。不是我不容你，你倘然当初不是一个人，是一个小孩子白痴那很容易办。你已然是一个人，再要他恢复到小孩子白痴已是不可能了。

你已然起了意思，你要在恢复没起意思状态已是不可能了。这生活开始以后，只有诚实地答问，诚实地走路，一分不诚实立刻就是一分的疚憾。无论你跑到什么地方，他总追到你，你没有法子解脱他，除非诚实。不为别的，但缘你已是有意思的人了，不然是白痴了。

我同你、同他、同我们所有少年中国学会的人，不是已经拿意思去处理自己的生活了吗？从此以后，无有休止的时候，也无有休止的地方了，只有诚实的往前：我往我看见的那个前，你往你看见的那个前，他往他看见的那个前，俗话叫作"各自奔前程"。除非这"一个人的生活"完了的时候，方才拱手一声"告别了"！

234

我对人类心理认识前后转变不同①

人们总认为我是个学者，或说我是个哲学家，是国学家，是佛学家等等。其实我仝不是。我一向拒绝承认这些。我从来无意讲学问，我只是爱用心思于某些问题上而已。我常常说我一生受两大问题的支配：一个是中国问题，再一个是人生问题。我一生几十年在这两大问题支配下而思想而活动——这就是我整整的一生。当我用心思于人生问题时，不知不觉走入哲学，实则曾没有想要去学哲学的。我的学问都是这样误打误撞出来的。

---

① 选自《东西文化及其哲学》附录三，上海人民出版社，2020.01。

对于心理学亦复如是。初非有意研究心理学，但卒于有了我的一套心理学。

我最早的心理学见解，是随着我早期的思想来的。我早期的思想是受中国问题的刺激，在先父和父执彭翼仲先生的影响下而形成的。

先父和彭先生是距今六十年前的爱国维新主义者。在近百年，中国受到帝国主义的侵略，就激起许多有心人的维新运动。在北京办小学，办报纸，彭先生实为首创。小学和报纸在一处，走一个大门。我就是那小学的学生，还曾随着大人们在大街上散发传单，抵制美货。——因那时美国排斥华工，虐待华工。

先父当时认为中国积弱，全为文人——读书人所误。文人专讲虚文，不讲实学。他常说，会做文章的人，就是会说假话的人。诗词歌赋以至八股和古文等等，其中多是粉饰门面的假话，全无实用。而全国读书人都把全副精力用在其间，这是他最反对的。我所以没有读过旧经书，至今亦不会做韵文诗词即为此。先父因为崇尚实用，一切评价——包涵是非善恶——皆以有无实用为准。其极端便成了实利主义，与墨子思想相近。墨子主张"节葬""非乐"等等，实太狭隘。把是非善恶隶属于利害得失之下，亦即近代西洋——特别是英国——功利派的思想。我常常说我一生思想转变大致可分三期，其第一

236

期恰是近代西洋这一路。从西洋功利派的人生思想，折返到印度的出世思想是第二期。从印度思想转归到中国儒家思想，便是第三期了。不待多言，此第一期早期的思想来历就是如此。

随着功利主义的人生思想，自然带来了一种对人类心理的看法。那即是看人们的行动都是有意识的，都是趋利避害的，去苦就乐的。西洋经济学家从"欲望"出发以讲经济学，提倡"开明的利己心"，要皆本于此。以此眼光，抱此见解，去看世间人们的活动行事，确实也很说得通，解释得过去。既然处处通得过，于是就相信人类果真是这样的了。此即我对人类心理最初的一种认识。

这种对人心的粗浅看法，自己慢慢发现很多疑问，终于被自己否定了。其实若不深究，世上不正有许多人都停留在此粗浅看法上吗？爱用心思的我，不停止地在观察、在思考，终于觉得它不合事实。事实不这样简单。人们许多行事虽表面上无不通过意识而来——不通过意识的行动是例外，是病态，是精神不健全一但实际上大都为感情冲动所左右所支配，而置利害得失于不管不顾。当其通过意识之时，不过假借一番说辞以自欺而欺人。是感情冲动支配意识，不是意识支配感情冲动。须知人类心理的根本重要所在，不在意识上，而宁在其隐藏于意识背后深处的。研究人类心理，正应当向人们不自觉，不自禁，不容己……那些地方去注意才行。西洋心理学家过去一向看重意识，几乎以意识概括人心，以为心理学就是意识之学。后来他们乃转而注意到"本能""冲动""潜意识"（或"下意识"）"无意识"种种，这实为学术上一大进步。我自己恰同样地亦经过这一转变。此即我在人类心理的认识上第一次的翻案，亦即对人类心理较为后来的一种认识，但还不是最后的。

这里应当说明一句话：第一期的人生思想与第一期的人类心理观固相关联，但如上所说的心理观之转入第二期，却与第二期人生思想没有关联，而是与第三期人生思想密切相关的。——下面讲明。

第一期功利思想以为明于利害即明于是非，那就是肯定欲望，而要人生顺着欲望走。第二期出世思想则是根本否定人生，而要人消除一切欲望，达于无欲之境。因为觉悟到人生所有种种之苦皆从欲望来，必须没有欲望，才没有苦。这在人生态度上虽然前后大相反，却同样从欲望来理解人类心理。不过前者以欲望为正当，后者以欲望为迷妄耳。其详，这里不谈。

虽说前后同样从欲望来理解人类心理，却对人类心理认识的变动已经隐伏于此时，渐渐识得人类之高过动物，虽在其理智胜过本能，本能总像是要通过意识这一道门才行。但理智之发达，不外发达了一种分别计算的能力，而核心动力固不在此。核心动力还在本能冲动上。所谓欲望不是别的，恰是从意识这道门出来的本能冲动。这样，就不再重视意识，而重视隐于意识背后的本能冲动。

刚好，当我深进一步认识到此的时候，看见欧美学者新出各书亦复有悟及此。英国哲学家罗素在第一次世界大战后所写的《社会改造原理》有余家菊译本，民国九年出版。他开宗明义第一章第一节就说他"从大战所获得的见解，就是什么是人类行为的源泉……"。他指出这源泉就在冲动（impulse）。战争就是毁灭，不论胜者败者对谁也没有好处。然而冲动起来，世界千千万万的人如疯似狂，甘遭毁灭，拦阻不住。他说以往人们总看欲望是行为的源泉，其实欲望不过是较开明的亦即有意识的那一部分而已。他这里是把欲望和冲动分别而对待着说。其实欲望的核心仍然是冲动，只不过表面上文明一些。罗素把人们的冲动总分为两种。一种他名为"占有冲动"，例如追求名利美色之类。另一种他名为"创造冲动"。这与占有相反。占有是要从外面有所取得。创造则是从自己这里的劲头、才能、力气要使用出去。科学家、艺术家往往为了发明创造而忘寝废食。革命家为了革命而舍生命。以至人们一切好的行为皆出于创造冲动。他认为资本主义社会鼓励人们的占有冲动，发展了人的占有冲动，而抑制着人的创造冲动，已经到了可怕的地步。资本主义社会之必须改造在此。改造的方向，或其如何改造的原理，就在让人们的创造冲动得以发挥发展而使占有冲动减退。

再如美国心理学家麦独孤所著《社会心理学绪论》一书，亦是一最好之例。他在自序中首先指出社会科学家在讲经济、政治、教育、伦理等等学问时，从来没有认真研究人类心理，而径直在他们各自的粗浅看法那种假设上，去讲经济，讲政治，讲教育，讲伦理等等。现在这种假设站不住了，那些学问亦将被推翻，从新来过。他的书就意在为社会科学试着先做些基础工作。他在这里说的粗浅看法，即指一般只留意人有意识那一面，亦就是欲望方面。而他则认为人类行为的动力在本能。本能好比钟表的发条。假如把发条抽去，钟表就不走了。人无本能亦将不会动。本能著见于动物生活中，原是生物进化、生存、竞争、发展而来的。本能在人，或者比动物还复杂，还多。每一种本能皆有与它相应的一种情绪。例如斗争，就是一种本能，与之相应的情绪就是忿怒。忿怒与斗争相关连。动物在觅食求偶之时，都免不了争夺。怒气盛，斗争强的自然胜利。这样就从优胜劣败，而将那不善斗的淘汰去，发展了斗争的本能。又其父母抚养幼子，亦是一种本能（parental instinct）。与之相应的情绪，就是慈柔之情。富于这种本能的动物，自然在生存竞争中亦得到优胜传种而发达起来。诸如此类，各种本能皆在生物进化史上有其来历。

我从罗素与麦独孤两家的言论主张得到印证，增加了我的自信。特别是看到他们所认为顶新鲜的道理，我已经掌握而高兴。两家之外，可举之例还很多很多，如心理学界后起的"精神分析"学派，以佛洛伊德为首，特别强调下意识或云潜意识，极注意人的感情方面。还有许多学者提出"社会本能"，这一说法，给予我思想上很大助力，其中如克鲁泡特金的《互助论》一书，从鸟兽虫爱生活中罗列其群居互助的许多事实，证明互助实为一种本能，人类社会之所由成正亦基于此。西洋旧说，人们所以结成社会是由自利心的算计要交相利才行。讲到伦理上的利他心，总说为自利心经过理性而推广出来的。所有这些总由只看到人有意识的一面，而没有认识到本能和感情的强有力。现在心理学上新见解出来，旧说悉成过去。虽东欧、西欧、北美各学者之为说不尽相同，着意所在种种不一，然其为西洋人的眼光从有意识一面转移到其另一面则无不同。

为何说我在心理学上所抱见解这一转变，却与我第三期宗尚儒家的思想相联呢？因为我发现孔子和墨子恰好不同。墨子所忽视的人类情感方面恰为孔子重视之所在；而墨子所斤斤较量的实利，恰为孔子所少谈。此其

241

不同，正是代表着两家对人性认识之不同而来。近代西洋社会人生，是从其中古宗教禁欲主义之反动来的，可说是"欲望本位的文化"。其盛行的功利主义于墨子为近，于孔子则相远。同时，在儒书中，你既嗅不出一点欲望气味，亦看不见一毫宗教禁欲痕迹。这证明它既超出西洋近代，又超出西洋中古，不落于禁欲和欲望之任何一边。像前面说过的，我因觉悟到欲望给人生带来种种苦痛而倾心印度佛家的出世。但我一讽诵儒书，就感染一种冲和、恬淡、欣乐情味，顿然忘苦，亦忘欲望。当然亦就忘了出世，于是我看出来儒家正是从其认识人性而走顺着人性的路，总求其自然调畅，避免任何矫揉造作。这样，我就由倾心佛法一转而宗尚儒家了。距今四十五年前（1921年）《东西文化及其哲学》一书就是从这里写成出版的。书中贬低墨子而推崇孔子，是完全基于人类心理认识之深入的。同时，看清楚近代西洋和古中国和古印度三种不同的人生态度，实代表着人类文化发展的三阶段；断言：在世界最近未来，继欧美征服自然利用自然的近代西洋文化之后，将是中国文化的复兴。并指出其转折点即在社会经济从资本主义转入社会主义之时。所有这些见地主张从何而来？一句话：要无非认识了人类心理在社会发展前途上将必有的转变而已。

这话说起来很长，非此所及详。姑举其一点而言之。

社会发展的前途，是要从阶级统治的国家，转到阶级消灭而国家消亡的。国家的消亡是什么呢？那即是代表强力统治的法律、法庭、警察、军队的消亡而已。简单说，那亦就是刑罚的废除。此时社会秩序的维持，人们协作共营生活的实现，全要靠社会成员之自觉自律，不再靠另外的强制力。教育势必成了首要之事。但教育只在思想意识一面吗？你必须从根本上调理好人的本能情感才行。质言之，必须以情感上的融和忘我取代了分别计较之心才行。那将莫妙于儒家倡导的礼乐了。未来的文化必将以礼乐代刑罚（或刑赏），是可以断言的。刑罚（或刑赏）不外利用人的计较利害得失心理来统驭人。这一老套子在新社会不唯不中用，而且它会破坏和乐忘我的心理，破坏协作共营生活的。当时孔子并不晓得社会发展前途的需要，但他却深切认识人类心理而极不愿伤损人类那可贵的感情。

关于我在人类心理的认识上第一次翻案的话不再多谈。以下谈其第二次翻案，亦即是最后的认识。

我在《东西文化及其哲学》中曾说："世界上只有两个先觉：佛是走逆着去解脱本能路的先觉；孔是走顺着调理本能路的先觉。"这句话代表我当时（四十五年前）把一般心理学上说的本能当作人类的本性看待了。这是错误的。那本书在人生思想上归宗儒家，而在为儒

243

家道理作说明时，援引了时下许多不同的心理学派所用术语，类如"本能""直觉""感情""冲动""下意识"等等，夹七夹八地来说话，实在不对。不但弄错了儒家对人类心理的认识，也混乱了外国那些学派。

这实在因我当时过分地看重了意识的那另一面，而陷于理智、本能的二分法之故。特别是误信了社会本能之说，在解释人类道德所从来上，同意于克鲁泡特金的说法，而不同意于罗素。罗素在其《社会改造原理》一书中把人类心理分成本能、理智、灵性（其原文为spirit，译本以"灵性"一词译之）三方面，而说人类宗教和道德即基于灵性而来。克鲁泡特金在其《无政府主义者的道德观》一书中，却直捷了当说人类的道德出于生来的一种感觉，如同嗅觉、味觉、触觉一样，绝似儒家孟了书中"口之于味""目之于色"的比喻。他因而主张"性善论"亦同孟子一样。于是我在旧著中就批评罗素于本能外抬出一个灵性，作为宗教上道德上无私的感情（原文为 impersonal feeling）之所本，未免有高不可攀的神秘味，实不如克鲁泡特金所说之平易近情，合理可信。这恰恰错了，后来全推翻了。我对人类心理的最后认识，即在后来明白了一般心理学上所谓本能，不相当于人类本性；人类所具有"无私的感情"，不属于本能范畴，承认了罗素的三分法确有所见，未可菲薄。

此盖为 1921 年《东西文化及其哲学》出版后，爱用心思的我，仍然不停地在观察，在思考，慢慢发觉把本能当做人类本性（或本心）极不妥当。事实上有许多说不通之处。像孟子所说"孩提之童无不知爱其亲敬其兄"的话，按之事实亦不尽合。任何学说都必根据事实，不能强迫事实俯就学理。原书错误甚多，特别在援引时下心理学的话来讲儒家的那些地方。为了纠正这些错误，1923—1924 年的一学年在北京大学开讲"儒家思想"一课，只是口说，无讲义，由同学们笔记下来。外间有传抄油印本，未经我阅正。我自己打算把它分为两部分，写成两本书。部分讲解儒书（主要是《论语》，附以《孟子》）的题名《孔学绎旨》，另一部分专讲人类心理的题名《人心与人生》，但两本书至今均未写成。《孔学绎旨》不想再写了。《人心与人生》则必定要写，四十年来未尝一日忘之，今年已开始着笔，约得出十之三，正在继续写。

以下略讲第二次翻案后，亦即现在最后认识的大意。达尔文的进化论泯除了人类与动物的鸿沟，有助于认识人类者其大。人类生命的特征之认识，只有在其与动物生命根本相通，却又有分异处来认识，才得正确。从有形的机体构造来看，人与其他高等动物几乎百分之九十几相同，所差极其有限，此即证明在生命上根本相通。心理学上所说的本能，附于机体而见，是其生命活动浑整地表现于外者，原从机体内部生理机能之延展而来，不可分离。就动物说，其生命活动种种表现，总不外围绕着个体生存和种族繁衍两大问题。这实从其机体内部生理上饮食消化、新陈代谢以及生殖等机能延展下来，而浑整地表现于外的就为本能了。生理学上的机能和心理学上的本能，一脉贯通，是一事，非两事。从机体到机能到本能，一贯地为生命解决其两大问题的工具，或方法手段。前面亦曾说过，本能是动物在生存竞争自然选择中发展起来的极有用的手段。人类生命从其与动物生命相通处说，这方面（从机体到本能）基本相类似，若问其分异何在呢？那就是对照起来，只见其有所削弱而不是加强，有所减退而不是增进。例如鼻子嗅觉人不如狗，眼睛视力人不如鸟，脚力奔驰人不如马，爪牙劲强锐利人不如虎豹。机体的耐寒耐饥人亦远不如动物。在食色两大问题上的本能冲动亦显得从容缓和，不像是有利于争夺取胜的。总结一句话，相形比较之下，人在这方面简直是无能的。

然而世界终究是人的世界，不是动物的世界；那么，人之所以优胜究竟何在呢？这就在作为生命的工具、方法手段方面，他虽不见优长，却在运用工具方法手段的主体方面，亦即生命本身大大升高了。在机体构造上，各专一职的感官器官不见其增多，亦不见其强利，反而见其地位降低，让权于大脑中枢神经，大大发达了心思作用。他不再依靠天生来有限的工具手段，他却能以多方利用身外的一切东西，制出其无限的工具手段。这就是说，他在生物进化途程中走了另外一个方向。

生物进化本来有着几种不同方向的：首先植物和动物是两大不同方向；其次动物界中节肢动物和脊椎动物又是两大不同方向。不同的方向皆于其机体构造上见之。说人类走了"另外一个方向"，即是指的脊椎动物这一条路向。脊椎动物这一路，趋向于发达头脑，以人类大脑之出现而造其高峰。为什么说"另外"呢？对于生活方法依靠先天本能，生活上所需工具就生长在机体上，对那旧有方向而说，这是后起的新方向。从心理学上看，旧有的即是本能之路，后起的为理智之路。理智对于本能来说，恰是一种反本能的倾向。倾向是倾斜的，初起只见其稍微不同慢慢越发展越见其背道而驰。节肢动物走的本能之路，以蜂蚁造其极那些与人类相类近的许多高等动物，原属脊椎动物，其倾向即在理智在它们身上露出了有别于本能的端绪，本能却依然为其生活之所依赖必到人类，理智大开展，方取代了本能，而人类生活乃依赖学习。理智本能此消彼长，相反而不相离。在人类生命中，本能被大大削弱、冲淡、缓和、减退，却仍然有它的地位。此在食（个体生存）色（种族蕃衍）

两大问题上不难见出。

从食色两大问题上不难见出本能仍然在人类身上有其势力。不过对照动物来看，在动物身上毕生如是，代代如是，机械性很大，好像刻板文章的本能，但在人类却像是柔软易变的素材，任凭塑造，任凭锻铸，甚至可以变为禁欲主义如某些宗教，还可以逆转生殖能力，向着生命本身的提高而发展，如中国道家"顺则生人，逆则成仙"的功夫。这些话我们不暇谈它，扼要点出其不同如下：

（一）本能在动物是与生俱来的，为着解决两大问题而配备好的种种方法手段。动物之一生，仿佛陷入其中而出不来，于是其整个生命亦就随着而方法手段化，成为两大问题的工具，失掉了自己。本能在动物生活中，直然是当家作主的。

（二）感情兴致与本能相应不离，虽有种种复杂变化，要不出乎好与恶之两大方向。此两异之方向，显然是为利害得失之有异而来，而其为得为失为利为害则一从两大问题上看。

（三）由于反本能的理智大发展之结果，人类生命乃从动物式本能中解放出来，不再落于两大问题的工具地位，而开始有了自己。从而其感情兴致乃非一从两大问题的利害得失以为决定者。

（四）方法手段总是有所为的。与动物式本能相应

248

不离的感情，不能廓然一无所为，不是为了个体，便是为了种族的利害得失。因而无私的感情，动物没有，唯人有之。人类求真之心好善之心都是一种廓然无所为而为。例如核算数字，必求正确，算得不对，心难自味。这就是极有力的感情。这感情是无私的，不是为了什么。求真之心，好善之心，亦或总括称之为是非之心，当在大是大非之前，是不计利害得失的。必不能把求真好善当作营求生活的一种方法手段来看。

（五）无私的感情发乎人心。人心是当人类生命从动物式本能解放出来，其本能退归工具地位而后得以透露的。唯此超居本能、理智之上而为之主的是人心，其他都不是。

说到这里，旧著错误便自显然。旧著笼统地讲所谓"本能"，动物本能人类本能混而不分，是第一错误。直以此混而不分的本能当作人心来认识，就错上加错了。

还有旧著误信欧美一些学者"社会本能"的说法，亦须待指明其如何是错误的。

人类夙有"社会性动物"之称，因其他任何高等动物都没有像人这样总是依赖着社会过活。虽然节肢动物的蜂和蚁，倒是过着社会生活，但它们不属高等动物。蜂蚁之成其社会出于本能，那是不错的。因为其社会内部组织秩序，早从其社会成员在机体构造上种种不同，而被规定下来。人类走着反本能之路，本能大见削弱，岂得相比。近代初期的西欧人士便倡为"民约论"之说，说社会国家之组成起源于契约，不免是发乎民主理想的臆说，于历史事实无征。但从有意识地结约之反面，一转而归因什么"社会本能"，又岂有当？特别是顺沿着动物的本能来谈人类的本能，混而不分，把人类社会的成因归落到这混而不分的本能之上，错误太大，不容不辨。

人类特见优良之所在有二：一是其特见发达的心思作用，这是无形迹可见的一面；又一面是其随时随地而形式变化万千的社会。此二者乍看似乎是两件事，实则两事密切相关，直同一事。心思作用完全是人（个体）生活在社会中随着社会发展而发达起来的，直不妨说为社会生活的产物，而同时任何一形式的社会亦即建筑在其时其地人们心理作用之上。形式一成不变的蜂蚁社会，当然是由本能而来的，却怎能说形式发展变化不定的人类社会亦是出于本能呢？且以人类之优于社会生活归因于人类所短绌的本能，显然不近理，倒不如归因于其所优长的心思作用，亦即意识作用还来得近理些。然而以意识作用来说明人类社会起源之不对头，却又已说在前了。

如此，两无所可，便见出理智、本能两分法之穷，而不得不舍弃我初时所信的克鲁泡特金之说，转有取于我前所不取的罗素的三分法。罗素在理智本能之外，提出以无私感情为中心的灵性来，自是有所见。可惜他的三分像是平列的三分，则未妥。应当如我上面说的那样：无私的感情发乎人心；人心是当人类生命从动物式本能解放出来，其本能退归工具地位而后得以透露的。正不必别用"灵性"一词，直说是"人心"好了。说"人心"，既有统括着理智、本能在内，亦可别指其居于理智、本能之上而为之主的而说。这样，乃恰得其分。

对于人类心理有此认识之后，亦即认识得人类社会成因。人类社会之所由成，可从其社会生活的必要性和可能性两面来看。所谓必要性，首先是因其缺乏本能而儿童期极长，一般动物依本能为活者，一生下后（或在短期内）即有自营生活的能力。而依靠后天学习的人类，生下来完全是无能的，需要很长时期（十数年）在双亲长辈的抚育教导下，乃得成长起来。人不能离开社会而存活是其所以成社会。所谓可能性，指超脱于动物式本能的人心乃能不落于无意识地或有意识地各顾其私，而为人们共同生活提供了基础。在共同生活中，从人身说，彼此是分隔着的（我进食你不饱）；但在人心则是通而不隔的。不隔者，谓痛痒好恶彼此可以相喻且相关切也。这就是所谓"恕"。人世有公道实本于恕道。恕道、公道为社会生活之所攸赖。虽则"天下为公"，还是社会发展未来之远景，但此恕道公道从最早原始人群即必存于其间。乃至奴隶社会，在某一范围内（警如奴隶主之间），某种程度上亦必存在的。否则此不恕不公之奴隶社会亦将必不能成功。在范围上，在程度上，恕道公道是要随着历史不断发展的，直至末后共产社会的世界出现而大行其道。总结一句：蜂蚁社会的成因即在蜂若蚁之身；人类社会的成因却是在人心。

从上所谈，可知克鲁泡特金以道德为出于本能的不对。然而如麦独孤在其《社会心理学绪论》中对此类见解力加非难者亦复未是。他对那些抱持道德直觉或道德本能一类见解者致其诘难说：人们的行动原起于许多冲动，这些冲动乃从生物进化自然选择而发展出来，在进化中并没想到人们将来文明社会里应该怎样生活的，所以人们行动反乎道理是常情，合乎道理乃非其常。今天有待解说的，是为什么人们发乎冲动的行事亦竟然有时合乎理性？在生物进化中并没有发展出一种道德本能来呀？我们可以回答说：作为生活方法手段的那样道德本能确乎没有的。但从方法手段性质的本能（动物式本能）解放出来的人心，却不期而透露出给道德作根据的无私感情。理性不从增多一种能力来，却从有所减少而来，麦独孤固见不及此也。

1965 年 12 月 9 日写完

人生的意义①

一

　　人们常常爱问：人生有不有目的？有不有意义？不知同学们对于这一类的问题想过没有？如果想过，其答案为何？要是大家曾用过一番心思，我来讲这问题就比较容易了，你们就可以比较容易地了解我的话。

　　我以为人生不好说目的，因为目的是后来才有的事。我们先要晓得什么叫作目的。比如，我们这次来兴安，是想看灵渠，如果我们到了兴安，而没有看到灵渠，那

---

① 选自《梁漱溟全集》（六），山东人民出版社，2005.05。

253

便可以说没有达到目的。要是目的意思，是如此的话，人生便无目的。乘车来兴安是手段，看灵渠是目的，如此目的手段分别开来，是人生行事所恒有。但一事虽可如此说，而整个人生则不能如此说。

整个宇宙是逐渐发展起来的。天、地、山、水，各种生物，形形色色慢慢展开，最后才有人类，有我。人之有生，正如万物一样是自然而生的。天雨、水流、莺飞、草长，都顺其自然，并无目的。我未曾知道，而已经有了我。此时再追问"人生果为何来？"或"我为何来？"已是晚了。

倘经过一番思考，决定一个目的，亦算不得了。

以上是讲人生不好说有目的，是第一段。

二

人生虽不好说有目的，但未尝不可说人生有其意义。人生的意义在哪里？人生的意义在创造！

人生的意义在创造，是于人在万物中比较出来的。

宇宙是一大生命，从古到今不断创造，花样翻新造成千奇百样的大世界。这是从生物进化史到人类文化史一直演下来没有停的。但到现在代表宇宙大生命表现其创造精神的却只有人类，其余动植物界已经成了刻板的文章，不能前进。例如稻谷一年一熟或两熟，生出来，熟落去，年年如是，代代如是。又如鸟雀，老鸟生小鸟，小鸟的生活还和老鸟一般无二，不像是创造的文章，而像是刻板文章了。亦正和推磨的牛马一天到晚行走不息，但转来转去，终归是原来的地方，没有前进。

到今天还能代表宇宙大生命，不断创造，花样翻新的是人类；人类的创造表现在其生活上、文化上不断的进步。文化是人工的、人造的，不是自然的、本来的。

总之，是人运用他的心思来改造自然供其应用。而人群之间关系组织亦随有迁进。前一代传于后一代，后一代却每有新发明，不必照旧。前后积累，遂有今天政治经济文物制度之盛。今后还有我们不及见不及知的新文化新生活。

以此我们说人生意义在创造，宇宙大生命创造无已的趋势在动植物方面业已不见，现在全靠人类文化来表现了，是第二段。

三

人类为何能创造，其他的生物为何不能创造？那就是因为人类会用心思，而其他一切生物大都不会用心思。人生的意义就在他会用心思去创造；要是人类不用心思，便辜负了人生；不创造，便枉生了一世，所以我们要时时提醒自己，要用心思要创造。

什么是创造，什么是非创造，其间并无严整的界限。科学家一个新发明固然是创造，文学家一篇新作品固然是创造，其实一个小学生用心学习手工或造句作文，亦莫非创造。极而言之，人的一举一动一颦一笑亦莫不可有创造在内。不过创造有大有小，其价值有高有低。有的人富于创造性，有的则否。譬如灵渠是用了一番大的心思的结果，但小而言之，其间一念之动一手之劳亦都是创造。是不是创造，要看是否用了心思；用了心思，便是创造。

四

创造有两方面，一是表现于外面的，如灵渠便是一种很显著的创造。

他如写字作画，政治事功，种种也是同样的创造。这方面的创造，我们可借用古人的话来名之为"成物"。还有一种是外面不大容易看得出来的，在一个人生命上的创造。比如一个人的明白通达或一个人的德性，其创造不表现在外面事物，而在本身生命。这一面的创造，我们也可以用古人的话来名之为"成己"。换言之，有的人是在外成就的多，有的人在内成就的多。在内的成就如通达、灵巧、正大、光明、勇敢等等说之不尽。但细讲起来，成物者，同时亦成己。如一本学术著作是成物，学问家的自身的智力学问即是成己；政治家的功业是成物，政治家的自身本领人格又是成己了。反之成己者同时亦成物。如一德性涵养好的人是成己，而其待人接物行事亦莫非成物。又一开明通在的人是成己，而其一句话说出来，无不明白透亮，正是成物了。

五

以下我们将结束这个讲演，顺带指出我们今日应努力创造的方向。

首先要知道，我们生在一个什么时代。我们实生在一个特殊的时代，一个大变动的时代。就整个人类来说，是处在一个人类历史空前大转变的时代，也可以说是文化需要大改造的时代。而就中国一国来说，几千年的老文化，传到近百年来，因为西洋文化入侵叫我们几千年的老文化不得不改造。我们不能像其他时代的人那样，可以不用心思。因为我们这个时代，亟待改造；因为要改造，所以非用心思不可。也可以说非用心思去创造不可。我们要用心思替民族并替人类开出一个前途，创造一个新的文化。这一伟大的创造，是联合全国人共同来创造，不是各个人的小创造、小表现，乃至要联合全世界人共同来创造新世界。不是各自求一国的富强而止的那回旧事。

我们生在今日谁都推脱不了这责任。你们年轻的同学，责任更多。你们眼前的求学重在成己，末后却要重在成物。眼前不忙着有表现，却必要立志为民族为世界解决大问题，开辟新文化。这样方是合于宇宙大生命的创造精神，而实践了人生的意义。

朝话二十则[①]

朝会的来历及其意义

讲到朝会的来历，就要谈到我的生活。大体上说，我自二十岁至二十九岁为一段落。此段落为出世思想，走佛家的路。二十九岁以后重转回入世的路，一直到现在。二十九岁那年，在济南教育厅讲"东西文化及其哲学"（先时已在北大讲过），民国十年付印，其中有一段意思曾说到求友；在结论中又曾说到我的主张和希望——

---

① 选自《朝话》（上海人民出版社，2019.03），择选其中20篇，拟题"朝话二十则"。

要复兴古人讲学之风，使讲学于社会运动打成一片。近十数年来我就是如此做，从那时起（民国十一年）也就有了许多朋友跟我在一块。于是我的生活几乎是成了两面的了：一面是家庭，一面是朋友；一面是家庭之一员，一面是朋友团体之一员。朋友们在一起相处，虽然是一种团体生活，但没有什么会章。大家只是以人生向上来共相策励，每日只是读书，讲一讲学问。民国十三年，我辞去北大教职，和一些朋友到曹州去办高中，后来又辞职回北平，高中学生即有一些随着我们到北平的。

在北平师生共约十人，我们在什刹海租了一所房，共同居住，朝会自那时就很认真去做，大家共勉互进，讲求策励，极为认真。如在冬季，天将明未明时，大家起来后在月台上团坐，疏星残月，悠悬空际，山河大地，皆在静默，惟间闻更鸡喔喔作啼，此情此景，最易令人兴起，特别地感觉心地清明、兴奋、静寂，觉得世人都在睡梦中，我独清醒，若益感到自身责任之重大。在我们团坐时，都静默着，一点声息皆无。静默真是如何有意思啊！这样静默有时很长，最后亦不一定要讲话，即使讲话也讲得很少。无论说话与否，都觉得很有意义，我们就是在这时候反省自己，只要能兴奋反省，就是我们生命中最可宝贵的一刹那。

十七年我在广东接办省立第一中学，朋友团体也随着到了广东，当时我同黄艮庸先生等拟了许多办法，都是与其他学校不同的。其中最要紧者有五点，现在在邹平还保存有二点，即朝会与部班主任制。十八年创办河南村治学院，其学则是我拟的，内容大多是从那边——广东一中转来的。现在邹平则又是从河南转来的。

在第一届研究部时，朝会每由我来讲话，初时都作静默，要大家心无旁骛，讲话则声音低微而沉着，话亦简切。到后来则有些变了，声音较大，话亦较长。但无论如何，朝会必须要早，要郑重，才能有朝气，意念沉着，能达入人心者深，能引人反省之念者亦强。

吾人的自觉力

一个人缺乏了"自觉"的时候，便只像一件东西而不像人，或说只像一个动物而不像人。"自觉"真真是人类最可宝贵的东西！只有在我的心里清楚明白的时候，才是我超越对象、涵盖对象的时候；只有在超越涵盖对象的时候，一个人才能够对自己有办法。人类优越的力量是完全从此处来的。所以怎样让我们心里常常清明，真是一件顶要紧的事情。

古代的贤哲，他对于人类当真有一种悲悯的意思。他不是悲悯旁的，而是悲悯人类本身常常有一个很大的机械性。所谓机械性，是指很愚蠢而不能清明自主，像完全缺乏了自觉地在那里转动而言。人类最大的可怜就在此。这点不是几句话可以说得明白；只有常常冷眼去看的时候，才能见到人类的可悲悯。

人在什么时候才可以超脱这个不自主的机械性呢？那就要在他能够清明自觉的时候。不过，这是很不容易。人在婴儿时代是很蠢的，这时他无法自觉。到了幼年、青年时代，又受血气的支配很大。成年以后的人，似乎受血气的支配较小；但他似乎有更不如青年人处，因这时他在后天的习染已成，如计较、机变、巧诈等都已上了熟路，这个更足以妨碍、蒙蔽他的清明自觉。所以想使人人都能够清明自觉，实在是一大难事。人类之可贵在其清明自觉，人类之可怜在其不能清明自觉，但自今以前的人类社会，能够清明自觉者，实在太少了。

中国古人与近代西洋人在学术上都有很大的创造与成就，但他们却像是向不同的方向致力的。近代西洋人系向外致力，其对象为物；对自然界求了解而驾驭之。中国古人不然，他想在求了解自己，驾驭自己——要使自己对自己有一种办法。亦即是求自己生命中之机械性能够减少，培养自己内里常常清明自觉的力量。中国人之所谓学养，实在就是指的这个。

人若只在本能支配下过生活，只在习惯里面来动弹，那就太可怜了。我们要开发我们的清明，让我们正源的力量培养出来；我们要建立我们的人格。失掉清明就是失掉了人格！

言志

今日早晨想到《论语》上"盍各言尔志"一句话，现在就言我之志。

"你的志愿何在？"如果有人这样问我，那我可以回答：

我愿终身为民族社会尽力，并愿使自己成为社会所永久信赖的一个人。

在这混乱的社会，无论在思想上、在事实上，都正是彷徨无主的时候。这时候做人最难有把握，有脚跟。常见有许多人，在开头的时候都很有信望，但到后来每每失去了社会的信任，促使社会益发入于混乱。我觉得现在的中国，必须有人一面在言论上为大家指出一个方向，更且在心地上、行为上大家都有所信赖于他。然后散漫纷乱的社会才仿佛有所依归，有所宗信。一个复兴民族的力量，要在这个条件下才能形成。我之所以自勉者唯此；因我深切感到社会多年来所需要者唯此。

八十年来，中国这老社会为新环境所刺激压迫，而落于不幸的命运，民族自救运动一起再起，都一次一次的先后失败了。每一次都曾引动大家的热心渴望，都曾涨到一时的高潮；但而今这高潮都没落了，更看不见一个有力量的潮流可以系属多数的人心，而却是到处充满了灰心、丧气、失望、绝望。除了少数人盲目地干而外，多数人无非消极鬼混，挨磨日子，而其实呢，中国问题并不是这样一个可悲观的事。悲观只为蔽于眼前。若从前后左右通盘观测，定能于中国前途有很深的自信；只可惜多数人蔽于眼前，没有这眼光罢了！我是对中国前途充满了希望，绝对乐观的一个人。我胸中所有的是勇气，是自信，是兴趣，是热情。这种自信，并不是盲目的、随便而有的；这里面有我的眼光，有我的分析与判断。（我讲的《乡村理论建设》便是这个，不复赘。）我是看到了前途应有的转变与结局，我相信旁人亦能慢慢地看到；因为从事实上一天一天在暗示我们所应走的而唯一可能的方针路线（乡村建设）。我的自信不难成为大家的共信；我的勇气可以转移大家的灰颓之气。大概中国社会不转到大家有自信、有勇气之时，则中国将永远没有希望。然而民族自救的最后觉悟、最后潮流毕竟是到了！我们就是要发动这潮流，酿成这潮流！这方向指针我是能以贡献给社会的——我充分有这自信。单有方向指针还不够，还须有为社会大众所信托的人格，为大家希望之所寄。因此，我要自勉作一个有信用的人，不令大家失望。

欲望与志气

在这个时代的青年，能够把自己安排对了的很少。在这时代，有一个大的欺骗他，或耽误他，容易让他误会，或不留心的一件事，就是把欲望当志气。这样地用功，自然不得其方。也许他很卖力，因为背后存个贪的心，不能不如此。可是他这样卖力气，却很不自然，很苦，且难以长进。虽有时也会起一个大的反动，觉得我这样是干什么？甚或会完全不干，也许勉强干。但当自己勉强自己时，读书做事均难入，无法全副精神放在事情上。甚且会自己搪塞自己。越聪明的人，越容易有欲望，越不知应在那个地方搁下哪个心。心实在应该搁在当下的。可是聪明的人，老是搁不在当下，老往远处跑，烦躁而不宁。所以没有志气的固不用说，就是自以为有志气的，往往不是志气而是欲望。仿佛他期望自己能有成就，要成功怎么个样子。这样不很好吗？无奈在这里常藏着不合适的地方，自己不知道。自己越不宽松，越不能耐，病就越大。所以前人讲学，志气欲望之辨很严，必须不是从自己躯壳动念，而念头真切，才是真志气。

张横渠先生颇反对欲望，谓民胞物与之心，时刻不能离的。自西洋风气进来，反对欲望的话没人讲，不似从前的严格；殊不知正在这些地方，是自己骗自己害自己。

如何才能得到痛快的合理的生活

今天有三个意思要和大家说。

第一个意思是：师生之间切不要使之落于应付，应常常以坦白的心相示，而求其相通。如果落于应付，则此种生活殊无意趣。大概在先生一面，心里要能够平平静静的，不存一个要责望同学以非如何不可的意思；也不因少数同学懒惰而有不平之气。在同学一面，更要坦白实在——不搪塞，不欺骗，不懒惰。所谓坦白，就是指自己力量尽到而言；虽然自己有短处，有为难处，也要照样子摆出来。如果力量没尽到而搪塞掩饰，这是虚伪；如果力量没尽到而把懒惰摆出来给人看，这便是无耻。这两者是毁灭生命的凿子。人生只有尽力，尽力才有坦白之可言。坦白决不是没有羞恶，没有判断，它是要使每个人从坦白真实里面来认识自己，来发挥各自的生命力。每人都能如此，其情必顺，其心必通，才不致落于形式的表面的应付上，才能够大家齐心向前发展，创造！

第二个意思：人都是要求过一个痛快的生活。但此痛快生活，果何自而来？就是在各自的精力能够常常集中，发挥，运用。此意即说，敷衍、懒惰、不做事，空自一天天企待着去挨磨日子，便没法得到一个痛快的生活——也很不合算。于此我可以述说我的两个经验。

头一个经验，仿佛自己越是在给别人有所牺牲的时候，心里特别觉得痛快、酣畅、开展。反过来，自己力气不为人家用，似乎应该舒服，其实并不如此，反是心里感觉特别紧缩，闷苦。所以为社会牺牲，是合乎人类生命的自然要求，这个地方可以让我们生活更能有力！

再一个经验，就是劳动。我们都是身体很少劳动的人，可是我常是这样：颇费力气的事情开头懒于去做，等到劳动以后，遍身出汗，心里反倒觉得异常痛快。

以上这两个经验，一个比较深细，一个比较粗浅。但都是告诉我们力量要用出来才能痛快。人类生命的自然要求就是如此。于此苟无所悟，实在等于斫丧自己的生命。

第三个意思是：有的人每每看轻自己的工作，觉得粗浅而不足为，这是一个错误。须知虽然是粗浅的事情，如果能集中整个精力来作，也都能做到精微高深的境界。古人云"洒扫、应对、进退，即是形而上学"，又云"下学而上达"，都是指此而言。在事情本身说，表面上只有大小之殊，没有精粗——这件事比那件事粗浅——的分野。俗话说"天下七十二行，行行出状元"，只在各人自求而已。大概任何一件事业或一种学术，只怕不肯用心，肯用心一定可以得到许多的启示与教训，一定可以有所得，有所悟。在这个地方的所得，同在那个地方所得的是一样高深；在这里有所通，在别处也没有什么不通，所谓一通百通。所以凡人对人情事理有所悟者，就是很大的学问。此其要点，即在集中精力，多用心思，去掉懒惰。能如此，才算握住生命真谛，才算得到痛快的合理的生活。

谈习气

我常说，"一切罪恶过错皆由懒惰中来"，实是如此。精神不振，真是最不得了的事。最让人精神不振者，就是习气。凡自己心里不通畅，都是自找，而非由于外铄。心小气狭都是习气，也就是在里边有私意。人人都有要好的心；但终难有好的趋向者，就是因为习气的不易改。要想祛除习气，必须各人的生命力，能超拔于习气之上才行。

各人的习气不同，应时常反省，去求了解自己的习气。大概人类任何学问，都可以帮助人——让人的生命强大。苟能常于自身深加体验；更能于多方面留心，求其了解；则个人身心自然通畅，力量自然强大，习气自然祛除。自己老是缠住自己，挡住自己，这就是懒惰。最容易弱损自己的生命力。

求学与不老

我常说一个人一生都有他的英雄时代，此即吾人的青年期。因青年比较有勇气，喜奔赴理想，天真未失，冲动颇强，煞是可爱也。然此不过以血气方盛，故暂得如此。及其血气渐衰，世故日深，惯于作伪，习于奸巧，则无复足取而大可哀已！往往青年时不大见锐气的，到后来亦不大变；愈是青年见英锐豪侠气的，到老来愈变化得厉害，前后可判若两人。我眼中所见的许多革命家都是如此。

然则，吾人如何方能常保其可爱者而不落于可哀耶？此为可能否耶？依我说，是可能的。我们知道，每一生物，几乎是一副能自动转的机器。但按人类生命之本质言，他是能超过于此一步的"机械性"；因人有自觉，有反省，能了解自己——其他生物则不能。血气之勇的所以不可靠，正因其是机械的；这里的所谓机械，即指血气而言。说人能超机械，即谓其能超血气。所以

269

人的神明意志不随血气之衰而衰，原有可能的——那就在增进自觉，增进对自己的了解上求之。

中国古人的学问，正是一种求能了解自己且对自己有办法的学问；与西洋学问在求了解外界而对外界有办法者，其方向正好不同。程明道先生常说"不学便老而衰"。他这里之所谓学，很明白的是让人生命力高强活泼，让人在生活上能随时去真正了解自己；如此，人自己就有意志，亦就有办法。如果想免掉"初意不错，越作越错，青年时还不错，越老越衰越错"，就得留意于此，就得求学。近几十年来的青年，的确是有许多好的；只因不知在这种学问上体会、用功夫，以致卒不能保持其可爱的精神，而不免落于可哀也。惜哉！

秋意

现在秋意渐深。四时皆能激发人：春使人活泼高兴；夏使人盛大；秋冬各有意思。我觉得秋天的意思最深，让人起许多感想，在心里动，而意味甚含蓄。不似其余节气或过于发露，或过于严刻。我觉得在秋天很易使人反省，使人动人生感慨。人在世上生活，如无人生的反省，则其一生就活得太粗浅，太无味了。无反省则无领略。秋天恰是一年发舒的气往回收，最能启人反省人生，而富感动的时候。但念头要转，感情要平。心平下来，平就对了。越落得对，其意味越深长；意味越深长越是对。我在秋天夜里醒时，心里感慨最多。每当微风吹动，身感薄凉的时候，感想之多，有如泉涌。可是最后归结，还是在人生的勉励上，仿佛是感触一番，还是收拾收拾往前走。我夙短于文学，但很知道文学就是对人生要有最大的领略与认识；他是与哲学相辅而行的。人人都应当受一点文学教育。这即是说人人都应当领略领略人生。心粗的人也让他反省反省人生，也当让他有许多感想起来。当他在种种不同形式中生活时，如：四时、家庭、作客、作学生、当军人、一聚一散等等，都应使他反省其生活，领略其生活。这种感想的启发都是帮助人生向上的。

谈学问

一说到学问，普通人总以为知道很多，处处显得很渊博，才算学问。其实就是渊博也不算学问。什么才是学问？学问就是能将眼前的道理、材料，系统化、深刻化。更扼要地说，就是"学问贵能得要"，能"得要"才算学问。如何才是得要？就是在自己这一方面能从许多东西中简而约之成为几个简单的要点，甚或只成功几

271

个名词，就已够了。一切的学问家都是如此，在他口若不说时，心中只有一个或几个简单的意思；将这一个或几个意思变化起来，就让人家看着觉得无穷无尽。所以在有学问的人，没有觉得学问是复杂的，在他身上也没有觉得有什么，很轻松，真是虚如无物。如果一个人觉得他身上背了很多学问的样子，则这个人必非学问家。学问家以能得要，故觉轻松、爽适、简单。和人家讲学问亦不往难处讲，只是平常地讲，而能讲之不尽，让人家看来很多。如果不能得要，将所有的东西记下来，则你必定觉得负担很重，很为累赘，不能随意运用。所以说学问贵能得要。得要就是心得、自得！

再则学问也是我们脑筋对宇宙形形色色许多材料的吸收，消化。吸收不多是不行，消化不了更不行。在学问里面你要能自己进得去而又出得来，这就是有活的生命，而不被书本知识所压倒。若被书本知识所压倒，则所消化太少，自得太少。在佛家禅宗的书里面，叙述一个故事，讲一个大师对许多和尚说："你们虽有一车兵器而不能用，老僧虽只寸铁，便能杀人。"这寸铁是他自己的，所以有用；别人虽然眼前摆着许多兵器，但与自己无关，运用不来；这就是在乎一自得，一不自得也。问题来了，能认识，能判断，能抓住问题的中心所在，这就是有用，就是有学问；问题来了，茫然的不能认识问题的诀窍，不能判断，不能解决，这就是无学问。

择业

关于择业问题，我觉得最好的态度有两个：

（一）从自己主观一面出发来决定。看看自己最亲切有力的要求在那点；或对于什么最有兴趣。如自己对于社会问题、民族危亡问题之感触甚大，或对于自己父母孝养之念甚切，或对家庭朋友的负担不肯推卸……这些地方都算真切的要求。兴趣即是自己所爱好的，方面很多，自己兴趣之所在，即自己才思聪明之所在。这两方面都是属于主观的条件的。从这里来决定自己往前学什么或作什么：学这样或学那样，作这事或作那事。但自己主观上的要求与兴趣虽如是，而周围环境不一定就有机会给你；给你的机会，亦不定合于你的要求、兴趣。这时如果正面主观力量强的话，大概迟早可以打通这个局面。即所谓"有志者，事竟成"。

（二）由客观上的机缘自然地决定。这也是一个很好的态度。把自己的心放得很宽，仿佛无所不可，随外缘机会以尽自己的心力来表现自己。这时自己虽无所择而自然有择。这个态度一点不执着，也是很大方的。

最不好的就是一面在主观上没有强有力的要求，兴趣不清楚，不真切，而自己还有舍不开的一些意见选择，于是在周围环境就有许多合意与不合意的分别。这些分别不能解决——一面不能从主观上去克服他，由不合意的环境达到合意的环境；一面又不能如第二个态度之大方不执着——就容易感觉苦闷。苦闷的来源，即在于心里不单纯，意思复杂。在这里我可以把自己说一下，给大家一个参考。

就我个人说，现在回想起来，觉得从前个性要求或个人意志甚强。最易看出的是中学毕业之后不肯升学，革命之后又想出家。可见自己的要求、兴趣很强，外面是不大顾的。从此处转入哲学的研究，从哲学又转入社会问题之研究与作社会运动；这仿佛是从主观一面出发的多。但这许多年来在实际上我觉得自己态度很宽大，不甚固执，随缘的意思在我心里占很大位置。就我的兴趣来说，现在顶愿做的事，就是给我一个机会，让我将所见到的道理，类乎对社会学的见地与对哲学的见地，能从容地写出来，那在我真觉得是人生唯一快事。但是目前还须应付许多行政事情，我识人任事似非所长，所以有时会觉得苦。可是我不固执，几乎把我摆在那里就在那里，顺乎自然地推移，我觉得把自己态度放得宽大好一点。"不固执""随缘"，多少有一点儒家"俟天命"的意思。我自己每因情有所难却，情有所牵，就顺

274

乎自然地随着走。

我的情形大概如此。同学对个人问题应从主观客观各方面来审量一下，或偏治学，或偏治事，治学治何种学，治事做何种事，来得一决定，向前努力。

没有勇气不行

没有智慧不行，没有勇气也不行。我不敢说有智慧的人一定有勇气；但短于智慧的人，大约也没有勇气，或者其勇气亦是不足取的。怎样是有勇气？不为外面威力所慑，视任何强大势力若无物，担荷若何艰巨工作而无所怯。譬如：军阀问题，有的人激于义愤要打倒它；但同时更有许多人看成是无可奈何的局面，只有牵就它，只有随顺而利用它，自觉我们无拳无勇的人，对它有什么办法呢？此即没勇气。没勇气的人，容易看重既成的局面，往往把既成的局面看成是一不可改的。说到这里，我们不得不佩服孙中山先生，他真是一个有大勇的人。他以一个匹夫，竟然想推翻二百多年大清帝国的统治。没有疯狂似的野心巨胆，是不能作此想的。然而没有智慧，则此想亦不能发生。他何以不为强大无比的清朝所慑服呢？他并非不知其强大；但同时他知此原非定局，而是可以变的。他何以不自看渺小？他晓得是可以增长起来的。这便是他的智慧。有此观察理解，则其勇气更大。而正唯其有勇气，心思乃益活泼敏妙。智也，勇也，都不外其生命之伟大高强处，原是一回事而非二。反之，一般人气慑，则思呆也。所以说没有勇气不行。无论什么事，你总要看它是可能的，不是不可能的。无论若何艰难巨大的工程，你总要"气吞事"，而不要被事慑着你。

我的信念

第一个信念：我觉得每人最初的动机都是好的，人与人都是可以合得来的，都可以相通的。不过每个人亦都有些小的毛病。因人人都有毛病（不过有多少轻重之分），故让人与人之间，常有不合不通的现象。虽不合不通之事常有，但人在根本上说，向上要好，还是人同此心，心同此理，究竟有其可合可通之处。在我们应努力去扩大此可相通相合之点，与天下人做朋友，而不与人隔阂分家。这是我第一个信念。我总是相信人，我总觉得天下无不可合作之人，我始终抱定这信念而向前迈进，毫不犹疑！

第二个信念：我觉得一切的不同都是相对的，比较的。换言之，即一切的不同都是大同小异。自其异者而观之，则无往而不异；自其同者而观之，则实亦无何大不同。所以彼此纵有不同，不必看成绝对鸿沟之分。更进一步说，即不同，其实亦不要紧，天下事每每相反而实相成。章行严先生因墨子有尚同之说，故标尚异之说，以为要欢迎异的，要异才好。我们在见解主张上不必太狭隘、固执；要能"宽以居之"，方能将各方面容纳进去。如果方向路子很狭隘，往前去做，难得开展。所以我于异同之见不大计较。此原则，我运用亦有时失败，不过那只是安排得不恰当；我现在唯有盼望我更智慧一点，不再蹈以前的错误，但我始终要本此态度做去。

谈合作

普通之所谓合作，大概都是指在经济上的事情，这是狭义的合作。这话不必说。现在说广义的合作。

有一位朋友说："小合作有小成就，大合作有大成就，不合作就毫无成就。"此意甚的。这不独是说到经济方面，即是说到了人生的道理、社会的道理，亦无一不是这样。大概从现在往前去——往将来去，人类的社会关系，将慢慢地越来越复杂，大家必须在相关系中而生活；你想自顾自，与人分离而能独立生活，实在没有这回事。在事实上催逼着你非趋向于合作不可。若是各顾自己，则不唯自己不能生活，而社会的整个关系，都将不能维持。所以必须在合作的根本上注意一下。

怎样才能合作呢？在这里有一句顶要紧的话是："气要稳，心要通。"怎样才能把气稳得住？就是要注意当下，在眼前问题上事情上下功夫；不能这样就是气不稳。如听我演讲，眼向外看就是气不能稳。再说心通，不独自己要通，尤要与人家的心相通；不与人家的心相通，则无由合作。气稳才能作，"作"字有了；心通——情谊通，这就是"合"字有了。

"心通——情谊相通"这句话，说容易很容易，说不容易也很不容易。别看两人在一起做事情，表面固然没有什么，但如果都是勉强对付，这样，事情就绝对不能做得好。所以情谊相通，为合作之根本。

但情谊又如何相通呢？这话不能从片面着想，必须从两方面来说：一面是自己，一面是人家。在自己一面必须常体会对方的心理、意思、情形才行。彼此必须互以对方为重，不容专替自己方面着想。如果你老是为自己打算，为自己着想，将人家的心理、意思，都放置而不顾，这个绝对不行。所以你必须先替人家着想。能替人家着想，就没有不通。通就能做，做更能通，越做越通，大家心情都顺了，就一切是没有不能做的了。情谊不通的结果，就是彼此互相顶着闹别扭，你干他不干，他不干你也许更不干，这样就会越弄越糟。

以上这个道理，不独居家过日子是如此，师生之间是如此，政府中人是如此，整个社会中人又何莫不然？人生是到处离不开人，到处必须与人相关系在一起生活过日子。既在一起生活，就应该"共谋一种好的生活"。所以大家必须记住："合作的根本，即在情谊相通；情谊相通，必彼此互以对方为重；唯有情谊才可促进人类的好生活。"将这句话牢牢地记住，小心提防。此道理虽甚粗浅，然实为到处有用而终生讲求不尽的道理。情谊相通真是谈何容易啊！

三种人生态度——追求、厌离、郑重

人生态度是指人日常生活的倾向而言，向深里讲，即入了哲学范围；向粗浅里说，也不难明白。依中国分法，将人生态度分为出世与入世两种，但我嫌其笼统，不如三分法较为详尽适中。我们仔细分析：人生态度之深浅、曲折、偏正……各式各种都有；而各时代、各民族、各社会，亦皆有其各种不同之精神；故欲求不笼统，而究难免于笼统。我们现在所用之三分法，亦不过是比较适中的办法而已。

按三分法，第一种人生态度，可用"逐求"二字以表示之。此意即谓人于现实生活中逐求不已：如饮食、宴安、名誉、声、色、货、利等，一面受趣味引诱；一面受问题刺激，颠倒迷离于苦乐中，与其他生物亦无所异；此第一种人生态度（逐求），能够彻底做到家，发挥至最高点者，即为近代之西洋人。他们纯为向外用力，两眼直向前看，逐求于物质享受，其征服自然之威力实甚伟大，最值得令人拍手称赞。他们并且能将此第一种人生态度理智化，使之成为一套理论——哲学。其可为代表者，是美国杜威之实验主义，他很能细密地寻求出学理的基础来。

第二种人生态度为"厌离"的人生态度。第一种人生态度为人对物的问题，第三种人生态度为人对于人的问题，此则为人对于本身的问题。人与其他动物不同，其他动物全走本能道路，而人则走理智道路，其理智作用特别发达。其最特殊之点，即在回转头来反看自己，此为一切生物之所不及于人者。当人转回头来冷静地观察其生活时，即感觉得人生太苦，一方面为饮食男女及一切欲望所纠缠，不能不有许多痛苦；而在另一方面，社会上又充满了无限的偏私、嫉妒、仇怨、计较，以及生离死别种种现象，更足使人感觉得人生太无意思。如是，乃产生一种厌离人世的人生态度。此态度为人人所同有。世俗之愚夫愚妇皆有此想，因愚夫愚妇亦能回头想，回头想时，便欲厌离。但此种人生态度为人人所同具，而所分别者即在程度上深浅之差，只看彻底不彻底，到家不到家而已。此种厌离得人生态度，为许多宗教之所由生。最能发挥到家者，厥为印度人；印度人最奇怪，其整个生活，完全为宗教生活。他们最彻底，最完全；其中最通透者为佛家。

第三种人生态度，可以用"郑重"二字以表示之。郑重态度，又可分为两层来说：其一，为不反观自己时——向外用力；其二，为回头看自家时——向内用力。在未曾回头看而自然有的郑重态度，即儿童之天真烂漫的生活。儿童对其生活，有天然之郑重，与天然之不忽略，故谓之天真；真者真切，天者天然，即顺从其生命之自然流行也。于此处我特别指出儿童而说者，因我在此所用之"郑重"一词似太严重，其实并不严重。我之所谓郑重，实即自觉地听其生命之自然流行，求其自然合理耳。郑重即是将全副精神照顾当下，如儿童之能将其生活放在当下，无前无后，一心一意，绝不知道回头反看，一味听从于生命之自然的发挥，几与向前逐求差不多少，但确有分别。此系言浅一层。

更深而言之，从反回头来看生活而郑重生活，这才是真正的发挥郑重。这条路发挥得最到家的，即为中国之儒家。此种人生态度亦甚简单，主要意义即是教人自觉地尽力量地去生活。此话虽平常，但一切儒家之道理尽包含在内；如后来儒家之"寡欲""节欲""窒欲"等说，都是要人清楚地自觉地尽力于当下的生活。儒家最反对依赖于外力之逼催，与外边趣味之引诱往前度生活。引诱向前生活，为被动的，逐求的，而非为自觉自主的；儒家之所以排斥欲望，即以欲望为逐求的、非自觉的，不是尽力量去生活。此话可以包含一切道理：如"正心诚意""慎独""仁义""忠恕"等，都是以自觉的力量去生活。再如普通所谓"仁至义尽""心情俱到"等，亦皆此意。

此三种人生态度，每种态度皆有深浅。浅的厌离不能与深的逐求相比。逐求是世俗的路，郑重是道德的路，而厌离则为宗教的路。将此三者排列而为比较，当以逐求态度为较浅；与郑重与厌离二种态度相较，则郑重较难；从逐求态度进步转变到郑重态度自然也可能，但我觉得不容易。普通都是由逐求态度折到厌离态度，从厌离态度再转入郑重态度，宋明之理学家大多如此，所谓出入儒释，都是经过厌离生活，然后重又归来尽力于当下之生活。即以我言，亦恰如此。在我十几岁时，极接近于实利主义，后转入于佛家，最后方归转于儒家。厌离之情殊为深刻，由是转过来才能尽力于生活；否则便会落于逐求，落于假的尽力。故非心里极干净，无纤毫贪求之念，不能尽力生活。而真的尽力生活，又每在经过厌离之后。

一般人对道德的三种误解

按我的理解，道德就是生命的和谐。一般人对道德有三种不同的误解：

（一）认为道德是拘谨的。拘谨都是迁就外边，照顾外边，求外边不出乱子，不遭人非议，这很与乡愿接近。所谓道德，并不是拘谨；道德是一种力量，没有力量就不成道德。道德是生命的精彩，生命发光的地方，生命动人的地方，让人看着很痛快，很舒服的地方，这是很明白的。我们的行动背后，都有感情与意志的存在（或者都有感情要求在内）。情感要求越直接，越有力量；情感要求越深细，越有味道。反过来说，虽然有要求，可是很迂缓，很间接，这样行动就没有力量，没有光彩。还有，情感要求虽然是直接，但是很粗，也没有味道。

（二）认为道德是枯燥的。普通人看道德是枯燥的，仿佛很难有趣味。这是不对的。道德本身就是有趣味的。所以说"德者得也"；凡有道之士，都能有以自得——人生不能无趣味，没有趣味就不能活下去。人之趣味高下，即其人格之高下，人格高下，从其趣味高下之不同而出；可是，都同样靠趣味，离开趣味都不能生活。道德是最深最永的趣味，因为道德乃是生命的和谐，也就是人生的艺术。所谓生命的和谐，即人生生理心理——知、情、意——的和谐；同时亦是我的生命与社会其他人的生命的和谐。所谓人生的艺术，就是会让生命和谐，会做人，会做得痛快漂亮。普通人在他生命的某一点上，偶尔得到和谐，值得大家佩服赞叹，不过这是从其生命之自然流露而有，并未在此讲求，所以与普通人不同。儒家圣人让你会要在他的整个生活——举凡一颦一笑一呼吸之间——都佩服赞叹，从他的生命能感受到感动变化。他的生命无时不得到和谐，无时不精彩，也就是无时不趣味盎然。我们在这里可以知道，一个人常对自己无办法，与家人不调和，这大概就是生命的不和谐，道德的不够。

（三）认为道德是格外的事情，仿佛在日常生活之外，很高远的、多添的一件事情。而其实只是在寻常日用中，能够使生命和谐，生命有精彩，生活充实有力而已。道德虽然有时候可以发挥为一个不平常的事；然而就是不平常的事，也还是平常人心里有的道理。道德并不以新奇为贵，故曰庸言庸行。

谈生命与向上创造

谈到向上创造，必先明白生命。生命是怎样一回事呢？在这里且先说：生命和生活是否有个区别？

生命与生活，在我说实际上是纯然一回事；不过为说话方便计，每好将这件事打成两截。所谓两截，就是，一为体，一为用。其实这只是勉强的分法，譬如以动言之，离开动力便没有活动；离开活动就没有动力，本是一回事。宇宙之所表现者虽纷繁万状，其实即体即用，也只是一回事，并非另有本体。犹如说：我连续不断的生活，就是"我"；不能将"我"与连续不断的生活分为二。生命与生活只是字样不同，一为表体，一为表用而已。

"生"与"活"二字，意义相同，生即活，活亦即生。唯"生""活"与"动"则有别。车轮转，"动"也，但不谓之"生"或"活"。所谓生活者，就是自动的意思；自动就是偶然。偶然就是不期然的，非必然的，说不出为什么而然。自动即从此开端动起——为第一动，不能更追问其所由然；再问则唯是许多外缘矣。

生命是什么？就是活的相续。活就是向上创造。向上就是有类于自己自动的振作，就是活；活之来源，则不可知。如诗文诗画，兴来从事，则觉特别灵活有神，此实莫名其所以然。特别灵活就是指着最大的向上创造，

285

最少机械性。虽然在人的习惯上，其动的方式可以前后因袭，但此无碍于特别灵活，因为它是促进创造的。

一般人大都把生活看作是有意识的，生命当作是有目的的，这是错误。整个生命的本身是毫无目的的。有意识的生活，只是我们生活的表面。就人的一生那么长的时间言之，仍以无意识生活为多。并且即在自己觉得好像有目的，其实仍是没有目的。就一段一段琐碎的生活上，分别目的与手段，是可以的；就整个生活说，没法说目的——实在也没有目的。如果有目的，在有生之初就应当有了，后来现安上去一个目的就不是了。

向上创造就是灵活奋进，细分析之可有两点：（一）向上翻高；（二）往广阔里开展。生命（或生物）自开头起就是这么一回事，一直到人类——到现在的人类，仍是这么一回事。生物进化史、人类文化史，处处都表明这向上与扩大。以至现在我们要好的心、奔赴理想的精神，还无非是这回事。发展到此，已证明生命的胜利。但这个胜利，不是开头就是规定如此，今后的归趋，仍然是不能有一个究竟的！

与向上创造相反的就是呆板化机械化的倾向。很奇怪的，亦是奇妙的事，生命为了求得更进一步之向上与扩大，恒必将其自身机械化了才行。他像是没有法子一蹴而就，必须逐步进展，走上一步是一步。要迈进于第

286

二步时，即把第一步交代给最省事的办法，就是把他机械化了，但这一段生活里面就不用再去操心。例如动物生理现象中，循环系统消化系统种种运转活动，就是生命之机械化。生命在此一段，很邻近于机械化，他不复是不能追问其所由然的第一动，不复是自动，而为被动矣。人类生活中必须养成许多习惯，亦是此例。习惯化即机械化。骑脚踏车未成习惯时，必得操心；既熟练后，不需再用心力，而可游心于更高一段的活动：在车上玩种种把戏之类。在生理现象与习惯之间的本能，亦是生命之机械化者；人类社会中之有礼法制度，正亦相同。这都是省出力量，再向前开展；一步步向上创造，一步步机械化，再一步步地开展去；生命就是始终如此无目的地向上创造。人类的向善心，爱好真理，追求真理，都从此一个趋向而来，不是两回事。这一趋向极明朗；但趋向只是趋向，不是目的。

谈规矩

前天在火车上，同一位朋友谈到济南齐鲁大学医院的一位外国大夫，他检查病人，执行他的职务，格外周至到家，凡事都是按照规矩去做。而中国学生跟他学习的，遇着不在他监督之下的时候，就不肯按照规矩去做，凡事似乎可省事的就省了。大概规矩就是一种老例，也可叫作老规矩。老规矩有很多自很久以前传下来，现在已失去其意义，成为不必要，然后人还在那里无意义地奉行着。可是，有许多老规矩在后来虽不大感觉其意义而仍归有其意义者，这样情形也很多。当然我不敢肯定说一切老规矩至今都仍是有意义的；现在且单就有意义的一方面来发挥。

所谓老规矩大半都是有意义的那个意思，就是：这样做法既成为一种规矩，在当初一定曾经被人重视过；重视就必定有点道理。当初总是大家都觉得于事实有帮助，才教人学习循守，然后才能普遍地传之久远。大概天才不够或精神不十分充裕的人，所谓普通人，老规矩可以帮助他，使他所做的事情能够大体做得不错，可以够分数。老规矩就是这样的一个东西。但真有天才或精神充裕的人，却不一定要按老规矩做，非如普通人一般人非按规矩走不可。大概在不同的社会、不同的技术里面，先后相传，于是各行各业就定了许多不同的规矩；一切老规矩的由来，都可作如是观。

中国此刻正在大的剧烈的变化之中，一切老规矩很难得维持。人的脾气原容易自由任性，自己乱出主意，这也是让现在一切事情常常检出一种很糟糕、很不成样、很笑话的现象的原因。现在的西洋人与日本人，其文化当然亦皆在转变中，但没有如中国这样的大崩溃。因此，中国人倒只有从外国学来的习惯规矩还能保留而使用。比如济南的医院，齐鲁医院较好，因为它是外国教会中人办的，他们做事有他们相传的规矩，大体上都还能过得去。

听说英国人最重习惯，最守旧，可是英国政治社会各方面常常能够很像样，不致很糟糕，恐怕也是从此出来的。日本人也有许多规矩，一直到现在还是不随便苟且。我听一位朋友说，中国人穿衣服以及建筑，常见中外杂乱糅合的现象。此在日本则不然。他们常是西式就是西式，日本式就是日本式。阔人们常常是有两所房子；一座西洋式，一座日本式，但不使之合到一起。进到这一所房子里是一套生活，进入那一所房子里另是一套生活。吃饭穿衣皆如此。这话如果是实在的话，那倒是很可注意的一件有意思的事情。

谈罪恶

一切罪恶，都不在个人，而在社会。其故有二：

（一）武力统治者不以理性待人。

（二）财产私有，生存竞争，人民生活，在社会中没有整个的安排。

此两原因，实为一切罪恶之总因。罗素以为：罪恶是人的生命冲动得不到正当的出路而使然，有如水流受了妨碍，则激越而横流。此意与我意相合。武力是直接妨碍生命之流，不合理的经济制度是间接妨碍生命之流的。现在社会一切都是不对，到处都是罪恶，大家应当发愿："监狱是人类的病态！"应该将其摒弃于社会之外。改良监狱固是必要，但并非根本办法。根本办法应当将整个社会制度改造，形成一个完全是教育的环境，使一切罪恶消灭于无形。

谈用人

做番事业，第一困难问题在用人。我常自觉于此很缺短。盖人的安排最难，因人各有其一副性格脾气，各有其才气能力，很难将其长短都看得清楚。我很了解自己是最不会对人作个别的认识的。我对人容易是概括的、分类的，通于一般的看法，但认识人必须要靠亲切的直觉才行，不能专靠推论。概括的、分类的，就不是直觉，而仅是一种理智的推断。我平常容易看人家的好；看见他一点好处，而忘了其他一切短处。我这种心理，固算一种好处，但从其不能认识的人来说，也正是一种短处。

再则，我对事情来了，平常很难有明快的判断。明

290

快的判断，多是直觉的而非理智的。理智是事情来了，往复推想，将这事情放在某一类型中而有所判别，其犹疑性最大。直觉是当下明澈事物的特殊性而立下判断，常能认定不疑。因此，我常觉自己不能做事。

我不能做事而事情责任偏落在我身上，也就只得勉强去做。于此，在我经验上，觉得用人有一个原则可资信守的，即人要试而后用。从一般的名誉，或朋友的特殊保举，或从自己的一时的眼光看到，而未加以试用的，都不可轻易拿一种责任托付给他，无大责任的事情不要紧，凡独当一面的责任，一定要试而后用。试一次不见有把握；但不试则更不妥当。这是我多年经过失败而得到的教训。大概人一定都有其长处，亦即有其用处，端在安排得恰当与否。所以对于用人，头一次总难安排得当，必须试而后用；同时要于平素细心考察。

谈戏剧

我对于戏剧所知甚少，没有什么研究，不过我有我的戏剧观。记得俗语上有两句话，很足以说明戏剧："唱戏的是疯子，看戏的是傻子。"这两句话很好。我虽然不会唱戏，可是在我想，若是在唱戏的时候，没有疯子的味道，大概是不会唱得很好；看戏的不傻，也一定不会看得很好。戏剧最大的特征，即在能使人情绪发扬鼓舞，忘怀一切，别人的讪笑他全不管。有意的忘还不成，连忘的意思都没有，那才真可及于化境了。能入化境，这是人的生命顶活泼的时候。化是什么？化就是生命与宇宙的合一，不分家，没彼此，这真是人生最理想的境界。因此想到我所了解的中国圣人，他们的生命，大概常是可与天地宇宙合一，不分彼此，没有计较之念。所谓"仁者浑然与物同体"者是。这时心里是廓然大公的，生命是流畅活泼自然自得的，能这个样子便是圣人。有唱戏说到圣人，似乎有些不伦不类，其实其中是有些相通的地方。

人之所以不同于其他动物者，也就是人类的最大长处，即在其头脑能冷静；头脑冷静才能分别计算，这就是理智。但人类之最大危险亦正在此，即在其心理上易流于阴冷。在人情世故利害得失上易有许多计较，化一切生活为手段，不能当下得到满足。譬如我讲话，假使觉得这是我的职务，不得不如是应付，固然很不好；即使希望大家叫好，而拿讲话作手段，这也是在当下不能满足，而是一个危险。

心眼多、爱计较的人，就惯会化一切生活为手段，他的情绪常是被压抑而不能发扬出来，他的生活常是不活泼的，而阴冷，涩滞。这个危险常随着人类进化而机会愈多，更容易发现。反过来说，譬如野蛮人，他们的生命却常是发扬，情绪常是冲动的。越文明越是不疯不傻，但也正是一个危险。所以据我推想，戏剧怕是越到将来越需要，需要它来调剂人的生活，培养人的心情。

在这里我还可以加说一句话，就是礼乐。我所了解中国的礼乐，仿佛就是唱戏，将人都放到戏中去唱大戏，唱完了戏还完全不知道是在唱戏。我对戏剧是看重歌剧，不重话剧。话剧离我所说的意思远，因其理智分数多过于情感分数，情绪发扬之意少，与生活太接近，太现实。我觉得艺术就是离现实远的意思，太现实便无所谓艺术了。戏剧在西洋多话剧，在中国旧日以歌剧为多，其中恐怕也是这个关系——西洋理智发达，中国情感发达。

在我从没有看见过一个满意的戏剧。我对文学艺术之类老用不上心去；可是在我心中长存一个意思，就是觉得这里面宝藏着很多有意义的东西，值得欣赏。记得在北京开始提倡戏剧最力的，是办北京《晨报》的蒲伯英先生，他曾创办一个人艺戏剧专校（现在山东省立剧院院长王泊生即当时学生）。我常惦记着想去看他们做得究竟如何，希望着他们或会做得好。后来在这学校将停办的前几天，公演一次，我曾去看，剧名《阔人的孝道》，我看后仍是觉得不能满足。还有俄国的旅行剧团到北平，《晨报》很替他们鼓吹，我尝找了一个空闲，同张竞生先生去看过一次。剧是歌剧，剧情是描述一件古代皇宫中的故事。看过几幕，我觉得非走不可，因其粗野讨厌得简直不堪入目。我很愿意有暇能到各处看一下，到底有否我心中理想的戏剧。

谈音乐

看见报上有一个消息，是王光祈先生最近在法国死了，在我心里很为悼惜，因这个人是有其相当的价值的，我觉得他或者是一个在音乐上有成功希望的人。民国八九年时，他在北大是发起少年中国学会的人（此会发起人初为三人，后为八人，他仿佛还在三人之列）。这个学会当时曾很包容收罗了一些优秀青年，教授学生都有多人参加，如曾琦、李大钊先生等都是这个学会的分子。后来这个学会因其在思想上初无一定的方向路子，乃随大局的分歧而分化为共产党与国家主义派等。王先生后来自费去欧洲留学，到现在差不多已十年光景。他最初并不是研究音乐的，其归趋于音乐，乃是后来的事。他在商务印书馆、中华书局虽都曾出版了几种关于研究音乐的书，但俱非大著。他最近十余年来的生活，大都寝馈于音乐上。我同他虽不熟，但很能了解他。

在国内对音乐有研究有创造的人真是太少；这种东

294

西，必有真的天才才能有深厚的造诣。我对于音乐历来是看得很重的，因为它可以变化人的心理，激励人的人格。我觉得中国之复兴，必有待于礼乐之复兴。依我理想的社会组织，其中若没有礼乐，必成为死的东西，所以我盼望有音乐人才的产生，没有音乐人才产生，真是没有办法！我的朋友卫西琴（他自名卫中）先生曾说："人的感觉如视、听、味、触、嗅等，以触觉为最低等，以听觉为最高等。所谓最高等者，即言其花样最复杂，而与心最近，与智慧相通，影响变化人之人格者亦最快而有力。"确有见地。

我没有经验过一次好的音乐。卫先生本是专门研究音乐的，他在太原时，曾经用中国《诗经》中之几章谱成乐，乐谱不是他独创的，是自《永乐大典》中传出来的。他特别训练了一班学生，用中乐将它表演出来。民国九、十年间，全国教育联合会在太原开会，卫先生遂领着他的学生，演奏《诗经》谱成的乐曲，参加教育会的陈主素先生归来说："这种乐，真是可以代表中国民族精神的一种乐，平生未尝听过，但听过一次，一生也不会忘记。"可惜后来卫先生的学生很难凑合，我未得一聆雅奏。不过，卫先生演奏的西乐，我却听过。他演奏时的精神，颇值得教人赞叹。他用一架大钢琴，奏贝多芬的乐曲，在未演奏前，他有种种安排：先把我们听众安置在没有光或光线微弱的地方，不让人看，意思是要避免光的刺激，然后才能专心静听。其次他拿幔子把自己遮起，不让人看，因为他需要全身脱光，避去衣服的束缚和他种刺激。他再次告诉我们说："在演奏时不得咳嗽，否则我就要很厉害地发怒。"意思是说，他在演奏时便是整个生命的进行，倘遇到阻碍、刺激，自然非发怒不可。最后待他演奏完毕时，竟浑身流汗，非立刻洗澡不可。当演奏时，声调是非常强烈、勇猛，似是最能代表西洋精神的作品。但也许因我是中国人——和平而软缓的心境——对这最能代表西方精神的乐曲，总觉得有些跟不上，不能接头，不能充分地得到一种满足。我深知音乐的价值，无奈我对它用不上心去，而在别人处也不曾得到一个满足。一直到现在，还没有能从我认识的人中，发现一个伟大的音乐天才。

谈儿童心理

我对儿童心理，自觉有点了解，此颇得助于两人。一是卫西琴先生，他帮助我对于儿童与妇女的心理的了解很大，此处暂不说。一是陶行知先生。陶先生提倡小先生制，在上海办"山海工学团"。所谓"山海工学团"者，山海是地名——山，是宝山县；海，是上海——工，是工作；学，是求学；团，是组织；在组织中工作、求学；此三件事为人生不可少。

在工学团中实行小先生制。上年我到上海，顺便去参观。工学团设在宝山县的乡下，有一中心机关，另外分出去的机关有五六处，距离六七里，或七八里不等。我们先到中心区参观，随后又到分的机关去参观，当时请一人领导前往，行至半途，领路者因事要回去，恰好碰着一个小孩子，年纪不过十来岁，就招呼他来领导我们。这孩子面黄手黑，情形可怜，似乎父母不双全而无人照顾的样子，他领着我们走时，一位同路的朋友与他谈话，觉得这小孩的头脑很明白。参观后还是他领导我们回来。在回来的时候陶先生才想起问他贵姓。他答应姓张名耀祖。陶先生听了很惊诧，又问道："在《生活教育》上有篇署名张耀祖的文章，是不是就是你投的？"小孩子答道："是的。"我们也很诧异便问陶先生那篇文章是讲的什么？陶先生说："内容是叙述他作小先生的经过，先是教他的妹妹，后来又教他的邻居，写得很清楚明白，我连一个字没有改给他登出来了。"

当时同行的人很多，都很有兴味地在讨论这个问题。陶先生又说："往往大人写几千字的文章，虽无错字，或不通之处，但无趣味无价值。小孩写得很短，许有错字或不通处，但颇有意思，因为他是真的。"

我也发表我的意见。我说我对儿童的观察，发现他的优点与缺点。其缺点在后天的经验习惯不够，与继续的忍耐力、注意力不够。经验习惯的不够，是因年龄尚小，忍耐力、注意力的不够，是因为兴趣太多太强。儿童完全靠兴趣，而他的兴趣是多方面的，容易掉换，所以忍耐力与注意力不够。除此两点外，儿童无有缺欠。至于他的优点，根本胜过成人，当他对付某件事情的时候，他是以整个的真的生命力量去对付。此即中国古人所谓"诚"。然则在大人则容易心中有牵挂，用心很杂，不免敷衍，而小孩不然，要干就干，不会敷衍作假，他比较顺他的冲动集中他的生命力，这是他根本的优胜点。如果我们拿一件事情交给他做，他感兴趣而接受时，他可拿他整个生命力量去对付，很少失败，凡他力所能胜的他都可做得好。卫西琴先生说：对小孩要能信任他，要给他以相当的责任，就是给他一个够量的刺激。他很少疏失，凡应当照顾的他都可照顾到。这话很对。

儿童还有第二个优点。在成人有了经验习惯，因头脑未受着高明的教育，往往弄乱了。儿童则尚未有机会来搅乱他的头脑，所以较大人少糊涂，这也是他优长的一点。平常大人作文章，一定要学什么套头，说些不相干的话，这就是弄糊涂了。

小孩子不会作文章，只是老老实实说话，本着他经过的先后重轻摆出来，一点枝叶没有，这就是好文章。大人用心复杂，一面在作文章，一面又在想要见好于人。小孩子不杂用心，纯是真的生命的表现，就是一哭一笑，也都有意味，有价值，而能感人很深。最不好是作假与敷衍，譬如常常有许多人向长官上条陈。作得很长，而都是空话，因他是假的，所以没有亲切的真内容，看后只有丢掉了。儿童则没有这成本大套的敷衍，因他根本就不会。

说到这点，我们就要注意教育怎样才能帮助人明白而不至使人糊涂。一般的教育——家庭社会都算在内——往往把儿童毁伤，把儿童教糊涂了。我所看到之张耀祖，非这孩子特别优越，许多别的孩子与他都差不多。这孩子的好，有两个原因：一是由于陶先生给以适当的刺激，教他做小先生，要他写自己的经过；一是他少受后天的损毁。这两个原因是发挥他的能力的来源，并不是他个人能力有什么特别的优越。

辑五

·

志趣有所感发

便是一次向上

"我怎么样去生活"的问题
没有唯一不二的答案,
我们只能告诉人去觅他的路,
觅了路如何走而已。

读《卓娅与舒拉的故事》①

　　《卓娅与舒拉的故事》叙述苏联卫国战争中壮烈捐躯者青年两姊弟，出于其亲母手笔。二子身为国殇，其尽忠于国之情节自所当详。而为母氏者顾从其自身结缡说起，于其家人间夫妇、亲子、兄弟之情缕缕焉委宛言之，亲切自然，至性动人。由是而知其子忠烈固自有本有素，非发见乎一朝。正唯其琐细逼真而临文无枝蔓，无冗赘，不意存说教，乃所以其感人者弥深也。呜乎！

---

　　① 《卓娅与舒拉的故事》留·柯斯莫捷绵斯卡娅著，么洵译，中国青年出版社，1955年版。本文选自《梁漱溟全集》（七），山东人民出版社，2005.05。

此母固不凡矣！慈爱、孝友、忠贞自昔中国人好言之，而如此至文犹不多见，吾是以不能不深深叹美之也。

卓娅秉性从其母氏叙述中灼然可见，则此母于其女固有所认识无疑。然中国古人尽心知性之学，彼未之前闻。吾将从这里抉而出之，卓娅忠烈所本，庶几可明白也。

书中叙述二子出生以至其死，于稚弱情态颇多描绘，而卓娅秉性既有可见。原书23页处本意在写舒拉之有趣，却透露了卓娅为人：

最有趣的是：如果卓娅不了解什么东西，她就率直地承认这个（不了解）；可是舒拉自尊心特别大，"我不知道"这句话，是很难从他口中说出来的。（下略）

下文颇长，极有趣味，读者可取阅原书，这里不能不从略。这里要指出的是，卓娅所表见正是中国古人所云"知之为知之，不知为不知，是知也"那句话。最末一个"知"字——第五个"知"字——在她内心是明强的。这亦就是古人所云"直心是道"（大约此时舒拉至多三岁而卓娅五岁未满）。

再看卓娅稍长大入学以后有一桩事就更清楚。原书183至185页处，母亲叙述着：

"卓娅你为什么这样愁眉不展呀？"（母问）"化学得了（评分）'很好'。"卓娅不高兴地回答说。

我的脸上现出了那样地惊愕的神气，舒拉甚至就忍不住哈哈大笑起来。

"成绩'很好'倒使你难受了吗？"我问道。我真有些不相信自己的耳朵和眼睛了。

因为卓娅坚决地不说话，舒拉就开始说道："我现在把一切都对你说明白了吧。你知道吗，她认为化学她知道得不够'很好'。"

在舒拉的语气里表现出（他）不同意（于她）。卓娅两手托着下颚，一双不高兴的黯淡的眼睛由舒拉身上转移到我的身上来。

"本来是嘛，"她说，"这个'很好'一点儿也不能使我高兴。我踱来踱去，左想右想，最后我走近蔚拉·亚历山大罗夫娜（化学教师），对她说：您的这一门功课我知道得不够'很好'。可是她看了看我，就说：您既然这样说，就表明将来您能知道。我这次给您的'很好'，就算是给您的预支吧。"

她（化学教师）一定是想你故意装腔作势！"舒拉气忿地说。

"不！她没有这样想！"卓娅昂然挺直了腰，她的两颊马上红了。

此下叙述母亲看出舒拉的话痛楚地刺激了卓娅，起来说话支援卓娅，以及另一次当卓姬不在时舒拉又拉出此事来讨论，均从略。在此要指出的是：卓娅所表见不又是其内心明觉之强，不容一毫欺瞒的吗？

这时卓娅大约已经十三岁了。我们再倒回去看她幼小时的一件事。事情见于原书33页，卓娅随同父母到外祖父家住，一次外祖父的眼镜偶然不见，以问卓娅，卓娅回答不知道。随后眼镜发现在某处了，外祖父还是认为卓娅所弃置，就说她说了假话。卓娅翻着眼睛看看外祖父，不屑作答。但是吃饭时竟不愿就座，她说："我不坐，既然不相信我，我就不吃饭！"她坚持着不就座，竟使得外祖父在五岁的孩子面前有些难以为情。此其正直之内心不容人轻侮，岂是寻常稚幼所有。方其稚幼且如此，则宜其稍长后拒不肯受老师之过奖也。

基于明强之自觉心面自律严，律人亦严。书中叙述卓娅律己律人之严，其例多不胜举。原书58页叙云：

有一次舒拉（五岁）打了一个碗，可是他不承认。卓娅用眼睛盯住他，皱着眉说"你为什么说谎话？不可以撒谎！"。她虽未满八岁，但是话说得很有信心，很庄严。

其后姊弟一同入学，在学校中她对同学们亦是严的。

在 111 至 112 页处，母亲自叙：

我很担心是否卓娅对于别人要求过严，是否她在全班里孤立起来了。抽出一些时间我就拜访丽基亚·尼柯来夫娜（主任教师）去了。

丽基亚·尼柯来夫娜仔细听了我的话之后，沉思地说：卓娅是耿直的公正的女孩子，她永远对同学们直率地当面说真理。最初我还担心她会惹得同学们反对她哪。可是不然，并没有发生这样的事。（中略）"你知道哇，"丽基亚·尼柯来夫娜补充着说，"最近有一个男孩子在众人面前大声问我：丽基亚·尼柯来夫娜，您说您没有喜欢的人，难道您不喜欢卓娅吗？"老实说，我被问得愣住了。可是我接着就问他，卓娅没有帮助你作算题吗？他回答说帮助了。我又问另外一个孩子：帮助你了吗？

"也帮助了。"我再问一个：帮助你了吗？一个一个问，结果是卓娅差不多给所有的同学们都做了一些好事。"怎能不爱她呀？"我问。他们全同意了，他们全喜欢她。"你知道哇，他们全尊重她，这可不是对于任何这样年龄的人都可以这样说的。"

丽基亚·尼柯来夫娜沉默了一会儿。然后她又继续说："她是一个很坚决的女孩子。只要是她认为正确的，她绝对坚持不让。孩子们了解：她对于一切人都是严格的，对于自己也是严格的。严格要求自己，也严格要求别人。和她交朋友，当然不容易。"

原书185页叙舒拉向其母讨论其姊在学校中的事：

（上略）"再有，也是昨天，你想也想不到在教室里吵得多么热闹啊！那一课是默写。一个孩子问卓娅'经过'的'经'字怎么写，卓娅总不回答她。你看固执不固执啊！全班里的人分成两半，差一点打起来。一些人喊卓娅不是好同学，另外一些人喊卓娅是有原则的。"

"你喊什么了呢？"（母问）"我什么也没喊。但我如果是她，我什么时候也不能拒绝同学的。"

沉默了约一分钟，我说了："你听着：舒拉，在卓娅做数学题做不好而你早做完了的时候，她求你帮助她吗？"

"不，不求。"

"你还记得那次她算那个难解的代数题，算到早晨四点钟，可是究竟她自己解答了吗？"

"记得。"

"我以为这样严格，这样认真地对待自己的人，有权严格对待别人。（中略）我不能尊敬那些依赖别人告诉或依赖夹带的人，我尊敬卓娅（下略）。"

"（上略）譬如别佳就这样说：如果我不明白，卓娅什么时候都能给我解释，永不拒绝。可是在试验时候暗中帮助，那就是不诚实。（下略）"

必须指出：严正出乎秉性之自然，既非有意严正，亦非陷于惯性的严正，那是无碍于其人之和易近人、温厚可亲的。卓娅"几乎为所有的同学都做了些好事"（见前），没有得罪什么人，正在此。

又在原书 187 至 188 页，其母叙述着：

卓娅本来是一个活泼愉快的少女。……在经常的严肃中，时常透露出她继承了父亲的幽默来。（下略）

幽默感脱离她的时候很少，她会讲惹人笑的话，而她自己不笑。

这皆是不容忽视的侧面。

卓娅平素关心别人，关心集体，可于书中备见之。当她在小学时"如果他们的一班在测验时总成绩不好，卓娅回家来就面带愁容……"（原书 91 页）。母亲担心是她功课或不够好，问她，她却数出某某同学功课不好，以致累及了全班，至于她自己则各门功课全作对了，没有什么问题。

然而她却亦有一次几乎脱离群众的事。这已是 1941

年卫国战争起来之后了。她和高级班的同学们一起被调去外地劳动战线上，为国营农场收获马铃薯，以免冻坏。工作是艰苦的，她长时间在一个地方刨挖，却发现许多同学前进得很快。经过检查，原来他们干得快是只图快，只刨浅层的薯块，而剩在深土中的好的大的马铃薯还多呢。她自己踏实认真地工作——这原是不欺内心明觉，不整表面功绩所必然的——自然就显得很慢了。检查明白，她仍旧守着她那远为落后的地方工作，不理睬那许多同学们。同学们喊她，说她脱离群众。她忿然责斥他们工作不忠实。争吵了很久。及至同学们说出"你应该相信我们，检查后马上就告诉我们……"。而她的朋友尼娜也说她做的不对，卓娅于是省悟了。——她省悟到：假如当初和同学们先谈一谈，也许那时自己无须从群众中分出来了。（256页至258页）

这件事引起她反省自责，而和尼娜更友好。母亲在家里初不知其事，只收到她从农场的来信，信末忽有自责没有涵养的一句话而莫解所谓。继而又收到一信片，自陈与尼娜结交，如此而已。然在舒拉看了来信，却心里很懂得其姊的情况。舒拉对母亲说：

"你知道吗？她跟同学闹别扭啦。她时常说她缺乏涵养，对待人的耐性不够，她说过'应该会接近人，不可以一下子，就对人生气，可是我并不是永远会这样做的'。"

原书188页小标题《独处自省》的一段，是叙说卓娅十五岁时有一布皮很厚的日记：

这是一本奇怪的日记。它和卓娅十二岁时候写的日记完全不同。她在这里并不叙述什么事故。有时仅仅写几句话，有时写了一句由书上摘下的话，有时候写一句诗……可以看出我的女儿在想什么，看出她被什么感动了。

我怀着奇怪的和复杂的心情合上了本子不再看它。这是一面明澈的大镜子，在这里反映着理智和心灵的每一活动。……独处自省，检讨检讨自己，在距离别人的眼目（母亲的眼目也包括在内）较远的地方考虑考虑一切于人是有益的。

到后来，人们铭刻在卓娅墓碑上的就是取自这本日记中她自己早所摘取的名言：

人生最宝贵的就是生命。这生命，人只能得到一次。人的一生应当这样来度过，当他回忆往事时，不致因为自己虚度年华而悔恨……临死的时候能够说：我的整个生命和精力，都已献给世界上最壮丽的事业——为解放人类而作的斗争了。

这原是尼古拉·奥斯特洛夫斯基的话，卓娅生前采为标语和座右铭，并在她短短的生活和死之中实践而体现之。

日记不止这一本，原书268页有以《日记本子》为小标题的一段，叙述卓娅投身卫国战线后其母从抽斗中发现的一个小日记本子。在前几页上开列着许多作家姓名及其作品名称，其中标有"＋"字的是读过的记号。再往后看去，则有对于作家及其著作的评断，亦有不少选录的文句，从而又可以看出卓娅的思想和感受。

这里试引其三则以见一斑：

人的一切都应该是美丽的：面貌，衣裳，心灵，思想（契诃夫）。

萨勤：在劳动是快乐的时候，生活是美好的！在劳动是不得已的时候，生活是奴隶！

什么是真理？人，这就是真理！

虚伪是奴隶和主人的宗教……真理是自由人的上帝（高尔基）。

这些文句，有的词意所指尚难确知，有的涵义深浅未可遽定。我们引来只在指证卓娅时时有其明强之内心活动，虽不知学（践形尽性之学），而庶几亦有吾古人所云"自强不息"之意。

似乎卓娅平素举止之间不见有粗率与浅露之失，殆亦为此心恒在之证。如原书109页有这样的叙述：

有时候她和小孩子们也玩打雪仗。但是她的态度很谦让，很小心，像一个长者一样。舒拉一打雪仗就把世界上一切全都忘掉了；猛投一阵，躲过对方投来的雪团，又努力向前打去，不给敌人留一秒钟的喘息时间。

这时卓娅就喊："舒拉，他们是小孩儿呀！……你去吧！你不懂得，对他们不可以这样！"

实则此时卓娅亦只得十一岁而已。又有如170页叙述：

有一次，（此时卓娅十二岁）街上一个男孩子在我们窗前虐待和逗弄一条小狗。投石块打它，又拖它尾巴。以后又把吃剩下的腊肠送到它鼻前，它正张口要咬住这美食，他马上又撤回了手。这一切，卓娅隔窗看得很清楚。虽然那时已是深秋，她连大衣也没披上，就那样跑出去了。看她的神色，我（母自称）怕她就会大声叱责那男孩子，甚至用拳头去打他。可是她没有嚷叫，也没有举拳。

"别那样子！你不是好人，你是坏孩子！"卓娅走到台阶上说。声气并不太高大，但是带着无限鄙视的表情，致使那孩子哆哆嗦嗦地一言未发，就狼狈地侧着身溜走了。

此即见出其心恒在，曾无粗率之失。

所谓不落于浅露的则有如 170 和 171 页所叙：

卓娅和舒拉一向说话都有斟酌，在表达自己感情的时候也很谨慎。……他们像怕火一样地怕说夸张的话。他们两人全不轻意表示爱、温情、狂喜、愤怒和憎恶。关于孩子们的心境和情感，我根据他们的眼神，根据他们的沉默或是从卓娅在伤心时候或着急时候如何在屋中由这一角到那一角往返地踱着，倒是能了解的更多。

如果卓娅说某一人"他是好人"，那就足够了。我就知道了，卓娅很尊敬那个她所评价的人。

然卓娅显著之特点，殆莫如其人意志之坚决强毅。此在书中随处可见，而以下四次事件（依先后为序）最为表著：

一、在白棍儿的游戏上暗自坚持练习以至成功。

二、与女友打赌，风雨黑夜独自穿过大公园之森林。

三、代数题算不好，坚持算至天明，自己解决。

313

四、担任扫盲工作，无论如何不肯一次缺课。这里不著录其事。以我浅测，此固生质之美，要亦秉赋有所偏至。其卒以壮烈毕命，亦是其命则然也。但它是与其不粗率不浅露有关联，亦与前述她时时在自己勖勉自己是相联的。

关于卓娅的话即说至此为止。对于其母仍不可无一言之赞。

读此书者都会看到其一家人全可爱，而二子之成就与其父母的家庭教育是分不开的。父逝早，母教乃无不周贯。这里只举一事以概其余。

原书 158 页小标题为《丹娘·索罗玛哈》的一段，母亲叙说，她很早就开始了和孩子共同解决家庭的收支问题：如何节约储蓄，如何同意舒拉的提议为西班牙战事中的妇女和儿童捐款，母子姊弟间如何互相斟酌彼此需要而后开支等等。而后叙云：

我们最得意的一项开支是买书。

到书店里……翻阅，再翻阅，商议……最后拿着仔细包好的很重的一包书回到家里。这该是多么愉快的事呀！我们的书架子（放在屋角，在卓娅的床头处）摆上一本新书的那一天，在我们家里就算是节日，我们一次又一次地谈论新买来的书。新书我们轮流着读，那时候在星期日下午朗读。

我们共同读过的书中，有一本书名叫《国内战争中的女性》。这是一本人物略传汇编。我记得，我正坐着织补袜子，舒拉在画画，卓娅打开了书准备读。舒拉忽然说："你最好不要从头接连着念！""那怎么念呀？"卓娅觉得很奇怪。

"你这样。你把书随便打开，翻到什么我们就从那里开始。"

我不知道为什么他想要这样做，但我们就是这样决定了。打开了的恰好是《丹娘·索罗玛哈传略》。（下略）

所谓家庭教育，岂在有何说教。试看其家人长幼彼此日常相关系的生活中，如此融融洽洽恬静合理，岂不胜于任何说教？呜乎，此母固不凡矣！

丹娘盖为一青年女教员，在 1918 年红军与白党战争中参加赤卫军，献身革命，遭白党捕去而不屈惨死者。原书因卓娅所念断断续续转述其事。当卓娅缕续念到其惨烈处，不忍再念。母亲叙述说：

卓娅放下书，走到窗前很久很久地不回头看。她不常哭，她不喜人们看见她的眼泪。舒拉早已放下了画册和颜料，这时他就拿起书来继续读下去。

我记得：那天晚间被丹娘的惊人毅力和坚贞性格所感动得哭的，不只是卓娅一个人。约五年后，卓娅遭敌寇捕获，在寇军讯问中曾自称曰"丹娘"，其渊源在此。

二子固嗜好读书，而母亲更懂得读书在他们身上起着什么影响作用。请看167页叙述之文：

在一个未成年的少年人的生活里，每一小时全是很重要的。在他的眼前不停地出现新的世界。他开始独立地思考，他不能不加考虑地便接受任何现成的东西。一切他都要重新考虑决定：什么好，什么坏？什么是崇高、尊贵，什么是卑鄙、下贱？什么是真正的友爱、忠实、公理？什么是我的生活目的？我是否无味地活着？生活每一点钟，每一分钟地在那年轻人的心中不断地提出新问题，迫使他寻求和思考。每一件琐碎的事，他都会特别敏锐地和深刻地感受着。

书早已不是用来帮助休息和消遣的东西了。不，它是朋友、顾问、导师。卓娅小时曾这样说，凡是书上说的全是真理。但现在她用很长的时间来思索每一本书，她和书争辩，阅读时寻求解决那些使她激动的问题的答案。

读完《丹娘·索罗玛哈传略》，我们又读了那永远不能忘掉的、对于任何一个少年都不能不给以深刻印象的那本讲保尔·柯察金的小说，那本讲他的光明的和美好生活的小说。它在我的孩子们意识里留下了深刻的印象。每一本新书对于他们都是一桩大事。书中所叙述的一切，孩子们都把它们当作真正生活讨论着：关于书中的主人翁他们常常进行热烈的争辩，或是爱他们，或是非难他们。

在青年时期遇着一本有智慧的，有力量的，诚实的好书，有很重大的意义。而遇着一个新人，就往往可以决定你的未来道路、你的整个前途。

正唯母亲是有心的，所以她能体会到青年们的心。正唯青年的心天真，所以易有感受，从书上而与前人之精神相通。借前人之精神以感召兴起乎后人，此母可不谓善教乎！

原书最末一段自述其 1949 年 4 月参加巴黎的世界保卫和平大会的运动，即为本书作结束：

法西斯主义就是战争！记着，这是事实，我们经受了这个。不能让这事重演！就是因为这个，我才克服了自己的痛苦，努力写了这本书。

坟墓里的人并不是真正的死人，忘了战争惨祸、容许新战争发生的人才是死人！

此心昭昭炳炳，常有以昭觉后人者，是固不随物俱化矣，则其人何曾死？若其昏昧顽冥、略无心肝、不知痛痒者，则谓曰死人，抑何不可？此母结末一语其识此义乎。是其所以可贵也。

补识：卓娅舒拉二子之成就与其父母之家庭教育是分不开的。兹见有一段似应补入——

我从来没有听见过他（指卓娅之父）对孩子们长篇大论地说教，或用很长的话谴责他们。他是用自己的作风，用自己对待工作的态度，用自己的整个风度教育他们。于是我明白了，这就是最好的教育。教育是在每一件琐碎事上，在你的每一举动上，每一眼色上，每一句话上。这一切都可以教育你的孩子，连你怎样工作，怎样休息，你怎样和朋友谈话，怎样和不睦的人谈话，你在健康时候是怎样的，在病中是怎样的，在悲伤时候是怎样的，在欢欣时候是怎样的——这一切你的孩子都会注意到的，他们是要在这一切事情模仿你的。（见原书《夜晚》一节）

录自《勉仁斋读书录》，1—17 页

人民日报出版社，1988 年 6 月

司马迁《史记》不可信①

昔人不尝有"信史"之称乎？而司马迁《史记》乃多不可信。近者我撰写《今天我们应当如何评价孔子》一文，就《史记》以考孔子事迹，乃嗟讶于其荒谬有失史职。

司马迁上距孔子之时不过四五百年，虽非甚近，亦不算甚远，苟能忠于史职，则于孔子生平事迹尽力考求，应当可以就周秦间子史诸书所流传者有所订正，汰去芜乱伪误之说，或审慎存疑，不轻予记录。然而司马迁竟未能也。其所为《孔子世家》滥取诸书，不加别择，似

---

① 　选自《梁漱溟全集》（七）山东人民出版社，2005.05。

只求博闻，未计其他，以致其书内（非单指《世家》一篇之内）自相抵触谬戾者不一而足。自己且不求信，其何以取信于人？

考求孔子言论行事自必首先求之《论语》，史迁所为《孔子世家》一篇大体依据《论语》，不为不是。然《论语》一书既有不同之传本，便见得其不尽可依据，而宜掌握其他书史互相勘对考校，以求一是。《论语》多有显属错误之记事，例如《季氏篇》首章将伐颛臾，冉有季路见于孔子一事，按之史实子路为季氏宰在鲁定公世，冉有为季氏宰则在哀公世，并非同时，何得有如《论语》上那许多问答的话。又如所记公山不狃召孔子事及佛肸召孔子事，按之《春秋》《经》《传》及其他书史均错谬可笑。然而史迁竟不加核订，以讹传讹。如此之例尚多，不备举。最可怪者《史记》依孔子年龄早暮以次著其事迹，仿佛很认真，而其实乃错乱不堪。

《论语》不尽足据，其稍后于孔子之诸子百家言，更不足据。[①]此因孔子名声广大，非独传阅辗转多有错讹，而被人虚造借喻之寓言尤多至不可胜数；《史记》于此

---

① 吾文对于史迁的许多错误不及指摘，最好请参看崔东壁《洙泗考信录》。此书是为孔子一生言行清除伪误传说的一部好书。其核求真实像一个科学家，但因其力避世俗浅陋之见，有时立论又难免主观。虽有难免主观之嫌，我却多半赞同之。——漱注。

每不加甄别，杂收滥取。其不负责任乎？抑识见不足欤！

如下两例可见其无识之一斑：

季桓子穿井得土缶，中若羊，问仲尼云"得狗"。仲尼曰："以丘所闻，羊也。丘闻之，木石之怪夔、罔阆，水之怪龙、罔象，土之怪坟羊。"

吴伐越，堕会稽，得骨节专车。吴使使问仲尼："骨何者最大？"仲尼曰："禹致群神于会稽山，防风氏后至，禹杀而戮之，其节专车，此为大矣。"……于是吴客曰："善哉圣人！"

孔子当时声誉虽高，未必广泛地被称为圣人。且人之所以为圣人，亦岂在乎其博闻强记，善能解答一些奇闻怪事。似此根本不值得载入史册之鄙陋传说而竟以入史，则迁之识见不高是肯定的了。对于吾国伟大史家说他缺乏识见，在我是于心不忍的，其奈事实之不可掩何！

末后我要指出史迁思想上之偏蔽。他是对儒家抱有偏见的一个人。《孔子世家》文内叙及孔子适周问礼于老子，记有老子的一段话；又在《老子·韩非列传》内记有孔子问礼于老子，老子回答的一段话。两段话词句不同，而词旨在肆其讥诮则同。兹照录其后一段话以及孔子赞叹老子的话于下：

321

孔子适周，将问礼于老子。老子曰："子所言者其人与骨皆已朽矣，独其言在耳。且君子得其时则驾，不得其时则蓬累而行。吾闻之，良贾深藏若虚，君子盛德容貌若愚。夫子之骄气与多欲，态色与淫志，是皆无益于子之身。吾所以告子，若是而已。"孔子去，谓弟子曰："鸟，吾知其能飞；鱼，吾知其能游；兽，吾知其能走。走者可以为罔，游者可以为纶，飞者可以为矰。至于龙，吾不能知其乘风云而上天。吾今日见老子，其犹龙邪！"

孔子问礼于老子，大概曾有其事，今见于《礼记·曾子问》篇内。篇内所记与史迁所记不同，自可置之不谈，但在《史记》一书之内，同记此一事而竟然记出来前后不同的两段话，此岂忠实记事者之所为乎？两段说话不同，而词旨讥诮则又同，那明明是文章撰作者的把戏了！结尾是孔子赞叹老子犹龙，一抑一扬，史迁之意昭然若揭。

史迁所以如此者，是有其由来的。试检《太史公自序》，一读迁父司马谈之论"六家要旨"便不难明白。原文不长而于阴阳家、儒家、墨家、名家、法家、道德家各有论断。在论断中总是一分为二，有所肯定，有所否定。对于儒家虽亦有其肯定之一面，却一上来就说：

"儒者博而寡要，劳而少功，是以其事难从……"

对于道家却称赞为融合了所有各家之长的。如原文：

道家使人精神专一，动合无形，赡足万物。其为术也，因阴阳之大顺，采儒墨之善，撮名法之要，与时迁移，应物变化，立俗施事，无所不宜，指约而易操，事少而功多。

原文临末又就"形""神"二字，发挥道家学旨，说：

凡人所生者神也，所托者形也。神大用则竭，形大劳则敝，形神离则死。死者不可复生，离者不可复反，故圣人重之。由是观之，神者生之本也，形者生之具也。不先定其神，而曰"我有以治天下"何由哉？

这不是明白地崇道家而贬儒家吗？司马迁正是一秉其老父的思想而写书；我说他思想上有所偏蔽，即指此。他在《老子·韩非列传》中便点出了两学派的矛盾斗争：

世之学老子者则绌儒学，儒学亦绌老子。

"道不同不相为谋"，岂谓是邪？

然则《史记》之为书，尊老子，抑孔子，史迁固不自隐讳。

附言：儒家之学，道家之学，同传自远古，皆是早熟的中国文化产物，各有其不可磨灭的学术价值，方将在人类未来文化中得到讲求，我在《东方学术概论》一书中略有阐明，可参看。

补记

适从崔著《补上古考信录》中得见其转录宋欧阳修《帝王世次图序》一文，有如下的两句话：

（上略）至有博学好奇之士务多闻以为胜者，于是尽集诸说而论次，初无所择而唯恐遗之也，如司马迁《史记》是已。

此其评断史迁与我的话不若合符节乎。其言早在千年之前，惜我乃未之知也。欧阳尝撰有《新五代史》传于世，固属一史学者。

1974 年 10 月 30 日属草

爱因斯坦的宇宙观①

　　牛顿的宇宙观是粗浅的，或云初步的，而爱因斯坦的宇宙观则深进一层，大有所矫正其失。其学说基于物理学，表现于天文学，而我于数学等自然科学知识夙所缺乏，愧不能晓了，以致茫然不解其所谓。然我亦自有其会悟的宇宙观，对于爱因斯坦之学说颇若有领会欣赏者在。兹值北京学术界举行爱因斯坦诞辰百年纪念，顺便购取纪念文集及爱氏文集各一册，涉猎之，复录取时人纪念之文于后：

　　新出版爱因斯坦文集有周培源写的序文，文长不录。

---

　　① 作于1970年；《梁漱溟全集》（七），山东人民出版社，2005.05。

中华书局旧出之《辞海》内有叙述爱因斯坦相对论一则，兹亦省略不录。最近有上海辞书出版社新出之《辞海》理科部分，对于旧宇宙观（以牛顿为代表）有如下之述文：

他们认为时间和空间都与物质的存在及其运动状况没有联系；时间与空间也是互不相干的。不论在什么条件下，时间均匀地流逝着，这就是"绝对时间"。空间可以容纳物质，也可以脱离物质而存在，并且是永远不动的，这就是"绝对空间"。物质在绝对时间和绝对空间中的运动就是所谓"绝对运动"。这种时空观把时间和空间与物质运动割裂开来，是形而上学的。

爱因斯坦是自然科学家，但其思想意识深入哲学领域而与我的宇宙观若相契合。此即指空间时间原非两事，宇宙只是事物过流不驻耳。其以四方上下谓之宇，往古来今之谓宙，而事物位处乎其中者，世俗之见，昧于真象。真象恰是天地万物变易无常，浑然一体，大化流行世。《论语》特著云：子在川上曰："逝者如斯夫，不舍昼夜！"孔子所谓为喟然兴叹者，学人读来宜有会心。

录自《勉仁斋读书录》，50—51页

人民日报出版社，1988年6月